쇼퍼홀릭
레베카, 아기와 컴백하다 2

SHOPAHOLIC & BABY

Copyright ⓒ Sophie Kinsella 2007
All rights reserved.

Korean translation copyright ⓒ 2007 by Golden Owl Inc.
Korean translation rights arranged with Lucas Alexander Whitely
through EYA(Eric Yang Agency)

이 책의 한국어판 저작권은 EYA(Eric Yang Agency)를 통한
Lucas Alexander Whitely 사와의 독점계약으로 한국어 판권을
'(주)황금부엉이'가 소유합니다.
저작권법에 의하여 한국 내에서 보호를 받는 저작물이므로
무단전재와 복제를 금합니다.

Shopaholic & Baby

레베카, 아기와 컴백하다 2

소피 킨셀라 지음 · 이지수 옮김

황금부엉이

옮긴이 이지수
전문 번역가이다. 서강대학교 영어영문학과를 졸업했다. 옮긴 책으로는 『라이프 스와핑』『맥켄지의 연인』『영원의 초대』『축제는 이제부터』『사랑의 침입자』『옆집 남자』 등이 있다.

쇼퍼홀릭 : 레베카, 아기와 컴백하다 2
2007년 6월 25일 초판 1쇄 인쇄
2007년 6월 30일 초판 1쇄 발행

지은이 | 소피 킨셀라
옮긴이 | 이지수
펴낸이 | 이준원
펴낸곳 | (주)황금부엉이

주소 | 서울시 마포구 서교동 353-4 첨단빌딩 9층
전화 | 02-338-9151
팩스 | 02-338-9155
인터넷 홈페이지 | www.goldenowl.co.kr
출판등록 | 2002년 10월 30일 제10-2494호

편집장 | 황인석
편집 | 최새미나
표지 · 본문 일러스트 | 정미예
본문 디자인 | 성인기획
마케팅 | 신용천, 이원일
제작 | 구본철

ISBN 978-89-6030-147-4 04840
      978-89-90729-47-7 04840 (세트)

값은 뒤표지에 있습니다.
잘못된 책은 바꾸어 드립니다.

차례

감사의 글 · 7

12 사설탐정을 고용하다 · 12

13 대니와의 재회 · 32

14 유모차 쇼핑센터에서 생긴 일 · 54

15 그 말이 사실일 리가 없어! · 74

16 루크에게 보내는 편지 · 118

17 보그 촬영을 하다 · 145

18 룩 백화점 최고의 날 · 189

19 깜짝 파티를 열어주다니! · 216

20 레베카, 넌 할 수 있어! · 252

21 이렇게까지 행복할 줄은 미처 몰랐어 · 293

22 세상에서 제일 끝내주는 아기 · 305

오스카에게

감사의 글

린다 에번스, 로라 셜록, 트랜스월드의 멋진 이들 모두에게 감사하고 싶습니다. 너무나 많아서 이루 다 쓸 수는 없지만 정말 모두에게 큰 신세를 졌네요.

실로 환상적이자 항상 버팀목이 되어주는 에이전트 애러민타 위틀리에게도 감사합니다. 애러민타가 없었다면 제대로 돌아가는 일이 하나도 없었을 거예요. 리지 존스, 루신다 쿡, 니키 케네디, 샘 에든버러, 밸러리 호스킨스, 레베카 왓슨에게도 최대급의 감사를 바칩니다.

언제나처럼 이사회 여러분과 숫자가 계속 늘어나는 우리 가족 헨리, 프레디, 휴고, 오스카에게도 친애의 정을 듬뿍 보냅니다. 패트릭 플론킹턴 스마이스 씨에게도 물론 감사드립니다. 이분이 아니었더라면 감사의 말 자체가 완성되지 않았을 거예요.

그리고 마지막으로 우리 막내와 이 책이 탄생하는 데 도움을 주신 현실의 '머스트해브' 산부인과 의사 닉 웨일스, '머스트해브' 산후 도우미 미셸 본에게도 감사합니다.

옥스퍼드대학 고전학부

옥스퍼드 OX1 6TH

R. 브랜던 부인
마이다 베일 맨션 37호 마이다 베일 런던 NW6 0YF

2003년 11월 3일

브랜던 부인께

전화 주셔서 감사합니다. 부인의 용건을 직접 듣지는 못했지만 제 비서가 최대한 성의 있게 전해주어 잘 알고 있습니다.

부군께서 '라틴 어로 바람을 피우는지도 모른다'는 말씀을 들으니 몹시 유감입니다. 근심하시는 부인의 심정은 충분히 이해하오며 향후 부인께서 문자메시지의 해석을 부탁하신다면 흔쾌히 해드리겠습니다. 제 도움으로 상황이 명확하게 밝혀지기를 바랍니다.

에드먼드 포테스큐
고전학 교수

추신: 한말씀 드리자면 '라틴 연인'의 일반적인 뜻은 부인이 말씀하신 것처럼 '라틴 어로 사랑을 속삭이는 연인'과는 다릅니다. 이 사실이 부인께 조금이라도 위로가 되었기를 바랍니다.

데니 앤드 조지

플로럴 스트리트 44번지 코벤트 가든 런던 W1

R. 브랜던 부인
마이다 베일 맨션 37호 마이다 베일 런던 NW6 0YF

2003년 11월 4일

고객님 보세요.

편지 감사히 잘 받았습니다. 지금 다니는 산부인과 병원 의사와 사이가 틀어지셨다는 말씀 들으니 가슴이 아프네요.

저희 매장을 그렇게나 자주 찾아주시고 '전 세계를 다 뒤져도 없을 만큼 완벽한 출산 장소'라고 표현해주셔서 저희 모두 깊이 감동했습니다. 하지만 저희 매장을 임시로 출산용 스위트룸으로 꾸미는 것은 불가능할 듯싶습니다. 아무리 단골 VIP 고객님이시라 해도 그 요청은 들어드리기 힘들겠습니다.

아기의 이름을 '데니 조지 브랜던'으로 지을 수도 있다는 고객님의 생각은 정말 감사합니다. 저희의 이번 결정으로 인해 고객님의 생각이 변하는 사태는 없기를 바라봅니다.

순산하시기를 기원합니다.

프랜시스카 굿먼
매장 지배인

리걸 항공

본사
프레스턴 하우스
킹스웨이 354번지 런던 WC2 4TH

레베카 브랜던 부인
마이다 베일 맨션 37호 마이다 베일 런던 NW6 0YF

2003년 11월 4일

브랜던 부인께

편지 주셔서 감사합니다.

부인께서는 리걸 항공사 비행기 안에서 출산을 하실 경우 그 아기에게 '평생 무료 클럽 클래스 이용권'이 부여되지 않느냐고 말씀하셨지만 이는 크나큰 오해입니다. 또한 부인께 아기의 '보호자'로서 동석할 권리가 있다는 말씀 역시 마찬가지입니다.

본사의 승무원들은 '모두가 예전에 아기를 수백 수천 명 받아본 경험'이 없으며, 본사 규정에 따르면 임신 36주를 넘긴 여성 고객은 탑승이 금지된다는 사실을 알려드립니다.

앞으로도 저희 리걸 항공을 많이 이용해주시면 감사하겠습니다.

마거릿 맥네어
고객 센터 팀장

케네스 프렌더가스트

프렌더가스트 데 비트 코넬
재정자문 전문 회사

포워드 하우스
하이 홀본 394번지 런던 WCIV 7EX

R. 브랜던 부인
마이다 베일 맨션 37호 마이다 베일 런던 NW6 0YF

2003년 11월 5일

브랜던 부인께

편지 주셔서 감사합니다.

부인의 '천재적이고 참신한 계획'을 듣고 당혹스런 마음 금할 수 없습니다. 부인께서 말씀하신 소위 '미래의 골동품'에는 아기의 신탁금 잔여분을 투자하지 마시기를 강력히 권고합니다. 또한 톱숍 한정판 비키니 폴라로이드 사진은 이 편지에 동봉해 돌려보내드립니다. 그 물건에 대해서는 뭐라 논평할 말이 없습니다. 그런 물건을 구매하는 것은 100% 성공보장 전략이 아니고 누구든 '그냥 물건을 사두기만 하면 이익이 난다'는 논리는 성립되지 않는다고 사료되는 바입니다.

그보다는 채권이나 주식 구매 같은 통상적인 투자 쪽이 어떠실지 권하고 싶습니다.

케네스 프렌더가스트
가족 투자 전문가

사설탐정을 고용하다

왜 진작에 이 방법을 쓰지 않았나 싶다. 역시 엄마 말씀대로 진실을 똑바로 직시할 필요가 있다. 지금 나한테 필요한 건 간단한 질문에 대한 대답을 아는 것뿐이다. 그러니까 즉 루크가 베니셔와 바람이 났는가 하는 질문에 대한 '네' 혹은 '아니오' 대답 말이다.

만약 바람이 났다면······.

그 생각을 하자 뱃속이 요동을 치는 바람에 얕은 숨을 짧게 몇 번 쉬어본다. 들이쉬고. 내쉬고. 들이쉬고. 내쉬고. 고통은 무시하고. 여기까지 왔으면 일단 다리를 건너고 보는 거다.

지금 난 웨스트 러슬립 지하철역 안에서 포켓형 A-Z 지도를 보는 중이다. 웨스트 러슬립이 사설탐정들의 본거지인 줄은 여태껏 전혀 알지도 못했다. (사설탐정이라기에 1940년대의 시카고 번화가 분위기 정도를 상상했건만.)

대로를 걸어가면서 쇼윈도에 비친 내 모습을 힐끔거린다. 오늘 아침에 뭘 입을지 정말 백만 년은 고민하다가 결국 심플한 검정 날염 원피스와 빈티지 구두, 새까맣고 엄청 큰 선글라스 차림으로 낙착을 봤다. 하지만 선글라스는 쓰고 나와 보니 변장에는 완전 꽝이다. 만약 이 물건을 쓰고 나갔다가 아는 사람하고 마주쳤을 경우 백이면 백 다 날 '까만 옷을 입은 정체불명의 여자'라고 생각하는 대신 '베키가 선글라스를 쓰고 사설탐정을 찾아가는구나.' 하고 한눈에 알아볼 게 뻔하다.

난 신경이 잔뜩 곤두선 채 걸음을 더욱 빨리 한다. 내가 정말로 이런 짓까지 하고 있다니 사실 믿어지지가 않는다. 하지만 처음부터 끝까지 완전 식은 죽 먹기였다. 발톱 매니큐어 예약하고 별다를 것 없다고나 할까. 그날 택시 기사한테서 받은 명함을 보고 전화를 했지만 하필이면 그 명함 주인이 지금 막 코스타 델 솔로 떠나려는 참이라지 뭔가. (사기꾼을 추적하러 가는 게 아니라 골프나 치면서 딩가딩가 쉬려고.) 그래서 인터넷에서 사설탐정을 검색해봤더니 널린 게 사설탐정이었다. 결국은 사립탐정 데이브 샤프니스라는 이름을 골라(부부 문제 A급 전문 탐정이라니) 연락했고 약속을 한 끝에 지금 내가 여기 있는 거다. 웨스트 러슬립에.

골목길로 접어들자 앞에 문제의 그 건물이 있다. 난 잠시 동안 그 건물을 가만히 살핀다. 사실 상상했던 그대로는 아니다. 내가 생각했던 건 뒷골목에 있는 음침하고 지저분한 사무실 정도다. 창가에는 알전구 하나가 대롱대롱 흔들리고 문짝에는 총탄 자국이 몇 개 나 있는 그런 분위기 말이다. 하지만 여기는 깔끔하게 정비된 저층 건물로 창문마다 블라인드가 달려 있고 손바닥만 한 잔디밭도 있어 '쓰레기를 버리지 마시오.'란 팻말이 꽂혀 있다.

으음, 사설탐정들이 뭐 꼭 다 하드보일드 스타일이어야 한다는 법은 없겠지. 난 지도를 백에 쑤셔 넣고는 입구로 다가가 유리문을 연다. 얼굴이 희멀겋고 거지 커트로 머리를 쳐서 가지색으로 물들인 여자가 책상에 앉아서 소설책을 읽다가 고개를 들어 날 본다. 순간 몹시 민망하고 수치스럽다. 이 여자는 분명 여기에서 나 같은 사람들을 매일 보고 살 테지.

"데이브 샤프니스 씨를 만나러 왔는데요." 난 되도록 고개를 꼿꼿이 쳐들고 말한다.

"아, 네." 여자의 눈이 무표정을 유지한 채 내 배로 떨어진다. "좀 앉으세요."

난 갈색 발포 의자에 앉아 소탁에서 리더스다이제스트를 한 부 집어든다. 잠시 후 문이 열리더니 50대 후반에서 60대로 보이는 남자 하나가 나온다. 올챙이배에다 눈은 파랗고 새하얀 머리가 볕에 탄 두상에서 곤두서 뻗쳐 있으며 턱은 두 겹으로 출렁출렁 늘어져 있다.

"데이브 샤프니스요." 남자는 흡연가 특유의 색색거리는 목소리로 인사하면서 나와 악수를 한다. "이리 오시죠. 들어오십쇼."

난 남자를 따라 창가에는 블라인드가 있고 마호가니 책상이 놓인 작은 사무실로 들어간다. 책장에는 법 관련으로 보이는 책들이며 각각 이름이 적힌 파일 상자가 줄줄이 꽂혀 있다. '브랜던'이라 쓰인 파일이 책상 위에 펼쳐져 있기에 난 화들짝 놀란다. 신중한 일처리를 자랑한다면서 이게 뭐 하는 짓이래? 루크가 만약 일 때문에 웨스트 러슬립에 와서 우연히 이 집 창문 앞을 지나가다가 보기라도 하면 어쩌려고?

"자, 브랜던 부인." 데이브 샤프니스는 책상 뒤 의자에 낑낑대며 앉더니 걸걸한 목소리로 날 부른다. "우선 제 소개를 하지요. 이 몸은 자동차 영업에 30년 동안 몸담았다가 사설탐정업에 뛰어들었습죠. 개인적으로도 갖가지 마음 아픈 일을 겪었기 때문에 지금 당장 부인이 겪고 계실 마음의 상처야 충분히 짐작하고도 남습니다." 데이브 샤프니스가 열중한 나머지 상체를 앞으로 내밀자 턱이 출렁거린다. "장담하지만 부인께 백 하고도 오십 퍼센트 완벽한 결과물을 내놓겠다고 보장합니다."

"아, 네. 좋네요." 난 마른침을 꿀꺽 삼킨다. "저기…… 아까

부터 생각하던 건데요, 제 이름이 적힌 파일 상자 좀 안 보이게 숨겨주실 수 없나요? 저런 책장에다 꽂아두면 누구나 볼 수 있잖아요!"

"저건 다 가짜입니다, 브랜던 부인." 데이브 샤프니스는 책장을 손짓으로 가리킨다. "그러니 걱정하실 것 없습니다. 부인의 사건 파일은 우리 사무실이 자랑하는 고객용 보안 보관소에 내밀히 간직될 겁니다."

"아, 그래요." 난 한결 안심이 된다. '고객용 보안 보관소'라니까 꽤 그럴듯하게 들린다. 암호 자물쇠를 몇 개나 따고 나서도 여기저기 복잡하게 뒤얽힌 레이저 광선을 뚫고 지나가야만 접근할 수 있는 지하 보관소 정도 되는 것 같다. "그럼…… 그 보관소라는 건 정확히 어떤 덴데요?"

"아, 사무실 뒷방에 있는 서류함이지요." 남자는 번들거리는 얼굴을 손수건으로 쓱 닦는다. "우리 총무 웬디가 퇴근할 때마다 잠그고 다닌답니다. 자, 그럼 일 얘기인데……." 남자는 메모장을 자기 쪽으로 끌어당긴다. "처음부터 얘기해보십시다. 부군 되시는 분 때문에 걱정거리가 있다고 하셨지요? 바람을 피우는 것 같다고……."

난 갑자기 버럭 외치고 싶은 충동을 느낀다. "아니에요! 루크는 절대 바람을 피울 사람이 아니에요!" 그러고는 일어나서 여기에서 뛰쳐나가고 싶다.

하지만 그러면 애초에 여기에 온 목적이 뭔지 좀 민망해질 것 같다.

"잘은…… 모르겠어요." 난 힘겹게 입을 연다. "그런 것 같기도 하고요. 이제 결혼한 지 1년 됐는데 그동안에는 정말 잉꼬부부였어요. 그런데 그…… 여자가 나타난 거예요. 베니셔 카터란 이름인데 우리 신랑하고 옛날에 사귀었다가 이번에 런던에 왔대요. 신랑은 요즘 그 여자랑 굉장히 자주 만나는 반면 나한테는 완전 쌀쌀맞고 뚱해졌어요. 둘이서 '암호'로 문자메시지도 주고받고 어젯밤엔 그이가 글쎄……" 난 숨을 몰아쉬면서 말을 끊는다. "어쨌든 지금은 둘 사이가 어떻게 되는 건지 그게 궁금해서 왔어요."

"당연히 궁금하시겠지요." 데이브 샤프니스는 메모장에 휘갈겨 받아쓰면서 대꾸한다. "굳이 불안만 끌어안고 더 이상 고통스러워할 필요는 없으니까요."

"정말 그래요." 난 고개를 끄덕인다.

"그러니까 확실한 걸 알고 싶으시다, 직감으로는 뭔가 안 좋은 일이 있는 것 같은데 딱히 뭐라고 집어 말할 수는 없으시다?"

"그렇죠!" 이야, 이 남자는 완전 도사구나.

"그럼 일단 부인께서 원하시는 건 간통의 증거가 될 사진이군요."

"어, 저기……." 난 문득 말을 끊는다. 증거가 될 사진이라니, 그런 생각은 한 번도 해본 적이 없다. 난 그저 '그렇다' 아니면 '아니다'는 대답만 들으면 될 줄 알았는데.

"비디오도 좋은 증거가 되지요." 데이브 샤프니스가 고개를 든다. "증거를 전부 DVD에 담아서 드릴 수도 있습니다."

"DVD요?" 난 어지간히 놀라 되묻는다. 아무래도 내가 제대로 생각도 해보지 않고 덜컥 의뢰를 한답시고 온 것 같다. 그럼 지금 내가 하는 짓은 돈 주고 사람을 사서 루크를 몰카로 찍게 하는 건가? 그러다 만약 루크가 눈치라도 채면 어쩌지?

"그냥 우리 신랑이 바람을 피우는지 아닌지 그 대답만 해주실 수는 없나요?" 난 떠본다. "사진이나 비디오 같은 건 찍을 필요 없고요."

데이브 샤프니스가 두 눈썹을 치뜬다. "브랜던 부인, 장담하지만 저희가 증거를 포착하면 아마 부인께서도 두 눈으로 직접 보고 싶으실 겁니다."

"그건…… 만에 하나 증거가 포착됐을 경우의 얘기잖아요. 어쩌면 전부 다 내 착각일 수도 있는걸요! 어쩌면 죄다 완전히……." 난 남자의 표정을 보고 말꼬리를 흐린다.

"부부 문제 조사의 첫 번째 규칙은 이겁니다." 탐정은 음울해 보이는 미소를 짓는다. "숙녀분들의 감은 거의 틀리는 적이 없다는 거지요. 여자의 직감이랄까요. 부인도 공감하시지 않습니까?"

이 남자는 전문가니까 나보다야 더 잘 알겠지.

"그럼 선생님 생각엔……." 난 갑자기 입술이 바짝 마르기에 침을 묻힌다. "정말로 그이가……."

"제가 하는 건 생각 따위가 아닙니다." 데이브 샤프니스는 연극배우처럼 과장된 몸짓을 살짝 해 보인다. "진실을 발견하는 거지요. 부군께서 숙녀분 한 명을 사귀든, 두 명을 사귀든, 아니면 줄줄이 사귀든 간에 저와 조사원들은 철두철미 캐내서 부인께서 필요로 하시는 증거를 무엇이든 제공해드립니다."

"우리 신랑은 여자들을 줄줄이 사귀고 다니는 사람이 아니에요!" 난 기겁을 해서 말한다. "내가 알아요! 지금 문제가 되는 건 아까 말한 그 여자 하나예요. 베니셔 카터라고……."

데이브 샤프니스가 딱하다는 표정으로 손가락을 치켜들자 난 입을 다문다.

"그러니까 그 점을 밝혀보자는 겁니다. 맞지요? 자, 그럼 부인께서 알고 계시는 정보를 전부 저한테 주십시오. 부군께서 알고 계시는 여자들을 전부 적어주시는 겁니다. 부군의 친구뿐만이 아니라 부인의 친구들도 전부요. 또 부군께서 자주 가시는 곳과 부군의 습관도 하나도 빼지 않고 알려주십시오. 전 원래 완벽한 일처리를 선호하는 사람입니다, 브랜던 부인. 제가 부군에 대해서 철두철미한 신상 조사서를 뽑아드리지요. 부군 주위의 여자들뿐만 아니라 조금이라도 관련이 있는 사람의 배경까지 총망라한 조사서울습니다. 제 조사가 끝나면 아마 부인이 부군에 대해서 모르시는 점이라고는 하나도 없을 겁니다."

"저기요." 난 꾹꾹 참아가면서 말한다. "루크에 대해서는 벌써 하나도 안 빼고 다 알거든요. 이거 하나만 빼고는 다 알아요. 내 남편이니까요."

"여태까지 그런 말을 했던 숙녀분들한테서 1파운드씩만 받았으면 전 지금 떼부자가 됐을 겁니다." 데이브 샤프니스는 걸걸한 목소리로 키득키득 웃는다. "자세한 사항이나 적어주시지요. 나머지 조사는 저희가 하겠습니다."

탐정이 백지 메모장을 내민다. 난 안절부절못하는 심정으로 메모장을 받아들어 팔락팔락 넘긴다.

"사진도…… 드려야 하나요?"

"그건 저희가 다 알아서 합니다. 여자들에 대해서 얘기만 해주시면 됩니다. 한 명도 빼지 말고 전부 하셔야 합니다. 친구…… 직장동료…… 참, 혹시 언니나 여동생이 있으십니까?"

"어…… 네." 난 약간 놀라서 대답한다. "하지만 절대 그런 일은…… 백만 년이 지나도 없을……."

데이브 샤프니스는 답답하다는 척을 하면서 고개를 젓는다.

"이 얘기를 들으면 놀라시겠군요, 브랜던 부인. 제 경험상 말입니다, 사람이란 작은 비밀 하나가 있으면 그 뒤로도 줄줄이 산더미 같은 비밀이 있기 마련입니다." 그러고는 내게 펜을 준다. "걱정 말고 기다리십시오. 조만간 결과를 알려드리지요."

난 맨 위에 '베니셔 카터'라고 쓰고는…… 다음 순간 손놀림을 멈춘다.

내가 지금 무슨 짓을 하는 거지?

"못 하겠어요." 난 펜을 떨어뜨린다. "죄송해요. 기분이 진짜 묘해요. 이건 못할 짓이잖아요. 자기 남편을 염탐하는 거잖아요!" 난 의자를 밀치고 일어난다. "이런 데 오는 게 아니었어요. 애초에 이 자리에 오는 게 아니었다고요!"

"오늘 꼭 결정을 하실 필요는 없습니다." 데이브 샤프니스는 태연하게 캐러멜을 꺼낸다. "이 말씀은 해두겠는데, 부인 같은 반응을 보이는 고객들의 90퍼센트는 일주일 안에 다시 찾아오시죠. 그 경우 어차피 일주일만 손해 본 것뿐이니 조사는 여전히 유효합니다. 부인처럼 몸이 꽤 무거우신 분의 경우에는……." 탐정의 눈길이 의미심장한 빛을 띠고 내 배로 떨어진다. "조사를 빠르게 진행시켜야겠죠."

"어머." 난 천천히 의자에 무너지듯 앉는다. "그런 생각은 해 보지도 않았네요."

"그리고 저희는 '염탐'이란 말을 쓰지 않습니다." 탐정은 불그레한 코를 찡긋거리면서 말한다. "사랑하는 사람을 염탐한다니, 그런 행위에는 어느 누구도 거부감을 느끼기 마련이죠. 저희는 그보다는 '거리를 두고 관찰한다'고 표현합니다."

"거리를 두고 관찰한다고요." 그렇게 표현하니 더 낫게 들린다.

머릿속이 빙빙 도는 가운데 난 목에 건 출산석을 만지작거린다. 어쩌면 이 남자 말이 정곡을 찔렀는지도 모른다. 지금 이 자리를 박차고 나가봤자 어차피 일주일 뒤에는 다시 돌아올 게 뻔하다. 어쩌면 그냥 이 자리에서 계약서에 서명을 해버려야 할지도 모르겠다.

"하지만 만약 우리 신랑이 선생님을 보면 어떡해요?" 난 고개를 든다. "만약 그이가 결백할 경우에 내가 탐정을 고용했다는 걸 그이가 알게 되면요? 그랬다간 날 다시는 믿어주지 않을 텐데……."

"안심하셔도 된다니까요." 데이브 샤프니스가 손을 들어 내 말을 막는다. "저희 사무실 탐정들은 극도로 조심스럽고 신중하게 작업에 임합니다. 만약 부군께서 결백하시다면 그 경우에는 그걸로 아무 문제도 없는 겁니다. 만약 뭔가 있을 경우, 만약 부인께서 증거를 손에 넣으셨다면 그 이상의 행동으로 나가실 필요가 있겠지요. 백 퍼센트 솔직하게 말씀드릴까요, 브랜던 부인? 이건 어떻게 되든 윈윈 게임입니다."

"그러니까 그이가 알게 될 가능성은 전혀 없다 그 말씀이죠?" 난 단지 만전을 기하기 위해 묻는다.

"아이고, 걱정 놓으시라니까요." 데이브 샤프니스가 또 키득

키득 웃는다. "브랜던 부인, 전 프로입니다."

솔직히 말해서 사설탐정을 고용하는 게 이렇게 힘들고 어려운 일일 줄은 몰랐다. 데이브 샤프니스가 달라는 대로 정보를 전부 적는 데만도 40분 가까이 걸렸다. 내 관심사는 오직 루크가 베니셔와 만나고 있는지 아닌지만 알게 되는 것뿐이라고 말하려 할 때마다 데이브 샤프니스는 손을 들어 내 말을 막으며 말했다. "부인, 부디 제 말 믿으십쇼. 뭔가 증거가 잡히면 그때는 부인의 관심도 더더욱 커질 겁니다."

"다 됐어요." 마침내 난 말하면서 메모장을 밀어준다. "더 이상은 생각이 안 나네요."

"이 정도면 훌륭합니다." 데이브 샤프니스는 메모장을 들더니 이름들 하나하나를 손끝으로 훑으면서 살펴본다. "일단 이 여자부터 착수하겠습니다. 그러는 한편 부군에게는 초동 단계의 감시를 붙일 예정입니다."

"그렇군요." 난 조금 걱정이 되어 묻는다. "그런데 그게 어떤 건데요?"

"저희 사무실의 실력파 민완탐정이 조사 개시일부터 2주 동안 부군을 따라다니는 겁니다. 그 2주가 끝나면 저희가 부인께 결과를 보고하는 거죠. 그동안 입수된 모든 정보는 제가 직접 부인께 전해드릴 겁니다. 그래서 말인데, 착수금이 필요해서 말이죠……."

"아, 착수금요." 난 가방 안을 뒤진다. "당연히 드려야죠."

"신규 고객이시니까……." 데이브 샤프니스는 서랍 안을 뒤지더니 작은 전단지 하나를 꺼낸다. "쿠폰을 받으실 수 있습니다."

쿠폰이라고라? 이 아저씨는 내가 지금 그런 정신 나간 쿠폰 따위에 정말로 관심이 있을 줄 아나? 내 결혼생활이 위기에 처해 있는 이 시점에서! 까놓고 말해 이 아저씨가 그런 말을 입에 담았다는 것 자체가 상당히 모욕적이다.

"하지만 기회는 오늘뿐이라는 거!" 데이브 샤프니스는 나한테 종이를 건넨다. "이 쿠폰을 구입하시면 두 번째는 반액으로 서비스해드립니다. 신규 고객에게 이런 기회는 흔치 않지요. 이런 할인 기회를 놓치시면 무지 아까울 겁니다."

잠잠. 상황이 이런데도 사실 내 마음속에는 병아리 눈물만큼, 새 발의 피만큼 스리슬쩍 호기심이 밀려든다.

"그게 무슨 말씀이세요?" 난 머뭇머뭇 어깨를 으쓱한다. "두 번째 탐정이란 사람을 반값으로 조사에 투입시켜주신다는 건가요?"

데이브 샤프니스는 웃음을 헥헥 터뜨린다. "아니지요, 저희 사무실에 다른 조사를 의뢰하실 경우 반값으로 이용하실 수 있다는 겁니다. 아시겠지만 동일 사건으로 오시는 건 거기에 포함되지 않지요. 이번 조사 건에 관련된 것을 모두 뭉뚱그려서 한 건으로 취급하는 겁니다."

"하지만 다른 조사를 부탁할 일은 없는데요."

"정말로 백 퍼센트 확신하십니까?" 데이브 샤프니스는 두 눈썹을 올린다. "한번 잘 생각해보십시오, 브랜던 부인. 속 시원히 알고 싶으신 수수께끼가 달리 정말로 없을까요? 연락이 끊어졌지만 다시 소식을 알고 싶은 사람은요? 이 쿠폰은 오늘 하루만 유효합니다. 이 기회를 놓치시면 후회하실 텐데……." 데이브 샤프니스는 종이를 나한테 준다. "저희가 제공하는 모든 서비스가 거기에 다 나와 있으니까 어디 한번 보시고……."

난 관심 없다고 말하려고 입을 열지만…… 곧이어 정신을 차려 보니 어느새 다물어버린 뒤다.

어쩌면 그냥 생각만이라도 조금 해보는 게 낫지 않으려나? 그러니까, 기막히게 수지 맞는 할인 기회 아닌가. 생각해보면 내가 알아내고 싶었던 다른 조사 건수가 있을지도 모른다. 내 눈길이 전단지에 쓰인 목록의 앞부분을 주룩 훑는다. 학교 때 단짝 친구를 찾아볼 수도 있고…… UPS 위성으로 자동차를 추적할 수도 있고…… 그렇게까지 거창할 것 없이 친구나 이웃에 대해 뭔가를 더 알아볼 수도 있단다…….

어머어머, 웬일이니. 그러고 보니까 알고 싶은 게 있긴 있다!

그 눈썹 설명을 데이브 샤프니스가 제대로 다 알아들었는지는 사실 의문이다. 하지만 내가 할 수 있는 만큼 최대한 설명을 하고 그림까지 그려서 줬더니 결국 데이브도 꽤나 열의를 보였다. 그러고는 재스민이 눈썹을 한 그 업소를 찾아내지 못한다면 자기도 1989년 남서 지구 세일즈 왕의 영예를 버리겠다고 호언장담을 했다. 그런 세일즈 왕인지 뭔지가 사설탐정 일과 무슨 관련이 있는지는 잘 모르겠지만 그래도. 어쨌든. 데이브 샤프니스는 사건을 맡기로 했다. 두 건 다.

이제 의뢰는 끝났다. 문제는 지금 내가 엄청난 죄의식으로 시달린다는 점뿐이다.

집에 가까워지면 질수록 죄의식도 점점 커져서 더 이상은 참을 수가 없다. 난 우리 동네 끝자락에 있는 가게로 달려들어 루크한테 줄 꽃다발과 초콜릿을 고르고 마지막 순간 미니 위스키까지 산다.

우리 주차 공간에 루크의 차가 있는 것으로 보아 루크는 지금 집에 있는 게 분명하다. 엘리베이터를 타고 올라가면서 난 속으로 어떻게 변명을 할지 궁리하기 시작한다. 내 계획은 이렇다. 오후 내내 백화점에서 일했다고 둘러대면 끝이다.

아니다. 어쩌면 루크가 무슨 일 때문에 백화점으로 전화했다가 내가 오후 내내 자리를 비웠다는 사실을 알았을지도 모른다.

그럼 쇼핑을 갔었다고 해야겠다. 웨스트 러슬립 근처에는 얼씬도 하지 않았다고 해야겠다.

하지만 만약 누가 날 웨스트 러슬립에서 봤으면 어떡하나? 브랜던 커뮤니케이션스 직원 중 재택근무를 하던 누군가가 날 웨스트 러슬립에서 보고 루크한테 전화로 일러바쳤으면 어쩌나? "어머, 정말 신기하네요. 지금 막 사모님을 봤거든요!"

그럼 뭐 어때? 그래, 웨스트 러슬립에 있었다고 시인하자. 이유는…… 둘러대야지. 최면 출산 강사를 만나러 갔다고 할까나. 그래, 그거 딱이다.

집에 도착해 현관문을 여는데 초조한 나머지 심장이 벌렁벌렁 두방망이질을 친다.

"왔어?" 루크가 엄청나게 큰 꽃다발을 들고 현관 로비에 서 있다. 난 홀린 듯이 루크를 빤히 바라보기만 한다. 우리 둘 다 꽃을 사 온 건가?

어쩜 좋아. 어쩜 좋냐. 루크가 다 알았구나.

아니다, 말도 안 되는 생각 그만 하자. 루크가 무슨 수로 안다고? 그리고 만약 알았다면 꽃다발을 사 왔을 리가 없다.

루크도 조금 당황한 눈치다. "자기 거야." 루크는 잠깐 뜸을 들이다가 말한다.

"그렇구나." 난 목멘 소리로 대답한다. "저기…… 이것도 자기 거야."

우리 둘은 주뼛주뼛 꽃다발을 교환한다. 난 루크에게 초콜릿과 위스키도 준다.

"들어가자." 루크가 주방을 고갯짓으로 가리킨다. 난 소파와 낮은 탁자를 갖춰놓은 곳으로 루크를 따라간다. 창 밖에서 스며드는 늦은 오후의 햇살이 워낙 따가워서 다시 여름이 된 것도 같다.

루크는 나하고 나란히 소파에 앉더니 탁자 위에 놓인 맥주병을 들어 한 모금 쭉 들이켠다. "베키, 저기, 이 말만은 하고 싶은데, 그동안 미안했어." 루크는 생각을 정리하는 것처럼 눈썹을 문지른다. "요 며칠 동안 내가 쌀쌀맞았다는 거 알아. 시기가 좀 미묘했거든. 그래도…… 이젠 고민하던 일이 대충 정리가 끝났어."

루크가 마침내 고개를 들자 난 퍼뜩 직감으로 느낀다. 루크는 지금 둘러서 얘기하고 있는 거다! 그래도 더없이 확실하게 와 닿는다. 고민하던 일. 그건 바로 베니셔 얘기다. 베니셔가 접근을 했는데 루크가 거절을 한 거다. 지금 루크는 나한테 그 얘기를 하는 거다! 베니셔를 차버렸다고!

그런데 나는 사설탐정이나 고용하고 왔다니. 이 꼴은 완전히 남편을 못 믿고 사랑도 하지 않는 여자 아닌가.

"루크, 나도 미안해!" 난 불쑥 후회가 되어서 말하고 만다. "정말 미안해."

"뭐가?" 루크는 좀 놀란 기색이다.

"어, 그게……." 무턱대고 말부터 꺼내면 어째, 베키! "그러니까…… 장 봐놓는 걸 깜박했던 것 말야. 그것 때문에 계속 찜찜했거든."

"이리 와." 루크는 하하 웃더니 날 안고 키스한다. 한동안 우리 둘은 해바라기를 하면서 느긋하게 가만히 앉아 있다. 아기가 뱃속에서 기운차게 꿈틀거리는 바람에 내 원피스 자락이 거기에 맞춰서 들썩거리자 둘 다 그 광경을 가만히 바라본다. 수지 말대로 좀 징그럽기도 하고 희한하기도 하다. 하지만 동시에 설레기도 하다.

"그럼 우리 언제 유모차 보러 갈까?" 루크가 내 배에 손을 올려놓는다.

"조만간 가야지!" 난 마음이 탁 놓여서 루크를 꼭 끌어안는다. 루크는 날 사랑한다. 다시 행복이 찾아왔다. 이럴 줄 진작에 알고 있었다니까!

수신: 데이브 샤프니스
발신: 레베카 브랜던
제목: 루크 브랜던

샤프니스 씨 보세요.

자동응답기에도 남겼지만 혹시나 해서 이렇게 또 보냅니다. 우리 신랑에 대한 조사를 일체 중지해주셨으면 합니다. 다시 한 번 말씀드리지만 즉각 일체 중지해주세요. 알고 보니 신랑은 바람을 피우는 게 아니더라고요.

그날 드린 착수금 문제로 조만간 연락 드리겠습니다.

레베카 브랜던

옥스퍼드대학 고전학부

옥스퍼드 OX1 6TH

R. 브랜던 부인
마이다 베일 맨션 37호 마이다 베일 런던 NW6 0YF

2003년 11월 11일

브랜던 부인께

부인께서 보내주신 라틴 어 문자메시지의 해석을 동봉합니다. 부디 이 내용을 보시고 마음의 평화를 찾으셨으면 합니다. 제가 보기에 그 내용은 완전히 무해합니다. 예를 들어 'sum suci plena'란 부인께서 묘사하신 것처럼 특정 동작을 의미하는 말이 아니라 '나는 활력에 가득 차 있다'는 뜻입니다.

또한 부인께서는 'licitum dic'와 'fac me'와 'sex'란 표현에 대해 심히 걱정하고 계셨지만 그럴 만한 이유는 전혀 없어 보입니다. 참고로 라틴 어에서 'sex'란 영어의 'six'를 의미합니다.

혹시 도움이 더 필요하시다면 언제라도 연락 주십시오. 라틴 어 교습을 원하신다면 기꺼이 해드리겠습니다.

에드먼드 포테스큐
고전학 교수

대니 와의 재회

남편이 바람을 피우지 않으면 온 세상이 완전히 달라 보이는 법이다.

그 순간부터 전화통화는 그냥 단순한 전화통화가 된다. 문자메시지도 그냥 문자메시지일 뿐. 밤늦게 들어와도 굳이 바가지를 긁을 이유가 되지 않는다. 알고 보니 라틴 어로 'Fac me'란 말의 뜻도…… 내가 생각하던 그런 뜻이 아니란다.

어쨌든 다행히 사설탐정 사무소에 의뢰도 취소했다. 만에 하나 루크의 눈에 띌까 봐 그 사무소에서 가져온 서류며 영수증도 싹 태워서 버렸다. (화재경보기가 울리긴 했지만 헤어 세팅기가 불량품이라서 그런 거라고 냉큼 둘러댔다.)

루크는 요즘 들어 한결 느긋하고 편안하다. 요 보름 동안 베니셔 얘기조차 입 밖에 낸 적이 없다. 케임브리지 동창회 초대장이 왔을 때 아무렇지도 않게 이렇게 말한 것만 빼면. "아, 맞다. 벤이 동창회 얘기를 했었지." 런던 길드홀에서 댄스파티 형식으로 열리는 동창회인데 정장이며 드레스를 떨쳐입고 가야 한다기에 난 최고로 근사하고 예쁘게 꾸미고 가겠다고 작정했다. 아카데미 시상식에 나왔던 캐서린 제타 존스처럼 보여야겠다 싶어서 어제는 전신에 딱 달라붙는 섹시한 짙은 감색 실크 드레스까지 샀다. 이제는 옷에 맞는 구두만 있으면 된다. (베니셔가 날 보고 먹던 닭고기라도 목에 턱 걸리기를.)

결론은 만사형통이라는 거다. 다음 주에는 집 매매 계약서를 작성할 예정이고 어젯밤에는 둘이서 성대한 집들이 겸 아기 세례식 파티에 대해서 의논을 했다. 얼마나 멋진 파티가 될까! 그리고 정말 신나는 소식은 대니가 오늘 도착한다는 거다! 비행기로 아침에 영국에 도착해 여기로 직행해서 우리 회사 사람들이랑 얼굴 도장도 찍고 룩 백화점과 제휴한다는 공식 발표를 할 예정이다. 그러고 나서 대니랑 나랑 둘이서만 점심을 먹을 거다. 엄청나게 기대가 된다.

9시 반에 백화점에 출근을 해서 보니 벌써 다들 들뜨고 설레서 난리가 났다. 1층에 리셉션장이 마련되어 샴페인 잔이며 대니의 최근 패션쇼 상영을 위한 대형 스크린이 마련되어 있다. 기자회견을 위해 기자들 몇몇도 벌써 대기중이고 홍보부 직원 전부가 눈을 반짝거리면서 홍보 자료를 돌리는 참이다.

"레베카." 내가 미처 코트도 벗기 전에 에릭이 다가온다. "얘기 좀 하지. 디자인이 어떻게 되어가고 있는지 들은 것 있나?"

사소한 문제가 있다면 이것 하나랄까. 대니는 지난주까지 디자인의 개요를 잡아 우리한테 보내겠다고 말해놓고는 지금까지 감감 무소식이다. 이틀 전쯤 그 얘기를 꺼냈더니 대니 말로는 상당히 진척되긴 했고 이젠 마지막으로 영감만 떠오르면 다 된다고 했다. 하지만 이 말은 듣기에 따라서는 정말 다양하게 해석할 수 있다. 어쩌면 아직 시작조차 안 했다는 뜻도 되지만 그렇다고 에릭한테 이런 말을 할 수야 없다.

"마지막 단계래요." 난 되도록 자신만만하게 대답한다.

"자네도 보긴 했고?"

"그럼요!" 난 등 뒤에서 손가락을 꼬아 십자를 만든다.

"그래, 어떻던가?" 에릭의 눈썹이 가늘어진다. "상의야? 아니면 원피스? 어떤 옷인데 그래?"

"그게, 그러니까…… 완전 혁신적이에요." 난 손짓으로 대충 얼버무린다. "일종의…… 아, 그냥 직접 보셔야 해요. 다 끝나면요."

에릭은 영 못 미덥다는 눈치다.

"자네 친구 코비츠 씨가 좀 전에 또 다른 요구를 해왔다고.

유로 디즈니 표 두 장." 에릭이 잡아 죽일 듯이 날 째려본다. "유로 디즈니엔 왜 가겠다는 건가?"

속으로 대니에게 욕이 나온다. 이 자식은 유로 디즈니 표쯤은 자기 돈으로 사면 어디가 덧나냐.

"영감을 얻으려는 거죠!" 난 마침내 대답을 쥐어짠다. "아마…… 현대문명에 대한 나름대로…… 풍자적인 터치를 하려나보네요."

에릭은 꿈쩍도 않는 기색이다.

"레베카, 이번 자네 기획은 시간이며 예산을 생각 이상으로 엄청나게 많이 잡아먹었어." 에릭의 말투는 무겁다. "일반 마케팅 쪽으로 가야 할 예산을 다 이쪽으로 끌어왔다고. 결과가 좋아야 할 텐데 원."

"좋을 거예요! 제가 장담할 테니까 걱정 마세요!"

"만약 아니면 어쩌겠나?"

속에서 짜증이 팍 치솟는다. 꼭 이렇게 부정적으로 땅만 파야 할 이유가 뭔데? "그럼 제가 그만둘게요!" 난 연극배우처럼 잔뜩 위엄을 차리면서 말한다. "이 정도면 됐죠? 만족하세요?"

"약속 지키기야, 레베카." 에릭은 심상치 않은 표정을 짓는다.

"그럼요!" 내가 자신 있게 말하면서 시선을 피하지 않고 똑바로 바라보자 그제야 에릭은 자리를 뜬다.

우씨. 내 자리까지 내놓는 모험을 하게 됐다. 대체 내가 왜 그랬지? 지금이라도 당장 에릭을 쫓아가서 "오호호, 그냥 농담이었어요!" 이렇게 말해볼까 고민을 하는데 전화가 온다.

"여보세요."

"안녕, 베키! 버피예요."

난 나오는 한숨을 참는다. 버피는 대니의 보좌관인데 요즘은 별것도 아닌 세부사항이나 기타 등등을 점검한다고 저녁마다 전화를 해대는 중이다.

"아, 버피, 안녕하세요!" 난 억지로 유쾌한 목소리를 낸다. "무슨 일이에요?"

"별건 아니고 저희 사장님 호텔 방이 사장님이 주문하신 대로 다 갖춰져 있나 해서요. 실내 온도 26도, TV 채널은 MTV로 고정, 침대 탁자에는 닥터 페퍼 캔 세 개. 이대로요."

"네, 그대로 다 주문했어요." 문득 뭔가가 머릿속을 스친다. "그런데 지금 뉴욕은 몇 시예요?"

"새벽 4시요." 버피의 발랄한 목소리를 듣고 난 기가 막혀서 전화기를 가만히 바라본다.

"대니 호텔방에 닥터 페퍼가 준비돼 있는지 겨우 그걸 확인하려고 새벽 4시에 잠도 안 잔단 말이에요?"

"뭐가 어때서요?" 버피의 목소리는 상큼 그 자체다. "패션계 일이라는 게 다 그렇죠!"

"왔다!" 입구 쪽에서 누가 외친다. "대니 코비츠야!"

"버피, 이만 끊어야겠어요." 난 서둘러 말하고는 전화를 딱 끊는다. 입구 쪽으로 가니 백화점 앞에 리무진 한 대가 언뜻 보이기에 순간 나도 어느 정도는 설레는 기분이 된다. 대니가 이렇게까지 유명인사가 되었다니 정말 놀랍고 신기한 일이다!

순간 문이 활짝 열리면서…… 대니가 정말로 내 눈앞에 나타난다! 예전처럼 여전히 뼈만 남은 몸매에다 낡아빠진 진바지 차림이다. 위에는 한쪽 소매만 매트리스 감으로 된 진짜 끝내주는 검정색 재킷을 입고 있다. 피곤한 기색이고 곱슬머리도 까치집이 되었지만 날 보더니 파란 눈에 생기가 돌면서 뛰듯이 앞으로 나선다.

"베키! 웬일이니, 웬일이야, 드디어 만났네!" 대니가 날 와락 끌어안는다. "얼굴이 완전히 폈구나!"

"대니는 어떻고!" 나도 말해준다. "유명인사 님이잖아!"

"유명인사는 내가 무슨……." 대니는 쥐꼬리만큼 겸손을 떨어 보인다. "하긴 뭐 그렇긴 하다. 그래, 나 유명인사야. 멋지지 않아?"

난 저도 모르게 키득키득 웃고 만다. "그래서 이 사람들이 다 추종자야?" 난 대니를 따라오는 헤드셋 낀 여자와 웬 극비 임무 종사자 필이 나는 민대머리 남자를 고갯짓으로 가리킨다.

"저 사람은 내 보좌관 칼라야."

"보좌관은 버피 아니었어?"

"그쪽은 차석 보좌관이고. 또 이쪽은 내 보디가드 스탠."

"보디가드까지 있어야 할 정도야?" 난 놀란다. 대니가 그렇게까지 유명세를 탔다는 것조차 몰랐건만.

"응, 솔직히 정말로 꼭 필요한 건 아니야." 대니도 시인한다. "그래도 보디가드가 있는 편이 폼 나잖아. 맞다, 내 호텔 방에 닥터 페퍼 대령해놨지?"

"세 개 맞지?" 우리 쪽으로 다가오는 에릭이 보이기에 난 급하게 대니를 샴페인 탁자 쪽으로 데려간다. "그런데 말이지…… 디자인은 어떻게 돼가?" 난 아무렇지도 않은 척 물어본다. "독촉하는 건 아니지만 지금 우리 상사가 좀 쪼고 있거든……."

대니는 예전에도 곧잘 보이던 변명하는 듯한 표정을 짓는다. "지금 진행중이야. 그럼 되는 거잖아? 디자인 팀에서 아이디어도 몇 개 냈는데 내가 마음에 들지 않아서 그래. 매장의 분위기도 그렇고 런던 특유의 분위기랄까, 그런 걸 온몸으로 흠뻑 맛봐야만 되겠더라고. 정 안 되면 유럽 대륙에서 영감을 얻을 수도 있지 뭐……."

헉, 지금 유럽 대륙이라고 했냐?

"그렇구나. 그럼…… 앞으로 얼마나 더 걸리겠어? 대충이라도?"

"인사가 늦었습니다." 에릭이 겨우 우리를 따라잡고는 대화에 불쑥 끼어든다. "룩 백화점 마케팅 총책임자 에릭 월모트라고 합니다. 영국에 잘 오셨습니다." 에릭은 딱딱하게 웃으며 대니와 악수를 나눈다. "이렇게 재능이 많으신 젊은 디자이너 분과 유망한 패션 프로젝트를 공동으로 진행하게 되어 실로 기대가 됩니다."

말 한 마디 한 마디가 신문지상에 발표된 단어 그대로다. 내가 어떻게 아느냐면 바로 내 손으로 쓴 문건이니까.

"대니가 지금 디자인이 거의 마무리 단계에 접어들었다고 하네요!" 난 대니가 제발 입을 다물어주기를 빌면서 에릭에게 말한다. "너무너무 기대가 돼요! 마감이 정확히 언제가 될지 그것까지는 아직 모르지만……."

"코비츠 씨?" 스물쯤 되어 보이는 아가씨 하나가 수줍어하면서 다가온다. 녹색 부츠에다 천하에 괴상하게 생긴 코트 차림인데 아무리 봐도 재질이 랩 같다. "전 〈패션 학보〉 기자인데요, 코비츠 씨의 완전 광팬이거든요. 센트럴세인트마틴에 다니는 저희 학년 애들 다 팬이에요. 작품의 영감을 어디에서 얻으시는지 몇 가지 질문 좀 드려도 괜찮아요?"

훗. 봤냐, 에릭? 내가 의기양양한 표정으로 슬쩍 바라보자 마침 에릭이 영 떫다는 표정으로 날 본다.

대형 백화점의 잘나가는 패션 브랜드 런칭 작업이란 진짜 설레고 흥분되는 일이다! 아무리 문 닫기 일보 직전인 파리 날리는 백화점이라고 해도 그 점은 다를 바 없다.

나까지 포함해서 다들 마이크를 잡는다. 우선은 제일 먼저 브리애나가 기자들에게 와주셔서 감사하다고 인사를 한다. 에릭은 대니와 제휴하게 되어 얼마나 기쁘고 설레는지 모른다고 재방송을 한다. 난 대니가 바니스 백화점에 처음 제품을 선보였을 때부터 친구 사이였다고 설명을 한다. (하지만 그 옷을 팀장이 입어보는 순간 단추가 죄다 후두둑 떨어져서 하마터면 내가 잘릴 뻔했다는 부분은 생략.) 대니도 자기가 룩 백화점에 상설 매장을 내게 되어 너무나 기쁘다면서 앞으로 6개월 안에 룩이 런던에서 유일한 쇼핑 명소로 떠오르리라 확신한다고 연설을 한다.

막판에는 다들 축제 분위기다. 에릭만 빼고 다들.

"상설 매장?" 나를 붙잡자마자 에릭이 따진다. "그게 무슨 소린가? 상설 매장이라니? 설마 저 친구는 우리 백화점이 일년 내내 참고 견뎌가며 자기하고 일해줄 줄 아는 모양이지?"

"당연히 아니죠!"

대니하고 얘기를 좀 해봐야 할 것 같다.

마침내 샴페인이 동이 나자 패션지 기자들도 썰물처럼 빠져나간다. 브리애나와 에릭도 자기 사무실로 가버렸고 나만 대니랑 단둘이 남는다. 아니다, 엄밀히 말하면 나하고 대니하고 그

부하직원들만.

"그럼 우리 점심 먹으러 갈까?" 난 묻는다.

"그러자!" 대니가 살짝 눈짓을 하자 칼라가 그 즉시 헤드셋에 대고 말한다. "트래비스? 트래비스, 나 칼라예요. 차 좀 이쪽으로 가져오세요."

끝내준다! 리무진 타고 밥 먹으러 가는 거네!

"바로 여기 모퉁이만 돌면 아주 괜찮은 데가……." 내가 말문을 열지만 칼라가 딱 끊는다.

"버피가 자가트 추천 레스토랑 세 군데에 예약을 해두었습니다. 일식집과 프랑스 요리집, 나머지 하나는 아마도 이탈리아……."

"모로코 레스토랑은 없어?" 운전기사가 차문을 열어주는데 대니가 이런다.

"버피한테 연락하겠습니다." 칼라는 눈 하나 깜짝 않고는 우리가 다들 차에 타는 동안 단축버튼을 눌러 통화를 시도한다. "버피, 나 칼라. 점심 먹을 모로코 레스토랑을 검색해서 예약 좀 해줘요. 모로코예요." 칼라는 또박또박 강조하며 되풀이해 말한다. "런던 서부 지역에서 찾아줘요. 고마워요."

"라떼가 고프네." 대니가 뜬금없이 말한다. "모카 라떼."

칼라는 역시 한시도 망설이지 않고 다시 헤드셋에 대고 말한다. "여보세요, 트래비스. 칼라예요. 스타벅스 앞에 좀 세워줘요. 스타벅스요."

30초 뒤 리무진이 스타벅스 앞에 선다. 칼라가 차 문을 연다.

"모카 라떼 하나면 됩니까?"

"응." 대니가 늘어져라 기지개를 켠다.

"스탠한테도 뭐 사다줄까요?" 칼라는 좌석에 퍼질러 앉아 이어폰으로 아이팟을 듣느라 정신이 팔린 보디가드를 본다.

"에?" 보디가드가 눈을 뜬다. "아, 네, 스타벅스요? 그럼 전 카푸치노요. 거품 왕창 낸 걸로요."

차 문이 닫히자 난 믿을 수가 없어서 대니를 본다. 이런 식으로 하루 종일 부하직원들을 바쁘게 몰아댄단 말이야?

"대니, 저기……."

"으응?" 대니는 〈코스모 걸〉을 뒤적이다가 고개를 든다. "아 참, 베키는 안 추워? 난 썰렁하네." 그러더니 전화기의 단축버튼을 누른다. "칼라, 차 안이 좀 썰렁해. 그래. 고마워."

해도 해도 이건 정말 너무한다.

"대니, 이게 무슨 말도 안 되는 짓이야? 그 정도는 기사한테 직접 말해도 되잖아. 라떼 하나 자기 손으로 못 사다 마셔?"

대니는 정말로 이해를 못 하는 표정을 짓는다.

"어…… 응. 할 수야 있지. 있을걸." 전화가 오자 대니가 받는다. "응, 계피도 넣어. 어머, 그거 어쩌냐." 대니는 전화기를 손으로 가리고 말한다. "버피가 근처에서 모로코 레스토랑을 못 찾았다네. 레바논 퓨전 레스토랑은 어때?"

"대니……." 내가 웬 다른 별나라에 떨어진 느낌이다. "바로 여기에도 진짜 괜찮은 레스토랑 있거든." 난 차 밖을 손짓으로 가리킨다. "그냥 저기 가면 안 돼? 다른 사람들은 놔두고 우리 둘이서만."

"어, 그래?" 대니는 생각을 하는 눈치다. "그럼…… 그렇게 하지 뭐. 그러자."

우리가 차에서 내리자 마침 칼라가 스타벅스 테이크아웃 캐리어를 들고서 오고 있다.

"무슨 문제라도?" 칼라가 화들짝 놀라 우리를 살펴본다.

"점심 먹으러 가려고요. 대니하고 둘이서만요. 저기예요." 난 '애니'라고 간판이 내걸린 레스토랑을 가리킨다.

"알겠습니다." 칼라는 상황을 한눈에 파악했다는 듯 목이 부러져라 고개를 끄덕인다. "좋습니다. 그럼 지금 당장 예약을……." 칼라가 단축버튼으로 다시 통화를 하려 하기에 난 기절 직전이 된다. "안녕, 버피. 애니라는 레스토랑에 자리 하나만 예약해줄래요? 스펠링이……."

버피는 지금 뉴욕에 있다. 그리고 우리는 그 장소에서 3미터 앞에 서 있고. 도대체가 말이 되냐고.

"저기요, 고맙지만 괜찮아요!" 난 칼라에게 말한다. "나중에 봐요!" 그러고는 대니를 거의 질질 끌다시피 해서 레스토랑으로 들어간다.

자리가 날 때까지는 잠깐 기다려야 했다. 하지만 내가 최대한 배를 쑥 내밀고서 지배인이 지나갈 때를 맞춰 힘들다는 듯이 한숨을 쉬었더니 잠시 후 곧바로 구석의 편안한 자리로 안내를 받는다. 입에서 살살 녹는 올리브 오일과 빵도 있다. 천만다행이다. 좀 더 끌다가는 솔직히 내 실수였다고 인정하고 버피한테 전화를 할 뻔했던 것이다.

"여기 오니까 진짜 좋다." 종업원이 와인을 따라주자 대니가 말한다. "베키를 위하여!"

"나도 대니를 위하여!" 난 물잔으로 쨍 소리 나게 건배를 한다. "우리 백화점에서 판매할 네 끝내줄 옷에도 건배할게!" 난 아무렇지도 않은 척 보이려고 애써 잠깐 뜸을 들인다. "그런데 언제쯤이면 우리 앞에 선보일 만큼 완성되겠어? 좀 가르쳐줘."

"응?" 대니는 놀란 표정을 짓는다. "저기, 우리 둘이 다음 주에 파리 안 갈래? 거기 진짜 화끈한 게이 천국이라는데……"

"그거 좋지!" 난 고개를 끄덕인다. "그런데 말야, 대니, 우리 백화점이 결과물을 지금…… 조금…… 급하게 필요로 하거든."

"급해?" 대니는 마치 속았다는 표정을 지으면서 눈을 동그랗게 뜬다. "무슨 소리야, 급하다니?"

"어, 그러니까 되도록 빨리 해줬으면 좋겠다는 거지 뭐. 백화점 영업을 정상화하는 게 우리 목표니까 결과물이 빨리 손에 들어올수록 좋잖아…….” 대니가 날 잡아먹을 듯한 눈초리로 바라보자 난 말꼬리를 어물거린다.

"'급하게' 할 수야 있지.” 대니는 경멸이 뚝뚝 떨어지는 어조로 단어를 입에 담는다. “허접한 아이디어 몇 개만 대충 버무려서 5분 안에도 만들어낼 수야 있어. 하지만 난 그보다는 뭔가 의미가 있는 작품을 만들고 싶은 거야. 그러려면 시간이 걸리기도 해. 그게 바로 진정한 창조의 과정이야. 그래서 이 몸이 아티스트 소리를 듣는 거라고.” 대니는 와인을 꿀꺽 마시더니 잔을 내려놓는다.

사실 난 5분 만에 허접한 아이디어로 대충 만들어내는 쪽에 아주 끌리건만. 하지만 그 말은 분위기상 차마 못 하겠다.

아니다, 해도 되려나?

“그럼 지금 작업은 진행중이야?” 난 결국 이렇게만 떠본다. “그럼 한…… 일주일 정도면 그래도 꽤 괜찮은 아이디어가…… 나오려나?”

“일주일?” 대니는 아까보다 더 기분이 상한 표정을 짓는다.

“아니면…… 뭐 아무렴 어때.” 난 꼬리를 내린다. “예술을 하는 사람은 대니니까 최고의 작품을 뽑아내는 법에 대해서도 본인이 제일 잘 알겠지. 자, 그럼 우리 이제 뭐 먹을까?”

우리는 펜네(나)와 바다가재(대니), 특제 메추리알 샐러드(대니), 샴페인 칵테일(대니)을 시킨다.

45

"그래서 그동안 어떻게 지냈어?" 종업원이 용건을 다 마치고 자리를 뜨자 대니가 묻는다. "난 그동안 사귀던 네이선하고 진짜 안 좋았어. 그이가 바람을 피우고 다니는 것 같았거든."

"어, 나도 그랬는데." 나도 털어놓는다.

"뭐어?" 대니가 화들짝 놀라서 롤빵을 떨어뜨린다. "설마 루크가 바람을……."

"피우는 것 같았거든." 난 고개를 끄덕인다.

"말도 안 돼." 대니는 정말로 충격을 받은 기색이다. "두 사람 그렇게 완벽하게 잘 어울렸는데."

"이젠 다 해결됐어." 난 대니를 안심시켜준다. "알고 보니까 아무 일도 없었더라고. 그래도 어찌나 심각했는지 사설탐정까지 찾아갔다니까."

"어디 다 불어봐." 대니는 신이 나서 눈을 반짝거리며 상체까지 앞으로 쭉 내민다. "그래서 어떻게 됐어?"

"의뢰를 취소했지 뭐."

"이야, 죽이네." 대니는 내가 해준 얘기를 죄다 곰곰이 곱씹으면서 롤빵을 오물오물 먹는다. "그런데 루크가 바람을 피운다는 생각은 왜 했어?"

"여자가 있거든. 내가 다니는 산부인과 의사인데 알고 보니 옛날에 루크 여자친구였대."

"어머어머, 어째." 대니가 움찔한다. "예전 여친? 심하다, 그거. 어떤 여자야?"

베니셔가 의기양양해서 눈을 희번덕거리며 그 역겨운 보정 스타킹을 나한테 억지로 신겼던 기억이 불현듯 뇌리를 스친다.

"빨강머리에 못되고 재수 없는 년이야." 난 속마음보다 한결 격하게 표현하고 만다. "나 혼자서는 속으로 크루엘라 드 베니셔라고 불러주지."

"그런데 그 여자가 베키 애를 받는다고?" 대니가 깔깔대고 웃기 시작한다. "그거 진짜야?"

"웃을 일이 아니야!" 하지만 나도 키득키득 웃음이 새어나온다.

"내가 그 자리에 꼭 있어야 하는데." 대니가 칵테일 꼬치로 올리브 하나를 쿡 찍는다. "'힘줘!' 하면 베키가 '못 줘, 이년아!' 하고. 입장권 팔면 떼돈 벌겠네!"

"그만 좀 해!" 하도 웃느라 배까지 아프다. 테이블 위에 내놓았던 내 휴대전화기가 문자메시지 수신을 알리기에 난 끌어당겨 들여다본다. "어, 루크다! 잠깐 인사하러 들른대!" 아까 주문을 하면서 내가 루크에게 우리 둘이 식사하는 장소를 문자메시지로 알려주었던 것이다.

"잘됐다." 대니가 샴페인 칵테일을 쭉 들이켠다. "그럼 이제 다시 환상적인 커플로 돌아간 거야?"

"그럼. 얼마나 사이가 좋은데. 매사가 다 완벽해. 내일은 같이 유모차 보러 갈 거야." 난 행복이 넘치는 미소를 짓는다.

"루크는 자기가 바람을 피웠다고 베키가 생각하는 줄도 모르는 거야?"

"내가 한두 번 그 얘기를 꺼내긴 했는데 그때마다 아무 일도 없다고 부인하더라구. 앞으로 그 얘기는 더 이상 안 하려고 해." 난 천천히 대답하면서 새 롤빵에 버터를 바른다.

"사설탐정 얘기도?" 대니의 눈이 장난기로 반짝거린다.

"그건 말할 것도 없지!" 난 실눈을 뜬다. "대니도 한마디도 뻥긋해선 안 돼."

"당연하잖아!" 대니는 짐짓 천사표 같은 표정을 짓더니 샴페인 칵테일을 후루룩 들이마신다.

"둘 다 안녕!" 돌아보니 루크가 실내의 북적거리는 인파를 뚫고 다가오고 있다. 새로 산 폴 스미스 정장 차림으로 손에는 블랙베리를 들고 있다. 루크가 내게만 살짝 윙크를 보내자 난 침착을 유지하려고 안간힘을 쓰지만 오늘 아침 일이 떠올라서 장난스런 미소를 살짝 짓고 싶어진다. 아니, 굳이 그 얘기를 하지는 않겠다. 단지 이렇게만 말해두자. 만약 내가 베니셔 말대로 정말 매력이 '감퇴' 했고 섹시하지 않다면 아침에 루크가 그런……

아, 됐다. 어쨌든 본론으로 돌아가자.

"대니! 오랜만이야."

"루크!" 대니는 벌떡 일어나 루크의 등을 툭툭 친다. "만나서 정말 반가워!"

"대박 터뜨린 것 축하해!" 루크는 옆 테이블에서 의자를 하나 끌어와 앉는다. "오래는 못 있지만 그래도 잘 왔다는 인사 정도는 하려고 들렀어."

"건배! 친구야!" 대니는 내 평생 들은 것 중 최악의 런던 사투리로 말하더니 샴페인 칵테일을 바닥까지 비우고 종업원에게 한 잔 더 주문한다. "두 사람도 축하해!" 대니는 내 배에 손을 살짝 얹었다가 아기가 발로 차자 화들짝 놀란다. "어머머, 지금 이게 아기야?"

"정말 설레고 흥분돼." 루크가 고개를 끄덕이면서 씩 웃는다. "이제 겨우 몇 주밖에 안 남았거든."

"어머어머." 대니는 아직도 내 배를 물끄러미 본다. "여자애면 어떡해? 베키 블룸우드 복사판일 수도 있잖아. 루크, 지금 당장 다시 사무실 가서 돈 열심히 벌어놔야겠다. 돈깨나 쌓아놔야 할걸."

"그만 못 해?" 난 대니의 팔을 찰싹 때린다. 하지만 루크는 정말로 자리에서 일어난다. "사실 지나가다 잠깐 들른 거야. 지금 이언이 차에서 기다리고 있어. 나중에 또 봐, 대니. 안녕, 자기." 루크는 내 이마에 뽀뽀를 해주더니 뭐라도 찾는 것처럼 레스토랑 창문 밖을 가만히 내다본다.

"왜 그래?" 난 루크의 시선을 따라 눈길을 돌린다.

"그게……." 루크가 미간을 찌푸린다. "아무 말 않으려고 했는데 안 되겠네. 요 며칠 동안 누가 미행을 하는 것 같더라고."

"미행?"

"똑같은 사람이 계속 주위에서 눈에 띄는 거야." 루크는 어깨를 으쓱한다. "어제는 사무실 밖에 있는 걸 봤는데 지금 또 저기 있네."

"하지만 대체 누가 그런……." 내 말이 뚝 끊긴다.

허억. 아냐. 그럴 리가 없는데.

취소했는데. 취소한 줄 알았는데. 데이브 샤프니스의 자동응답기에 남겨놨는데. 이메일도 보냈는데.

고개를 들어보니 대니가 재미있어 죽겠다는 눈으로 날 보고 있다.

"누가 미행하는 것 같아, 루크?" 대니가 두 눈썹을 치킨다. "혹시…… 사설탐정 같은 거 아냐?"

대니, 너 나한테 죽었다.

"설마, 아무것도 아닐 거야!" 내가 듣기에도 좀 기어들어가는 목소리다. "그냥 우연의 일치겠지 뭐!"

"그럴 수도 있겠네." 루크는 고개를 끄덕인다. "하지만 이상하긴 해. 어쨌든 나중에 보자고." 루크는 내 손을 살짝 만지고는 자리를 뜬다. 대니와 난 루크가 테이블 사이를 빠져나가 멀어지는 뒷모습을 지켜본다.

"부부 사이에 신뢰란 참 아름다운 미덕이야." 대니가 한마디 한다. "두 사람 정말 운도 좋다."

"그만 좀 해!" 난 전화기를 더듬더듬 든다. "당장 취소해야지!"

"벌써 했다지 않았어?"

"했지! 벌써 며칠이나 됐다고! 단순한 착오일 거야!" 데이브 샤프니스의 명함을 찾아서 번호를 누르는데 하도 심정이 격해서 자꾸 헛손질을 한다.

"베키가 사설탐정한테 의뢰를 해서 미행을 붙인 걸 알면 루크가 과연 어떻게 나오려나?" 대니가 태연하게 지껄인다. "아유, 나 같으면 완전 뚜껑이 열릴 텐데."

"도대체 일생에 도움이 안 돼요." 난 대니를 째려본다. "사설탐정 말까지 꺼내줘서 어찌나 고마운지 눈물까지 나더라!"

"어머어머, 미안!" 대니는 미안한 척 손으로 입까지 가린다. "그냥 놔뒀다간 루크가 전혀 감도 못 잡고 골치만 썩힐까 봐 그랬지!"

전화가 음성사서함으로 연결되기에 난 숨을 크게 들이마신다.

"샤프니스 씨, 베키 브랜던이에요. 뭔가 착오가 있었던 모양이네요. 우리 신랑 루크를 미행하는 건 그만둬주시면 좋겠어요. 어떤 조사도 원치 않아요. 지금 즉시 활동을 중지해주세요. 안녕히 계세요."

난 전화를 끊고는 숨을 몰아쉬며 대니 몫으로 나온 샴페인 칵테일을 벌컥벌컥 마신다.

"됐다. 끝났어."

케네스 프렌더가스트

프렌더가스트 데 비트 코넬
재정자문·전문 회사
포워드 하우스
하이 홀본 394번지 런던 WC1V 7EX

R. 브랜던 부인
마이다 베일 맨션 37호 마이다 베일 런던 NW6 0YF

2003년 11월 20일

브랜던 부인께

편지 주셔서 감사합니다.

부인께서 금번에 런던 카푸치노 회사의 주식을 구매하신 내역을 보았습니다.

하지만 단순히 무료 커피 제공 같은 '환상적인 보너스' 때문에 더 이상의 주식 구매를 하는 행위는 삼가시기를 권하는 바입니다. 투자를 위해서는 장기적 성장이 예상되는 견실한 투자처를 찾으셔야 합니다.

부인께서는 주주에게 무료 다이아몬드를 제공하는 보석 회사가 있는지에 대한 질문도 주셨지만 그에 관해서는 본인도 아는 바가 없습니다.

케네스 프렌더가스트
가족 투자 전문가

유모차 쇼핑센터에서 생긴 일

내 메시지가 제대로 전달이 되었기를 바랄 뿐이다. 그날 저녁에도 한 번 더 메시지를 남겼다. 오늘 아침에도 또 남겼다. 조사를 중지하라는 내 메시지 때문에라도 데이브 샤프니스의 음성사서함은 용량 초과가 되고도 남았을 거다. 하지만 그래도 직접 통화하기 전에는 내 메시지가 제대로 전달되었는지 마음을 놓을 수가 없을 것 같다.

그 말은 즉 지금도 미행이 따라붙어 있을지도 모른다는 거다.

다음날 아침 유모차 쇼핑센터에 가려고 아파트를 나설 때 난 온몸의 신경이 바짝 곤두선 상태였다. 누군가가 우리를 지켜보고 있다는 확신이 온다. 하지만 어디에서? 나무 뒤에 숨어 있을까? 아니면 저 멀리 세워놓은 차 안에서 망원경으로 우리의 일

거수일투족을 추적 중일까? 난 계단도 가장자리로만 골라 내려가면서 좌우를 정신없이 흘끗거린다. 왼쪽에서 뭔가 찰칵 하는 금속성 소리가 나기에 본능적으로 얼굴을 손으로 가린다. 하지만 알고 보니 카메라 소리가 아니라 누가 차 문을 여는 소리다.

"자기, 괜찮아?" 루크가 깜짝 놀란 표정으로 날 보고 있다.

우체부가 지나가기에 난 수상하다는 눈길로 슬쩍 바라본다. 진짜 우편배달부 맞을까?

아, 맞구나. 진짜다.

난 서둘러 루크에게 다가간다. "응, 아무것도 아냐. 차 타자. 당장."

선팅이 시꺼멓게 된 차를 왜 진작에 사지 않았을꼬. 전부터 루크한테 그렇게 졸랐는데. 그것도 냉장고가 갖춰진 모델로.

아파트 정문에 닿은 그 순간 마침 내 휴대전화기가 울리는 바람에 소스라치게 놀란다. 타이밍도 너무나 절묘하다. 사설탐정인가보다. 지금 우리 차 트렁크에 타고 있다고 보고하려는 건가? 아니면 반대편 건물에서 장총으로 루크를 겨냥하고 있는지도…….

그만 하자. 내가 언제 암살자 고용했나. 걱정할 것 없다.

하지만 그래도 전화를 받는 손이 부들부들 떨린다. "어……여보세요." 난 안절부절못하는 목소리로 전화를 받는다.

"안녕, 나야!" 애들이 난리법석을 치는 소리를 배경음악 삼아 수지의 태평하고 밝은 목소리가 난다. "저기, 혹시 어번 베이비 제품으로 가장자리가 빨강인 쌍둥이용 발 덮개 있으면 사다줄래? 내가 나중에 돈 줄게."

"어, 그래? 응…… 알았어!" 난 펜을 꺼내 휘갈겨 쓴다. "더 필요한 건 없고?"

"응, 그것만 있으면 돼. 이만 끊어야겠다! 나중에 또 통화하자!"

전화기를 집어넣는데 아직도 마음이 영 가라앉지 않는다. 우린 지금 미행을 당하는 중이다. 증거 따위 없어도 그냥 본능으로 안다.

"그런데 거기가 어디랬지?" 루크는 팸플릿을 참고해 내비게이션에 위치를 입력하더니 지도가 뜨자 얼굴을 찌푸린다. "엄청 머네. 꼭 가야 해?"

"런던에서 여기가 최고인걸! 이것 봐!" 난 팸플릿에 씌어 있는 내용을 읽는다. "최고급 유모차를 총망라한 우리 매장에서는 다양한 지형에서 제품 테스트를 해보실 수 있습니다. 혹시나 쇼핑의 미로에서 헤매실 경우에 대비해 유모차 전문 상담 직원이 고객님들의 선택에 도움을 드립니다."

"유모차를 사는 게 미로찾기 게임처럼 복잡하다는 걸까, 아니면 정말로 미로를 만들어놓은 걸까?" 루크가 묻는다.

"나도 모르지." 난 팸플릿을 다 찾아보고 난 뒤에야 대답한다. "그래도 어쨌든 여기엘 가야 선택의 폭이 제일 넓댔어. 수지도 우리더러 꼭 여기 가봐야 한댔는걸."

"그럼 가야지 뭐." 루크는 두 눈썹을 치키더니 유턴을 한다. 하지만 곧이어 실내 백미러를 보고 눈살을 찌푸린다. "전에도 봤던 차 같은데."

허억.

난 아무렇지도 않은 척을 하면서 자연스럽게 고개를 돌린다. 웬 남자가 모는 갈색 포드 승용차가 보인다. 검은머리에 얽은 얼굴 하며 나 사설탐정이오, 하고 떡하니 써 붙여놓은 것 같은 남자다.

허억, 미치겠다. 어쩜 좋냐.

"우리 라디오나 듣자!" 난 채널을 이리저리 돌리면서 볼륨도 키워 가능한 한 루크의 주의를 흐트러뜨리려고 애쓴다. "그리고 뭐 어디서 본 차면 어때? 세상에 갈색 포드가 얼마나 많겠어. 수도 없겠지. 아마…… 오백만 대? 아니, 천만……."

"갈색 포드?" 루크가 웬 소리냐는 표정으로 날 본다. "무슨 소리야?"

난 다시 고개를 돌린다. 갈색 포드는 어느새 자취를 감췄다. 어디로 사라졌다냐.

"내가 말한 차는 아까 스쳐 지나간 오픈형 BMW 얘기였어."

루크가 라디오 볼륨을 낮추면서 말한다. "멜 남편이 비슷한 차를 몰거든."

"아, 그래?" 난 잠깐 뜸을 들인 후 대답하고는 얌전히 찌그러진다. 아무래도 한동안은 아무 소리도 않는 편이 낫겠다.

미처 몰랐는데 프램 시티까지는 한 시간이나 걸리는 거리였다. 런던 북부 바로 외곽에 자리 잡은 창고형 매장인데 주차장에서 또 버스를 타고 들어가야만 하는 시스템이었다. 이것도 금시초문이었지만 뭐 어쩌랴. 그래도 세상에서 제일 폼 나는 슈퍼 유모차를 살 수만 있다면 여기까지 온 것도 다 보람이 있다.

버스에서 내리면서 난 주위를 은근슬쩍 둘러본다. 하지만 사설탐정처럼 보이는 사람은 하나도 없고 주위에는 다들 우리처럼 임산부 커플뿐이다. 하지만…… 어쩌면 데이브 샤프니스가 임산부 커플을 조사원으로 고용해서 우리를 미행시키지는 않았으려나?

그만 하자. 어째 점점 과대망상이 심해지는 것 같다. 망상은 이제 그만. 그런데 루크가 알게 된다고 해서 끝나는 건가? 적어도 내가 우리 결혼 생활을 소중히 생각한다는 증거 아닌가. 어떤 뜻에서는 루크도 내가 자기한테 미행을 붙였다는 걸 알면 조금은 으쓱해야 하는 것 아닌가?

그럼, 그렇고말고.

우리 둘은 다른 커플들 틈에 끼어 엄청나게 큰 입구로 향한다. 안으로 들어선 순간 너무나 좋아서 얼굴까지 빨개진다. 드디어 왔구나. 같이 유모차를 고르러. 내가 전부터 꿈꾸던 그대로 소망이 이루어진 거다!

"자, 드디어 시작이야!" 난 루크에게 활짝 웃어 보인다. "자기 생각은 어때? 일단 뭐부터 시작할까?"

"엄청나네." 루크가 둘러보며 한마디 한다. 거대한 돔형 건물로 에어컨 바람이 쌩쌩 불어닥치고 스피커에서 자장가가 흘러나온다. '산책용', '만능 보행용', '다기능', '2인 쌍둥이 이상' 등등이 씌어 있는 3미터짜리 알록달록한 현수막이 코너마다 붙어 있다.

"우리가 사야 하는 게 뭐지?" 루크가 이마를 비빈다. "그냥 단순한 유모차? 다기능 유모차?"

"용도에 따라 골라야지." 난 유모차라면 훤히 꿰고 있다는 말투로 대꾸하지만 사실은 이놈의 바퀴 달린 의자 업계에 대해서는 아직까지 영 알쏭달쏭하다. 한 번은 수지가 나한테 제대로 설명을 해주려 했지만 듣다 보니 내가 예전에 경제지 기자를 하던 시절 기자회견장에서 헤매던 때로 돌아간 것 같은 느낌이었다. 360도 회전 앞바퀴의 장단점에 대해 듣다가 하도 정신이 혼미해져서 한 마디도 제대로 알아듣지 못했건만 민망해서 수지한테는 그런 말도 못 하고 말았다.

"나름대로 조사를 좀 해봤거든." 난 적어두었던 유모차 목록

을 백에서 꺼내 좀 뻐기며 루크에게 준다. 지난 몇 주 동안 괜찮은 유모차를 길에서 볼 때마다 브랜드 이름을 적어두었던 것이다. 사실 쉽지는 않은 일이었다. 한 번은 이름을 알아내느라 하이스트리트 켄징턴까지 내내 따라갔던 적도 있다.

루크는 믿지 못하겠다는 기색으로 그 목록을 팔랑팔랑 넘겨본다. "베키, 거의 서른 개나 되잖아."

"일단 골라놓기만 한 거야! 그러니까 거기에서 하나씩 제외해나가면……."

"어떤 걸 찾으십니까?" 둘이서 고개를 드니 두상이 동그랗고 머리를 짧게 친 남자 하나가 가까이 오고 있다. 반소매 와이셔츠 차림에 '제 이름은 스튜어트입니다'라 적힌 프램 시티 명찰을 달았는데 자주색 유모차를 한 손만으로도 솜씨 좋게 척척 끌고 다가온다.

"유모차 좀 보려고요." 루크가 말한다.

"아, 그러시군요." 스튜어트의 눈길이 내 배로 쏠린다. "축하드립니다. 저희 매장엔 첫 방문이신가요?"

"처음이자 마지막 방문이죠." 루크가 힘주어 말한다. "이런 말 하기는 좀 그렇지만 이왕 온 김에 싹 다 장만하고 싶어서요. 그렇지, 베키?"

"응, 그럼!" 나도 고개를 끄덕인다.

"그러시군요. 알겠습니다. 글렌다! 이것 좀 D구역에다 갖다

놔줘요." 스튜어트는 자주색 유모차를 10미터 정도 떨어져 있던 아가씨에게 밀어주더니 다시 우리를 돌아본다. "자, 그럼 원하시는 유모차가 대략 어떤 종류인가요?"

"아직은 저희도 잘 모르거든요." 난 루크를 흘끔 본다. "전문가의 도움을 좀 받아야 할 것 같아요."

"아, 네! 그럼요." 스튜어트가 고개를 끄덕인다. "이쪽으로 오시죠."

스튜어트는 우리를 안내해 다기능 유모차 구역 한가운데로 데려가더니 멈춰 서는데 행동거지가 꼭 박물관 안내인 같다.

"고객님마다 다 원하시는 바가 다르고 아기들도 다 저마다 다르답니다." 스튜어트는 노래라도 하는 것처럼 낭랑한 목소리로 읊는다. "일단 유모차를 보기 전에 몇 가지 질문을 드려도 될까요? 고객님의 선택에 좀 더 도움이 되기 위해서 평소 생활 습관 같은 걸 좀 여쭤보려고 하는데요." 스튜어트는 전화선처럼 꼬불꼬불한 코드로 혁대에 연결시켜놓은 작은 수첩을 든다. "일단 사용할 장소부터 볼까요. 유모차를 주로 어디에 사용하실 예정인가요? 산책이나 쇼핑? 아니면 비포장도로 하이킹? 암벽 등반 같은 익스트림 스포츠?"

"전부 다요." 난 스튜어트의 목소리에 살짝 홀려서 저도 모르게 대답한다.

"전부 다?" 루크가 놀란다. "베키, 대체 익스트림 스포츠 같

61

은 걸 할 일이 뭐가 있어?"

"할 수도 있지 뭘 그래!" 난 톡 쏘아준다. "취미로 할 수도 있는 거잖아!" 내가 유모차를 밀면서 에베레스트 산기슭을 가뿐하게 올라가고 아기는 날 보면서 기뻐서 옹알거리는 모습이 머릿속에 펼쳐진다. "벌써부터 뭐든지 이건 이렇다 저건 저렇다 정해놓는 건 안 좋다고 봐."

"음, 그러시군요." 스튜어트는 뭐라뭐라 휘갈겨 쓰고 있다. "그럼 손쉽게 접어서 자동차 안에서도 사용 가능한 유모차가 좋으십니까? 카시트로 개조 가능한 모델이 좋으십니까? 가볍고 조작이 용이한 것과 견고하고 안정성을 중시한 것 중에서는 어느 쪽을 선호하시죠?"

난 루크를 곁눈질한다. 루크도 나처럼 대답이 영 궁한 눈치다.

"일단 몇 가지 모델을 보여드리죠." 스튜어트가 공세를 조금 늦춘다. "그러면 선택하기도 좀 쉬워지실 겁니다."

30분쯤 지나자 머릿속이 완전히 팽글팽글 돌 지경이 된다. 카시트 개조 가능형부터 시작해서 수압으로 접었다 펼 수 있는 모델, 자전거 바퀴가 달린 모델, 독일제 스프링 매트리스가 장착된 특수형 모델에다 아기를 대기오염에서 보호하는 동시에 '라떼를 마시며 쇼핑을 하기에 완벽한' 진짜 희한한 유모차도 보았다. (요건 맘에 든다.) 그뿐이랴, 아기 발 토시, 우산 대용 커버, 기저귀 가방에 캐노피까지 구경했다.

솔직히 이젠 라떼라도 한잔 마셔야겠다 싶은 상태인데 루크는 아직도 완전히 넋이 나가 있다. 지금 루크는 내가 생전 본 적도 없을 만큼 바퀴가 엄청나게 크고 우툴두툴한 유모차의 골조를 뚫어져라 살펴보는 중이다. 카키색 위장복 감으로 된 유모차인데 액션맨 대형 장난감 비슷해 보인다.

"그럼 이 유모차엔 관절형 섀시가 있는 거군요." 루크가 흥미를 보인다. "그럼 빙글빙글 돌 수도 있나요?"

내가 미쳐. 이게 무슨 차라도 되냐고.

"이 모델에서는 전혀 문제없습니다." 실제로 유모차를 돌려보이는 스튜어트의 눈도 반짝반짝 빛난다. "워리어 사 제품은 비포장도로용 유모차의 험비 지프랄까요. 이 스프링 차축 보이시지요?"

"워리어?" 난 기겁을 한다. "이름이 워리어면 그런 유모차는 안 사!"

둘 다 내 말을 귓등으로도 듣지 않는다.

"기계공학의 걸작이군요." 루크가 손잡이를 잡아본다. "느낌도 좋고."

"남자분들을 위한 유모차지요. 패션 나부랭이 유모차가 아닙니다." 스튜어트는 살짝 경멸하는 눈초리로 내가 잡은 루루 기네스 유모차를 슬쩍 곁눈질한다. "브랜던 씨, 사실은 전직 SAS 대원이셨던 고객님이 오신 적이 있는데 말입니다." 스튜어트가 목소리를 깐다. "그분이 고르신 모델이 바로 이거랍니다."

"아주 마음에 드는데요." 루크가 유모차를 앞뒤로 밀어본다. "베키, 이거 사야겠어."

"알았어." 난 기가 막혀서 허공을 올려다본다. "그럼 그건 자기가 쓰든가 해."

"무슨 소리야? 내가 쓰든가 하라니?" 루크가 날 빤히 바라본다.

"난 이거 사고 싶단 말야!" 난 어디 할 테면 해보라는 식으로 맞선다. "이건 한정판 루루 기네스 제품이고 아이팟 거치대도 있어. 햇빛 가리는 캐노피도 보이지? 얼마나 예쁜데!"

"설마 진담은 아니지?" 루크는 내가 고른 유모차를 못마땅하다는 눈으로 훑어본다. "장난감처럼 보이는걸."

"아이고, 자기가 고른 건 완전 탱크구만 뭐! 난 그런 거 끌고 밖에 안 나가!"

"저기, 이 점을 말씀드려야 할 것 같은데……." 스튜어트가 교묘하게 끼어든다. "두 분 다 탁월한 선택이시긴 하지만 두 모델 다 두 분께서 원래 찾으시던 접이식 카시트 겸용은 아닌데요."

"어라." 난 루루 기네스 유모차를 바라본다. "어, 그러네요."

"잠깐 커피라도 들고 쉬시면서 그동안 필요한 사항을 다시 한 번 점검하시면 어떨까요? 혹시 한 대 이상이 필요하실지도 모르니까요. 하나는 비포장도로용, 하나는 쇼핑용으로요."

그것도 좋은 생각이겠다.

스튜어트가 다른 부부를 상대하러 황급히 자리를 뜨자 루크와 난 카페로 향한다.

"자기가 커피 사와." 난 테이블을 차지하고 말한다. "난 여기 앉아서 우리에게 필요한 사항을 하나하나 자세히 따져볼게."

난 자리에 앉아 펜과 유모차 목록을 다시 꺼낸다. 뒷장에다가 '유모차를 고르는 우선순위 사항'이라고 쓴 다음 표를 작성한다. 지금은 과학적이고 엄밀한 태도만이 필요한 때다.

몇 분 뒤 루크가 음료를 쟁반에 담아서 돌아온다. "좀 정리해 봤어?" 루크는 내 맞은편에 앉으면서 묻는다.

"응!" 난 고개를 든다. 하도 열심히 적느라 얼굴까지 달아오른 상태다. "자, 여기. 논리적으로 따져봤는데…… 결론은 유모차 다섯 대는 있어야겠어."

"다섯 대?" 루크는 하마터면 커피를 엎지를 뻔한다. "베키, 겨우 아기 하나인데 유모차가 다섯 대나 필요할 일은 절대 없어!"

"왜 없어! 이것 봐." 난 루크에게 표를 보여준다. "갓난아기일 때는 이동 침대랑 카시트 기능도 갖춰진 다기능 유모차가 있어야 해." 난 손가락을 하나하나 꼽아가며 설명한다. "산책용으로 비포장도로 전용 유모차도 있어야지, 시내에서 쇼핑 겸 라떼 마시기에 편한 유모차도 필요하지, 차에 싣기 편하려면 가벼운 접이식 유모차도 하나 있어야 돼. 그리고 아이팟 거치대가 있는 루루 기네스 유모차도 필요하고."

"왜?"

"왜냐하면…… 폼 나잖아." 난 변명조로 대꾸한다. "멋쟁이 미시족 엄마들은 다 똑같은 걸로 장만할걸."

"멋쟁이 미시족?" 루크는 통 알아듣지 못하겠다는 표정을 짓는다. 이거, 이거. 도대체 이이는 그새 홀랑 까먹은 건가?

"〈보그〉에서 촬영 오기로 했잖아! 그러니까 난 완전 최고 멋쟁이 미시족이 돼야 한다고!"

스튜어트가 카페 옆을 지나가기에 루크가 손짓으로 부른다.

"실례지만 집사람이 유모차를 다섯 대나 사야겠다네요. 전혀 그럴 필요 없다고 설명 좀 해주실 수 있을까요?"

"고객님은 놀라신 모양이군요." 스튜어트는 자신만만하게 내게 윙크를 한다. "하지만 그런 손님도 굉장히 많으시답니다. 오신 김에 유모차 쇼핑을 한 번에 끝내고 싶으시면 다섯 대를 사시는 것도 아주 좋은……" 스튜어트는 싹 굳어진 루크의 얼굴을 보더니 말꼬리를 흐리면서 헛기침을 에헴 한다. "마음에 두신 모델이 있으면 저희 매장에 마련된 모의 산책 코스를 돌아보시는 게 어떨까요? 실제로 몰아보시면 아무래도 더 도움이 되겠지요."

모의 산책 코스란 매장 뒤편에 있는데 전 세계의 지형이란 지형은 싹 다 갖춰져 있다고 한다. 스튜어트의 도움을 받아 우리는 골라놓은 여러 대의 '후보'를 그리로 끌고 간다.

"이 모의 산책 코스는 저희 프램 시티의 자랑거리죠." 스튜어트는 유모차 여섯 대를 전혀 힘도 들이지 않고 줄줄이 끌고 간다. "한 번 돌아보시면 유모차가 평생 접할 수 있는 온갖 지면을 다 경험하실 수 있습니다. 쇼핑센터의 매끄러운 대리석 바닥에서부터 여름휴가 때 갈 법한 해변까지…… 성당의 돌계단도 있지요…… 자, 여기입니다!"

이야. 감탄이 절로 나오는구나. 산책 코스는 길이가 30미터 정도로 생김새는 경주로 비슷한데 사방에서 사람들이 시끄럽게 떠들어대면서 유모차를 끌고 있다. 자갈길 구역에서는 웬 여자가 분홍색 양산이 달린 유모차와 낑낑대며 씨름중이고 해변 구역에서는 갓 걸음마를 하는 아기 둘이서 모래장난을 치고 있다.

"끝내준다!" 난 쇼핑 겸 라떼 마시기 전용 유모차를 끌고서 출발선으로 향한다. "경주하시죠, 워리어 아저씨."

"그러실까요." 루크는 덩치만 큰 카키색 유모차 핸들을 쥐더니 다음 순간 인상을 쓴다. "그런데 브레이크는 어떻게 작동시키지?"

"훗! 시작부터 지겠네!" 난 쌩쌩 미끄러지는 유모차를 끌고 '보도' 구역을 잽싸게 지나간다. 하지만 잠시 후 돌아보니 루크가 괴물딱지 유모차를 밀면서 앞으로 나아가기 시작하더니…… 금방 나를 따라잡는다.

"어딜 감히!" 난 어깨너머로 으름장을 놓고는 속도를 높인다.

"천하무적 워리어 유모차." 루크는 영화 예고편 성우처럼 폼을 잔뜩 내면서 말한다. "워리어는 패배를 모른다!"

"그럼 워리어께선 빙글빙글 돌기는 할 줄 아시나?" 난 쏘아붙인다. 이제 대리석 구역에 도착하자 그때부터 내 유모차는 기가 막히게 쌩쌩 달린다! 손가락 하나로만 쿡 밀어도 거의 8자를 그리며 나아간다. "봤지? 이거야말로 완전……." 고개를 들어 보니 루크는 벌써 자갈길 구역에 닿은 상태다. "아니, 규정 종목을 빼먹으면 어떡해!" 난 분해서 외친다. "20초 감점!"

이런 말 하긴 싫지만 워리어는 자갈길에서는 정말로 날다시피 한다. 자갈들도 워리어의 바퀴 밑에서는 얌전히 찌그러지는 모양이다. 그에 비해 내 유모차는…… 조금…… 완전 똥차다.

"좀 도와줄까?" 내가 낑낑거리면서 나아가자 루크가 묻는다. "후진 유모차 때문에 골치 아프지?"

"어차피 우리 아기는 자갈구덩이 같은 데에 갈 일 없어." 난 상냥한 어조로 쏘아준다. 잔디밭 구역으로 간신히 나간 나는 실수인 척하면서 고의로 유모차를 루크의 유모차에 갖다 박는다.

"방향 전환에도 문제가 있나보네?" 루크가 두 눈썹을 치킨다.

"그게 아니라 자기 유모차 에어백 좀 시험해보느라고." 난 생기발랄하게 대답한다. "그런데 작동이 안 되나본데?"

"호오, 고마우셔라. 그럼 나도 자기 유모차 시험 좀 해줄까?" 루크가 워리어로 내 유모차를 들이받자 난 키득거리면서 반격을 가한다. 측면 울타리 쪽에서 스튜어트가 조금 걱정된다는 표정으로 우리를 보고 있다.

"이제 결정을 하셨나요?" 스튜어트가 소리쳐서 묻는다.

"아, 네." 루크가 고개를 끄덕이면서 크게 대답한다. "워리어 세 대 부탁합니다."

"그만 못 해?" 내가 손등으로 찰싹 때리자 루크는 하하 웃기 시작한다.

"그럼 네 대……." 순간 휴대전화기가 울려서 루크는 말을 끊는다. "잠깐만." 그러고는 전화를 받는다. "루크 브랜던입니다. 어, 그래, 안녕."

루크는 유모차 손잡이를 놓더니 자리를 뜬다. 이젠 내가 워리어를 좀 몰아볼까나. 난 슈퍼 특대형 손잡이를 잡고서 시험 삼아 한 번 밀어본다.

"장난하나?" 루크의 날카로운 목소리가 들린다. 워리어를 잡고 한 바퀴 빙글 돌리니 루크가 정면으로 보인다. 딱딱하고 창백한 얼굴로 미간에 주름까지 잡아가며 누구인지는 모르지만 통화 상대의 말을 열심히 듣고 있다. 별일 없는 거지? 내가 입 모양으로만 말을 걸자 루크는 곧바로 외면하고 휙 돌아서서 좀

떨어진 곳으로 자리까지 옮긴다.

"알았어." 이제는 말소리만이 들린다. "그럼…… 생각을 좀 해보자고." 루크는 산책 코스와 나란히 걸어가면서 머리카락을 헤집는다. 하마터면 웬 부부가 모는 세발 유모차와 부딪칠 뻔했는데 그것도 영 눈치 채지 못한다.

난 조금 걱정이 되어서 워리어 유모차를 끌고서 루크의 뒤를 따르기 시작한다. 무슨 일이 있는 거지? 전화한 사람은 누굴까? 난 유모차 바퀴가 통통거리는 가운데 계단을 내려가 마침내 모래사장 구역에서 루크를 따라잡는다. 다가가는데 심장이 철렁 내려앉는다. 루크가 부서질세라 전화기를 움켜쥐고는 긴장감이 역력한 표정을 짓고 있는 게 아닌가.

"그렇게는 못 해." 루크는 여전히 낮은 목소리로 통화중이다. "그렇게는 할 수 없어." 순간 나를 본 루크가 동요한 나머지 순식간에 표정이 확 변한다.

"루크……."

"나 지금 통화중이잖아, 베키." 신경질적인 목소리다. "나한테도 사생활 좀 있으면 안 돼?" 루크는 모래밭 저쪽으로 성큼성큼 가버리고 난 그런 뒷모습을 물끄러미 지켜본다. 따귀라도 철썩 얻어맞은 느낌이다.

사생활? 남편이 아내한테 뭔 사생활?

성큼성큼 멀어져가는 루크를 보고 있으려니 다리가 후들거린다. 어디서부터 뭐가 잘못된 걸까? 조금 전만 해도 유모차로 장난을 치면서 웃고 있었는데 지금은……

아까부터 내 휴대전화기가 가방 속에서 울리고 있었다는 사실을 그제야 불현듯 깨닫는다. 정신 나간 생각일지는 모르지만 루크일 거라는 확신이 팍 든다. 사과하려고 전화했구나! 하지만 루크는 저쪽 반대편 산책 코스에서 아직도 여전히 통화중이다.

난 전화기를 꺼내서 받는다. "여보세요."

"브랜던 부인이십니까?" 걸걸한 목소리가 말한다. "데이브 샤프니스올시다."

허억, 내가 미쳐. 하필 이런 때에.

"겨우 통화가 됐네요!" 난 안 그래도 불편하던 심기를 샤프니스 씨에게 죄다 퍼부으며 딱딱거린다. "잘 들으세요. 의뢰는 그때 취소했잖아요! 그런데 왜 아직까지 우리 신랑 뒤를 따라다녀요?"

"브랜던 부인." 데이브 샤프니스는 키들키들 웃는다. "다음 날에 취소했다가 후회하시는 여자분이 얼마나 많은지 모르시는군요. 제가 그때마다 1페니씩만 받았어도 떼돈을……."

"그 여자들은 그 여자들이고 어쨌든 난 진짜 취소하고 싶다니까요!" 하도 열불이 올라와서 전화기를 한 대 팍 치고 싶다. "우리 신랑도 누가 자기를 미행한다는 걸 안단 말이에요! 그 사무소 탐정을 봤다잖아요!"

"저런." 데이브 샤프니스는 좀 놀란 눈치다. "이거, 저희 부하직원이 실수를 했군요. 제가 따끔하게 주의를 줄 테니……."

"주의고 뭐고 당장 다 취소하세요! 우리 결혼생활이 파탄나기 전에 지금 부하직원 전원한테 연락해서 취소하라고요! 다시는 전화하지 마세요!"

통화 잡음이 점점 더 심해진다.

"소리가 자꾸 끊기는군요, 브랜던 부인." 데이브 샤프니스의 목소리가 희미하다. "죄송합니다. 지금 리버풀로 가는 중이라서요."

"조사를 중지하라고요!" 난 조심하면서도 되도록 크고 또랑또랑하게 말한다.

"조사 결과가 나왔는데도요? 다른 게 아니라 바로 그것 때문에 전화 드린 겁니다. 브랜던 부인, 보고서가 전부 다 작성되었으니 이제 보여드리기만 하면 됩니다……." 목소리가 잡음의 홍수 속으로 사라진다.

"조사 결과요?" 난 멍하니 전화기를 응시한다. 갑자기 심장이 두방망이질을 친다. "무슨…… 샤프니스 씨? 들리세요?"

"……부인께서 꼭 보셔야 할 사진 같아서……."

지지직 하던 잡음이 갑자기 뚝 끊어지면서 침묵이 찾아온다. 전화가 끊긴 것이다.

난 한 손으로는 여전히 워리어 유모차를 움켜쥔 채 모래밭 위에 마비된 듯 가만히 서 있기만 한다. 사진? 설마 이 남자 말이…….

"베키." 루크의 목소리가 들리기에 난 화들짝 놀라 그만 전화기를 공중으로 날리고 만다. 루크는 허리를 숙여 모래밭에 떨어진 전화기를 주워 내게 돌려준다. 난 떨리는 손으로 전화기를 받아 주머니에 쑤셔 넣지만 그러면서도 도무지 루크를 제대로 볼 수가 없다.

사진이라니, 무슨 사진?

"베키, 나 이만 가봐야겠어." 루크도 나 못지않게 긴장한 목소리다. "그게…… 멜이 전화를 했네. 사무실에 비상사태가 좀 생겼대."

"응, 알았어." 난 고개를 끄덕이면서 워리어를 끌고 코스 출발선으로 돌아간다. 시선은 계속 앞쪽에만 못 박힌 채다. 온몸이 마비된 느낌이다. 사진이라니, 무슨 사진?

"루루 기네스 유모차로 하자." 출발선에 닿자 루크가 말한다. "난 그래도 상관없어."

"아냐, 워리어로 사." 난 돌연 목이 꽉 메는 바람에 마른침을 꿀꺽 삼킨다. "아무거나 사면 어때."

편안하고 재미있던 순간은 싹 자취를 감췄다. 오싹한 것이 예감이 좋지 않다. 데이브 샤프니스는 루크가…… 뭔가를 하고 있다는 증거를 포착한 것이다. 하지만 어떤 증거일지 난 전혀 감도 잡을 수가 없다.

그 말이 사실일 리가 없어!

이번에는 선글라스 따위 쓰지도 않았다. 괜히 접수대 직원한테 실실 웃어 보이지도 않는다. 난 그때와 똑같은 갈색 발포 의자에 꼿꼿이 앉아 티슈를 갈기갈기 좍좍 찢으며 속으로 생각한다. 믿을 수가 없어, 믿을 수가 없다고.

주말 동안 일이 하나도 손에 잡히지 않았다. 오늘 아침에도 루크가 출근할 때까지 초조하게 기다려야만 했다. 루크가 정말로 완전히 회사로 떠났다고 확신한 뒤에야(창밖으로 계속 지켜보고 차로 두 번이나 전화를 걸어 루크가 돌아올 일이 없는지 확인에 확인을 거듭) 겨우 용기를 그러모아 데이브 샤프니스의 사무실로 전화를 했다. 하지만 통화를 하면서도 내내 속삭이는 목소리밖에 내지 못했다. 접수대 직원한테 물어봤지만 그 여자는 전화상으로는 조사 결과를 전혀 알려줄 수 없다고 딱 잘라 말했다. 그래서 내가 지금 여기 이 자리에 있는 거다. 다시금 웨스트 러슬립 거리에. 현재 시각은 오전 11시.

이 모든 일이 비현실적으로 느껴진다. 원래는 취소되었어야 할 조사인데. 아무것도 찾아내지 못했어야 정상인데.

"브랜던 부인." 난 수술실에서 의사를 올려다보는 환자가 된 느낌으로 고개를 든다. 데이브 샤프니스의 목소리는 평소보다도 한결 음침하게 들린다. "들어오실까요?"

날 사무실로 안내하는 데이브 샤프니스의 표정은 동정하는 기색이 역력하다. 견딜 수가 없다. 순간 용기를 내어 표정을 가다듬자는 생각이 든다. 루크가 바람을 피우건 말건 나하고는 전혀 상관없다는 척 굴어야지. 그냥 단순히 호기심으로 알아보고 싶었을 뿐이라고. 루크가 정말로 바람을 피운다니까 반갑기까지 하다고. 사실 전부터 이혼을 하고 싶었다고. 아무렴.

"뭔가 증거를 잡긴 잡으셨군요." 난 앉으면서 아무렇지도 않은 척 입을 연다. "재미있네요." 무심하다는 척 미소까지 억지로 지어 보인다.

"힘드시겠지요, 브랜던 부인." 데이브 샤프니스가 팔꿈치로 책상을 짚고 낑낑대며 상체를 내민다.

"아니에요, 그렇지 않아요!" 난 오버해서 밝게 대답한다. "정말 괜찮아요. 사실 나도 애인이 있어서 모나코로 도망갈까 하고 있거든요. 그러니까 난 진짜 백 퍼센트 말짱해요."

데이브 샤프니스는 납득한 기색이 아니다.

"제가 보기엔 상심하신 것 같은데요." 탐정의 목소리가 더 낮아진다. "아주 많이 상심하신 것 같습니다 그려." 충혈된 탐정의 눈이 너무나도 애달픈 표정이라 난 더 이상 연기를 할 수가 없다.

"알았어요. 네, 맞아요, 잘도 아시네요!" 난 흥 소리를 낸다. "빨리 본론부터 들어가주시죠, 네? 우리 신랑이 그 여자랑 만나는 거 맞나요?"

데이브 샤프니스는 마닐라지(紙) 파일을 펼치더니 고개를 설레설레 저으면서 내용을 살펴본다.

"항상 그렇지만 이런 얘기는 쉽지가 않은 법이지요." 데이브 샤프니스는 한숨을 쉬면서 서류를 가지런히 정리하더니 곧이어 눈길을 든다. "브랜던 부인, 남편분께서는 그동안 완전히 이중생활을 해오고 계셨습니다."

"이중생활요?" 난 입을 떡 벌린다.

"이런 말씀 드리기 그렇지만, 남편분께서는 부인이 생각하시는 그런 분이 아닙니다."

루크가 내가 생각하는 그런 사람이 아니라니 어떻게 그럴 수가 있지? 이 남자가 지금 무슨 소리를 하는 거야?

"그게 무슨 말씀이세요?" 난 거의 잡아먹을 기세로 따지고 든다.

"지난주 수요일에 우리 사무실 탐정 하나가 남편분이 퇴근하신 이후부터 뒤를 밟았습니다. 남편분은 가명으로 어떤 호텔에 방을 잡으시더니…… 여자들 몇 명과 같이 칵테일을 주문하셨습니다. 그게…… 그러니까…… 그렇고 그런 여자들이지요. 제 말뜻 아시겠습니까, 브랜던 부인?"

하도 놀라서 말도 나오지 않는다. 루크가? 그렇고 그런 여자들하고?

"남편분께서 쓰신 가명을 가지고 우리 사무실의 실력파 민완탐정이 한번 조사를 해봤지요." 데이브 샤프니스가 턱을 치켜든다. "조사해보니 그 호텔에서는 과거에도 안 좋은 일들이 많았더군요. 특히…… 여자들과 관련된 불미스런 사건들이 말이지요." 데이브 샤프니스는 역겹다는 표정을 지으면서 메모를 본다. "전부 다 돈으로 쉬쉬 입막음을 했더군요. 힘깨나 있으시더군요, 남편분께서. 우리 탐정이 더 파헤친 바에 따르면 성희롱 사건도 몇 건이나 있었고…… 남편분과 회사 동료가 협박죄로 공동 고발당한 적도 있지만 그것도 쉬쉬하며 묻혔고……."

"그만 하세요!" 난 더 이상 들을 수가 없어서 버럭 외친다. "잘못된 정보가 분명해요! 선생님이나 부하 탐정이 실수를 했을 거예요. 우리 신랑은 그렇고 그런 여자들하고 칵테일 같은 거 마실 사람이 아니에요! 어느 누구도 협박할 사람이 아니라고요! 내가 잘 알아요!"

데이브 샤프니스는 한숨을 푹 쉰다. 그러고는 의자에 편히 앉으면서 산만 한 배 위에 두 손을 가만히 내려놓는다.

"심정은 충분히 이해합니다, 브랜던 부인. 정말입니다. 어떤 여자도 자기 남편이 완벽한 성인군자가 아니라는 말을 듣고 싶어 하지는 않지요."

"내가 언제 우리 신랑이 완벽한 성인군자랬어요! 내 말은 그게 아니라……."

"부인은 이 세상에 사기꾼이 얼마나 들끓는지 모르셔서 그러시는 겁니다." 데이브 샤프니스는 딱하다는 눈길로 날 눈여겨본다. "남편의 진실을 제일 나중에 아는 건 항상 부인들이지요."

"도대체 이해를 못 하시네요!" 이 남자의 따귀라도 찰싹 갈겨주고 싶어 미치겠다. "루크가 그럴 리가 없어요. 절대 없다고요!"

"진실을 받아들이기란 힘겨운 일이지요." 당최 인정사정 봐주지 않는 말투다. "엄청난 용기가 필요한 법입니다."

"생각해주는 척 좀 그만 해요!" 난 진짜 머리끝까지 화가 난다. "누가 용기가 없어서 이래요? 그게 아니라 난 우리 신랑이 남 협박이나 하는 치사한 인간이 아니라는 걸 잘 안단 말이에요! 그 메모 어디 한번 봐요!" 내가 파일을 빼앗자 갓 뽑아낸 듯한 흑백 사진이 책상 위에 한 무더기 쏟아지고 만다.

난 어안이 벙벙해서 그 사진들을 가만히 들여다본다. 죄다 이언 윌러의 사진뿐이다. 루크네 회사 앞에 서 있는 이언. 호텔 계단을 올라가는 이언.

"이 사람은 우리 신랑이 아니에요." 난 고개를 든다. "우리 신랑이 아니라고요."

"이제 조금 얘기가 통하겠군요." 데이브 샤프니스가 뿌듯해하면서 고개를 끄덕인다. "남편분은 두 얼굴을 가지고 살아오신 겁니다. 말하자면……."

"입 좀 닥쳐, 바보 멍청이!" 난 머리끝까지 열이 뻗쳐서 소리를 꽥 지른다. "이 사람은 이언이야! 사람을 잘못 보고 미행한 거라니까!"

"네?" 데이브 샤프니스가 자세를 바로잡는다. "정말로 사람을 잘못 봤단 말입니까?"

"이 사람은 우리 신랑 고객이에요. 이언 윌러라는 사람이라고요!"

데이브 샤프니스는 사진을 한 장 들더니 잠시 뚫어져라 들여다본다.

"남편분이 아니다 이 말씀이신가요?"

"그렇다니까요!" 순간 이언이 자기 차에 타는 사진이 내 눈에 들어온다. 난 그 사진을 덥석 들고서 초점이 빗나간 채로 차 반대편에서 잡힌 루크를 가리켜 보인다. "이 사람이 루크예요!

우리 신랑이라고요."

희미하게 찍힌 루크의 얼굴과 이언의 사진과 메모를 번갈아 살펴보는 동안 데이브 샤프니스의 숨결이 점차 거칠어진다.

"리! 이리 좀 와봐!" 데이브 샤프니스가 외친다. 사근사근한 프로다운 말투는 싹 사라지고 뚜껑이 완전 열린 런던 남부 토박이 노친네 음성이다.

잠시 후 문이 열리더니 열일곱쯤 되어 보이는 빼빼 남자애 하나가 게임보이를 손에서 놓지 않은 채 방 안으로 고개만 쏙 들이민다.

"부르셨어요?"

이 꼬마가 실력파 민완탐정 뭐시기라고?

"리, 네 녀석은 정말 하다하다 이게 뭐냐!" 데이브 샤프니스는 화를 발칵 내며 탁자를 퍽 내리친다. "이렇게 큰 실수를 한 게 벌써 두 번째야! 목표물은커녕 엉뚱한 남자만 미행하고! 이 사람은 루크 브랜던이 아니야!" 데이브 샤프니스는 사진을 거칠게 내민다. "루크 브랜던은 이쪽이란 말이다!"

"어랏." 코를 문지르는 리는 완전히 태연한 기색이다. "아, 엿 됐네."

"그래, 엿 됐다! 너 같은 녀석은 그냥 싹둑 잘라버리고 싶어!" 어느새 데이브 샤프니스의 목까지 벌겋게 물들었다. "어쩌다가 이런 실수를 했냐?"

"아, 그걸 내가 어떻게 알아요!" 리가 변명을 늘어놓는다. "신문에서 사진까지 찾아봤단 말이에요." 리는 스크랩을 해놓은 타임스 기사를 파일에서 꺼낸다.

내가 아는 사진이다. 루크와 이언이 아코다스 그룹 기자회견장에서 이야기를 나누는 선명한 사진이다. "자, 보셨죠?" 리가 말한다. "여기요. '이언 윌러(왼쪽)와 의논중인 루크 브랜던(오른쪽)'이라고 나와 있잖아요."

"그 사진은 설명이 잘못 나간 거예요!" 난 물어뜯을 듯이 대꾸한다. "다음날 정정 기사가 나갔단 말이에요! 그거 하나 체크 안 해봤어요?"

하지만 리는 벌써 게임보이만 들여다보느라 정신이 없다.

"고객님한테 대답해!" 데이브 샤프니스가 버럭 소리를 지른다. "리, 네놈은 마시는 공기조차 아까운 놈이야!"

"나참, 아빠. 겨우 실수 하나 한 것 가지고 뭘 그래요. 네?" 리가 우는소리를 한다.

아빠라고라?

내 다시는 사설탐정이란 인간들하고 상종을 하나 봐라.

"브랜던 부인……." 데이브 샤프니스는 침착을 되찾으려고 눈에 띄게 애를 쓴다. "사과밖에 드릴 말씀이 없습니다. 당연히 무료로 재조사를 해드리겠습니다. 이번에는 착오 없이 정확한 대상을……."

"됐어요!" 난 말허리를 자른다. "그냥 중단하세요. 됐죠? 이만하면 충분해요."

갑자기 온몸이 부들부들 떨리기 시작한다. 사람을 사서 루크를 감시시키다니, 어떻게 그런 짓을 할 수 있었을까? 내가 이런 시궁창 같은 데서 뭘 하고 있는 거지? 난 벌떡 일어난다. "이만 가겠어요. 다시는 연락하지 마세요."

"네, 네." 데이브 샤프니스는 황급히 자리에서 일어난다. "리, 비켜드려라! 그런데 말입니다, 다른 결과물도 가져가셔야지요, 브랜던 부인……."

"다른 결과물요?" 난 기가 막혀서 홱 돌아본다. "앞으로 내가 선생님 말을 한 마디라도 더 듣고 싶어 할 것 같으세요?"

"눈썹 미용 건이 있지 않습니까." 데이브 샤프니스가 넌지시 헛기침을 한다.

"아, 맞다." 난 순간 동작을 멈춘다. 그러고 보니 까맣게 잊고 있었다.

"전부 다 여기 있습니다." 데이브 샤프니스가 그 틈을 타서 내 겨드랑이에 마닐라지 파일을 척 끼워준다. "시술한 사람이며 방법, 사진, 조사 내용 전부 자세하게 나와 있습죠……."

이런 파일 따위 이 작자의 면전에다 내팽개치고 확 나와버리고 싶다.

하지만…… 재스민은 눈썹 정리 하나는 정말 기막히게 했더란 말이지.

"그 부분만 좀 보든가 해야겠네요." 한참 뒤에야 난 되도록 딱딱한 말투로 말해준다.

"다른 정보들도 조금씩 다 들어 있습니다." 데이브 샤프니스가 내 뒤를 따라 헐레벌떡 문간까지 나온다. "남편분과 관련이 있을지도 모르는 분들의 정보까지요. 예를 들어 부인 친구분인 수잔 클리드-스튜어트 씨도 있습니다. 그 여자분 상당한 재력가시더군요."

구역질이 난다. 이 작자가 수지까지 뒷조사를 했다고?

"추정되는 재산이 약……."

"닥치지 못해요?" 난 잡아먹을 듯 휙 돌아본다. "다시는 꼴도 보기 싫고 목소리도 듣고 싶지 않아요! 앞으로 여기 탐정이란 사람이 또 루크나 내 친구 뒤를 따라다니기만 하면 당장 경찰에 신고하겠어요!"

"그럼요, 그렇고말고요." 데이브 샤프니스는 내 말이 천하에 기발한 아이디어라도 된다는 것처럼 고개를 끄덕거린다. "잘 알겠습니다."

난 거리 모퉁이까지 비틀비틀 걸어 나와 택시를 잡는다. 택시가 부릉 하고 출발하자 난 측면 위쪽에 달린 손잡이에 매달린다. 웨스트 러슬립에서 완전히 빠져나가기 전에는 도무지 진정을 할 수가 없을 것 같다. 파일 안을 들여다볼 수조차 없을 것 같다. 내 무릎 위에 놓여 있는 그 파일이 꼭 끔찍한 악행의 비밀 기록처럼 느껴진다. 생각해보면 그래도 내가 가지고 나오기를 정말 잘했다 싶다. 하나도 남김없이 챙겨서 내 손으로 문서 파쇄기에 넣어야겠다. 그러고 나서 그 잔해도 한 번 더 찢어 발겨야겠다. 내가 한 짓을 절대 루크에게 알리고 싶지 않다.

내가 이런 의뢰를 하려고 했다는 사실조차 믿어지지가 않는다. 루크와 난 부부 사이인데. 서로를 염탐해서는 안 되는 사이다. 혼인 서약문에도 똑똑히 나와 있지 않나. '서로를 아끼고 사랑할 것이며 웨스트 러슬립의 사설탐정을 고용하는 일은 절대로 없어야 하느니라.'

우린 서로를 신뢰해야 한다. 그저 서로를 믿어야만 한다. 난 충동적으로 휴대전화기를 꺼내 루크에게 전화를 건다. "안녕, 자기!" 연결이 되자마자 난 말한다. "나야."

"자기! 무슨 일 있는······."

"아무 일 없어. 그냥 궁금해서 걸었어." 난 심호흡을 한다. "그날 유모차 보러 갔을 때 자기한테 전화 왔었잖아. 좀 심란해하는 것 같더라. 별일 없는 거지?"

"베키, 그때 일은 미안해." 루크는 정말로 후회하는 목소리다. "내가 진짜 잘못했어. 그때는······ 잠깐 내가 이성을 잃었거든. 사소한 문제가 좀 있었는데 저절로 다 해결됐어. 걱정하지 마."

"그래, 알았어." 난 숨을 내쉰다. 그때까지는 내가 숨을 참고 있었다는 사실도 몰랐다.

　일 문제였구나. 그것뿐이었구나. 회사 일이라는 게 항상 문제도 생기고 잡음도 나니까 그런 걸 다 해결하려면 가끔 스트레스를 받는 것도 당연하다. 큰 회사를 운영하려면 원래 다 그런 것 아닌가?

　"그럼 나중에 봐, 자기. 오늘 저녁 힘 좀 주고 외출한다며 준비 다 했어?"

　오늘 저녁엔 대학 동창회가 있다. 그러고 보니 하마터면 깜박 잊을 뻔했다. "그럼! 엄청 기대하고 있는걸. 안녕, 루크."

　난 전화기를 가방에 넣고 몇 번 심호흡을 한다. 중요한 것은 루크는 내가 사설탐정 근처에서 얼씬거렸다는 사실조차 전혀 낌새도 못 채고 있다는 거다. 앞으로도 절대 알 일이 없다.

　택시가 낯익은 런던 서부에 들어서자 난 파일을 펼치고 사진이며 조사 결과 메모를 뒤적인다. 재스민이 어디서 눈썹을 했는지만 찾아보고 전부 다 찢어서 버려야겠다. 뒤적이던 중 하이스트리트 켄징턴을 지나가는 수지의 선명치 못한 사진이 나오자 난 또 다른 수치심이 몰려들어 눈을 질끈 감는다.

　내 여태껏 엄청난 실수를 몇 번 하고 살아왔지만 이번 일은 그보다 백만 배, 아니 천만 배는 더 나쁘다. 내가 어떻게 단짝 친구의 정보를 수상쩍은 사설탐정 따위한테 태연하게 건네는 짓을 했을까?

이후로 십여 장 정도는 베니셔의 사진이기에 곧바로 넘겨버린다. 그 얼굴 따위는 보고 싶지 않다. 그 뒤에 나온 것은 루크의 보좌관 멜이 사무실에서 나오는 사진 두어 장, 그리고…… 엄마야. 이게 뭐냐. 이거 루루 아냐?

난 어안이 벙벙해서 사진을 물끄러미 들여다본다. 다음 순간 루크가 아는 여자들의 명단을 작성할 때 거기다 루루의 이름도 넣었던 기억이 난다. 내가 루크랑 루루는 거의 알지도 못하는 사이라고 말했더니 데이브 샤프니스는 짐짓 우월한 척 고개를 끄덕이면서 "그런 건 종종 다 연막작전일 때가 많습니다." 하고 지껄였다. 바보 멍청이가 따로 없다. 십중팔구 그 작자는 루크와 루루가 남몰래 불꽃처럼 지글지글한 연애를 한다고 믿은 거다.

잠깐만. 난 눈을 껌벅거리면서 사진을 더욱 자세히 들여다본다. 설마 이게 진짜로…….

루루가 이럴 리가…….

어느 정도는 충격이었지만 난 그래도 웃지 않으려고 손으로 입을 틀어막는다. 그래, 뭐 사설탐정을 고용한 건 바보짓이긴 했다만 그래도 이걸 보면 수지도 엄청 좋아할 테니 조금은 불행중 다행이려나.

사진이며 서류를 죄다 다시 파일에 우겨 넣는데 그때 마침 전화가 온다. "여보세요?" 난 조심스레 전화를 받는다.

"팀장님, 재스민이에요!" 생기발랄한 목소리가 들린다. "지금 오시는 길이에요, 아니면 다른 데 가시는 길?"

난 놀라서 자세를 바로 한다. 우선 내가 지각을 했다는 사실 자체를 직장 동료 중 누구라도 알아챘다는 게 놀라워서다. 두 번째 이유는 장단고저 따위 절대 없는 느러터진 말투에 한 마디 이상은 말도 거의 않던 재스민이 언제부터 이렇게 통통 튀는 목소리를 냈던가 싶어서다.

"지금 가는 길이야. 무슨 일 있어?"

"팀장님 친구분 대니 코비츠 씨 때문이죠, 뭐."

걱정이 퍼뜩 든다. 제발 대니가 흥미를 잃었다는 말만 아니기를. 대니가 발을 뺀다는 얘기만은 아니기를.

"무슨…… 문제라도 있어?" 말을 입 밖에 내는 것조차 견디기가 힘들다.

"설마요! 지금 막 디자인이 완성됐거든요! 코비츠 씨 지금 여기 계시거든요. 진짜 환상적인 거 있죠!"

마침내. 드디어 일이 풀리기 시작하는구나! 백화점에 도착한 나는 디자인을 검토하기 위해 다들 모여 있다는 6층 회의실로 직행한다.

재스민이 엘리베이터까지 나를 마중 나왔는데 두 눈이 반짝반짝 빛난다.

"정말 끝내줘요! 코비츠 씨는 제대로 된 결과물을 내느라 밤새 일하셨나봐요. 영국에 온 덕분에 한 가지 부족했던 바로 그 마지막 영감이 떠올랐다나요. 다들 완전 흥분하고 난리 났어요. 분명 매진될걸요! 친구들한테 문자메시지로 알려줬더니 다들 하나씩 사고 싶대요."

"정말? 대단하네!" 난 놀라서 대답한다.

하지만 놀라운 게 대니가 이렇게 단시간 내에 디자인을 완성시켰기 때문인지, 아니면 재스민이 드디어 사람다움을 되찾은 것 때문인지는 나도 모르겠다.

"여기예요……." 재스민이 중후한 회의실 문을 열자 대니의 목소리가 들린다. 길다란 탁자 위에 앉아서 에릭이며 브리애나, 그 외에 마케팅과 홍보부 전 직원을 대상으로 설명을 하고 있다.

"완성은 거의 다 됐는데 바로 그 마지막 컨셉, 그것 하나만 딱 모자라는 상황이었죠." 대니가 말한다. "하지만 일단 아이디어가 떠오르자마자……."

"정말 특이하네요!" 브리애나가 찬탄한다. "실로 독창적이에요."

"베키!" 순간 대니가 나를 본다. "이리 와서 디자인 좀 봐! 칼라, 이쪽으로 돌려봐."

대니가 칼라를 손짓으로 부른다……. 다음 순간 난 헉 소리를 낸다.

"뭐야, 이게?" 기겁을 한 나머지 미처 막을 틈도 없이 말이 튀어나온다.

대니가 완성시킨 작품은 티셔츠다. 솔기마다 개더 주름이 잡혔고 대니 코비츠의 전매특허인 너덜너덜한 플리츠 주름 소매가 달려 있다. 뒤판은 하늘색이고 앞쪽에는 어딘가 60년대 화풍으로 빨강머리 인형 그림이 들어가 있다. 그리고 그 아래에는 이런 문장이 프린트되어 있다.

빨강머리 못된 년, 재수 없는 년

난 대니와 티셔츠를 번갈아 바라본다.

"설마……." 입이 제대로 움직이지 않는다. "대니, 설마 이런……."

"대단하죠?" 재스민이 거든다.

"잡지에서도 난리가 날 거예요." 홍보부 여직원도 신이 나서 고개를 끄덕인다. "벌써 〈인스타일〉에 살짝 정보를 흘려놨으니까 그쪽 머스트해브 컬럼에 실릴 거예요. 똑같은 문구를 넣은 쇼핑백도 만들고…… 너도 나도 하나씩 사고 싶어 할걸요."

"정말 기막힌 문구예요!" 누군가가 말한다. "빨강머리 못된 년, 재수 없는 년!"

회의실에 있는 모두가 푸하하하 웃는다. 나만 빼고. 난 아직도 충격에서 벗어나지 못한 상태다. 베니셔가 뭐라고 하려나?

루크는 또 뭐라고 하려나?

"버스정류장, 포스터, 잡지 등등 사방에 도배를 하는 거예요……." 홍보부 직원이 계속 말을 잇는다. "코비츠 씨가 근사한 아이디어를 더 내주셨는데 이 문구를 넣어서 임산부용 티셔츠도 만들자고 하시네요."

난 기겁을 해서 고개를 번쩍 든다. 뭘 만든다고?

"진짜 명안이다, 대니!" 난 잡아 죽일 듯이 대니를 쨰려본다.

"내가 생각해도 그래." 대니는 짐짓 아무것도 모르는 양 활짝 웃는다. "그거 입고서 분만실에 들어가면 되겠네!"

"그런데 어디에서 이런 기막힌 영감을 얻으셨나요, 코비츠 씨?" 마케팅 부서의 풋내기 어시스턴트 하나가 의욕에 차서 묻는다.

"빨강머리 못된 년이란 게 누구예요?" 홍보부 직원도 호탕하게 웃으면서 끼어든다. "이런 티셔츠가 몇 천 벌은 길거리에 널릴 텐데 장본인이 마음 상하면 어쩌나."

"어떨 것 같아, 베키?" 대니가 두 눈썹을 치키면서 사악한 표정으로 날 본다.

"베키가 아는 사람이에요?" 브리애나가 놀라서 묻는다. "실제 모델이 있나?"

다들 궁금해 죽겠다는 표정이 된다.

"아뇨!" 난 겁이 나서 정신없이 지껄인다. "전혀요! 그럴 리가 없잖아요! 실제로는…… 없고…… 그냥…… 상상 속의 인물이에요. 그런데 대상을 더 확대하는 게 어때요? 노랑머리 버전이랑 까망머리 버전도 만들면 좋잖아요."

"그거 괜찮겠네." 브리애나가 선선히 대답한다. "어떨까요, 코비츠 씨?"

순간 난 대니가 "안 돼요. 꼭 빨강머리여야만 돼요. 베니셔가 빨강머리거든요."라고 할까 봐 심장이 멎을 것만 같은 두려움을 느낀다. 하지만 하느님이 보우하사 대니가 고개를 끄덕인다.

"맘에 드네요. 다들 알아서 싫은 년들 고르면 되겠네." 갑자기 대니는 고양이처럼 늘어져라 기지개를 켠다. "커피 더 없으려나?"

하늘이 도왔다. 최악의 참사는 비껴갔다. 집에는 노랑머리 버전 하나만 가져가야겠다. 그러면 루크도 원안에 대해서는 끝까지 모르고 넘어갈 거다.

"지금은 이게 약이에요!" 칼라가 커피를 따른다. "다들 밤을 꼬박 새웠거든요. 사장님이 디자인을 새벽 2시경 완성하셔서 그때부터 심야에 작업하는 공장을 찾아 헉스턴까지 갔어요. 거기에서 시제품을 만들어줬죠."

"코비츠 씨의 노고에 깊이 감사합니다." 에릭이 잔뜩 폼을 재면서 말한다. "룩 백화점을 대표해 코비츠 씨와 직원분들에게 감사 인사를 드립니다."

"감사 인사 잘 받아두겠어요." 대니가 우아하게 대답한다. "하지만 난 베키 블룸우드에게 감사하고 싶네요. 이번 작업은 베키와 공동으로 창작한 결과물이니까요." 대니가 박수를 치자 난 머뭇머뭇 미소로 응한다. 누구든 대니한테는 오랫동안 꽁할 수가 없다. "내게 영감을 주는 뮤즈 여신 베키를 위하여." 대니는 칼라가 새로 따라준 커피잔을 들면서 말한다. "그리고 뱃속의 꼬마 뮤즈를 위하여!"

"고마워." 나도 대니 쪽으로 잔을 들어 보인다. "대니를 위하여!"

"팀장님이 코비츠 씨의 뮤즈예요?" 재스민은 내 옆에서 거의 숨이 넘어간다. "완전 짱이네요!"

"뭐 별거 아냐……." 난 아무렇지도 않은 척 어깨를 으쓱한다. 하지만 속으로는 좋아 죽는다. 옛날부터 내 소원이 바로 패션 디자이너의 뮤즈가 되는 것 아니더냐!

역시 사람들 말은 틀린 것 하나 없다. 인생이 완전 꼬여서 하늘이 무너진 것처럼 보이는 그 순간마다 솟아날 구멍이 생기는 법이다. 오늘은 내가 원래 예상했던 것보다 백만 배는 더 술술 풀려나가고 있다. 루크는 절대 이중생활을 하는 사람이 아니었으며 대니의 신제품 디자인은 가볍게 매진될 예정인 데다 난 뮤즈까지 됐다!

퇴근할 때까지 난 몇 번이나 옷을 갈아입어본다. 패션계의 뮤즈란 패션 실험을 즐기는 법 아니더냐. 결국 내 배가 겨우 들어가는 분홍색 시폰 엠파이어 원피스로 낙착을 보고 그 위에 대니의 시제품 티셔츠를 껴입은 다음 초록색 벨벳 코트와 검정 가죽 모자까지 갖춰본다.

뮤즈가 되려면 앞으로는 모자를 좀 더 자주 써야겠다. 브로치도 자주 달아야지.

다섯 시 반에 대니가 퍼스널 쇼핑 코너 입구에 나타나는 바람에 난 놀라서 고개를 든다. "아직 백화점에 있었네? 어디 있었는데?"

"응…… 남성복 코너에 좀 있었지 뭐." 아무렇지도 않은 말투다. "거기 직원 중에 트리스탄 말야, 엄청 귀엽더라. 그치?"

"트리스탄은 게이 아닌데." 난 대니를 힐끗 본다.

"'지금'은 그렇겠지." 대니는 대꾸하면서 우리 매장의 '크루즈웨어' 코너에서 분홍색 이브닝 드레스를 꺼내 든다. "이거 조잡의 극치다, 베키. 이런 옷은 매장에 들여놓지를 마."

지금의 대니는 마약을 한 때와 거의 비슷하게 흥분 상태다. 새 디자인 하나를 끝내고 나면 항상 이렇다. 뉴욕에서도 이랬던 기억이 난다.

"그런데 코비츠 군단은 전부 어디 갔어?" 난 눈을 또르륵 굴리면서 묻지만 대니는 내 말에 숨어 있는 **뼈**를 전혀 눈치도 채지 못한다.

"계약서 문제로 의논하러 갔지. 스탠은 관광하러 차 몰고 나갔고. 런던엔 처음 와본다나. 저기, 우리 한잔 안 할래?"

"나 이제 퇴근해야 돼." 난 머뭇머뭇 손목시계를 본다. "오늘 밤에 동창회인지 뭔지 행사가 있거든."

"딱 한 잔도 안 돼?" 대니가 매달린다. "여기 와서 서로 얼굴도 거의 못 봤잖아. 어머, 그 모자 뭐야?"

"어때, 괜찮아?" 난 조금 쑥스러워서 모자를 살짝 만진다. "여기다 털 장식 같은 것만 있으면 딱 좋겠더라고."

"털 장식이라……." 대니가 미간에 주름을 잡고 내 모습을 뚫어져라 살펴보며 궁리한다. "명안이야."

"정말?" 난 뿌듯한 나머지 가슴이 벅차다. 어쩌면 대니의 다음 컬렉션은 털 장식을 기본으로 한 작품일지도 모른다. 바로 내 아이디어에서 나온 거다! "저기, 혹시 날 모델로 스케치를 잠깐이라도 하고 싶으면……." 난 아무렇지도 않은 듯 말하지만 대니는 내 말 따위 안중에도 없다. 대니는 여전히 생각에 몰두해서 인상을 쓴 채로 내 주위를 걸어다닌다.

"털목도리가 딱이겠네." 대니가 불쑥 말한다. "엄청 큰 걸로. 그러니까…… 거대 사이즈로."

엄청나게 큰 털목도리라. 그거 기막힌 아이디어다. 다음 시즌의 빅 아이템이 될 수도 있겠다! 신상품 펜디 바게트 백처럼!

"액세서리 코너에 털목도리 있어! 가자!" 난 가방을 들고 우선 마닐라지 파일이 그 안에 무사히 있는지 확인한다. 집에 가자마자 갈기갈기 찢어 버려야겠다. 루크가 안 볼 때를 골라서.

우리 둘은 에스컬레이터를 타고 액세서리 코너가 있는 1층으로 향한다.

"영업 끝났는데요……." 액세서리 코너 매니저인 제인은 우리를 본 순간 입을 다문다.

"미안해요." 내가 헉헉대며 사과하는 동안 대니는 벌써 털목도리와 스카프 진열대로 향하고 있다. "잠깐만 볼게요. 지금 우리가 새로운 패션 포인트를 창조하는 기념비적인 순간이라서……."

"이거야." 대니는 나한테 알록달록 색색가지 털목도리를 대어본다. "역사상 전무후무한 거대 슈퍼 털목도리랄까." 대니는 털목도리를 무려 여덟 개나 이어서 소시지 모양의 특대 털목도리를 만든다. "멋져서 다들 쓰러질걸."

대니가 그 털목도리를 둘러주는 동안 난 전율을 느낀다. 우리 둘이서 바로 지금 이 자리에서 패션의 새로운 역사를 창조하는구나! 참신한 새 트렌드를 만들어내는 거다! 내년이면 다들 대니 코비츠 슈퍼 거대 털목도리를 하고 다니겠지. 연예인들도 그 차림으로 아카데미 시상식에 나가고 유명 매장들도 털목도리로 떼돈을 벌고…….

"자이언트 털목도리." 대니가 말하면서 매듭을 마무리 짓는다. "자이언트. 진짜 근사하다. 한 번 봐!" 대니가 날 돌려세워

거울 쪽을 마주보게 하자 난 헉 소리를 낸다.

"어…… 우와!"

"멋있지, 그렇지?" 대니가 환하게 웃는다.

솔직히 톡 까놓고 말하자면 헉 소리를 낸 건 내 꼴이 하도 기가 차서다. 털에 파묻혀서 내 머리조차 제대로 보이지가 않는다. 무지막지 큰 깃털 총채가 임신하면 딱 이런 꼴이겠다.

하지만 이 내가 편협하게 굴면 쓰나. 패션이란 게 원래 그렇지 않나. 스키니 진도 처음 나왔을 때는 아마 다들 속으로 웃기게도 생겼다고 비웃었을지도 모르는 일이다.

"대단하다." 난 자꾸 입에 들어가는 털을 걷어내면서 헉헉대며 말한다. "대니는 정말 천재네."

"이제 가서 한잔 마시자, 응?" 대니는 하도 신이 나서 얼굴까지 벌겋다. "나 지금 마티니가 엄청 땡겨."

"이 목도리 내 앞으로 달아놓아줄래요?" 난 제인에게 부탁한다. "여덟 개거든요. 고마워요!"

우리는 날아오를 것처럼 들떠서 매장에서 나온다. 난 대니를 데리고 포트먼 스퀘어로 향한다. 신호등이 파란불로 바뀌어 길을 건너는데 템플턴 호텔에서 나온 정장 차림 남자들이 천하에 신기한 물건이라도 본다는 눈초리로 날 흘끔거린다. 킥킥 웃음 소리도 들리지만 그럴수록 난 고개를 꼿꼿이 든다. 최첨단 패션의 첨병이 되려면 무지한 사람들의 이상하다는 시선쯤은 받아 넘겨야 하는 법이다.

"여기에도 바 있는데 거기 갈까?" 난 갑자기 멈춰 선다. "좀 구리긴 하지만 그래도 멀리 갈 것 없잖아."

"칵테일만 있으면 되지, 뭐……." 대니가 육중한 유리문을 열고 날 먼저 들여보낸다. 템플턴 호텔 바는 베이지 일색 바라고 불러도 손색이 없는 곳이다. 베이지색 카펫, 베이지색 소파로도 모자라서 종업원들까지 베이지색 제복을 차려입고 있다. 업무 미팅 중인 듯 보이는 손님들로 미어터질 지경이지만 그래도 피아노 옆에 빈자리가 하나 보인다.

"저기 자리 있네." 대니에게 이렇게 말한 순간…… 곧이어 난 그 자리에 못 박히고 만다.

베니셔다. 바로 몇 미터 앞 구석자리에 찰랑찰랑한 머리카락을 과시하며 앉아 있다. 양복 입은 남자와 역시나 세련된 여자가 동행인데 둘 다 내가 모르는 사람들이다.

"왜 그래?" 대니가 날 빤히 바라본다. "무슨 일 있어?"

"저기……." 난 마른침을 꿀꺽 삼키면서 조심조심 베니셔 쪽을 고갯짓으로 가리킨다. 대니는 내 시선이 향하는 쪽을 보더니 연극배우처럼 과장되게 헉 소리를 내며 좋아 죽으려 한다.

"저 여자가 크루엘라 드 베니셔야?"

"조용히 해!" 난 기겁을 해서 낮게 외친다.

하지만 이미 늦은 뒤다. 베니셔가 이쪽을 돌아본다. 베니셔가 자리에서 일어나 가까이 온다. 검은 바지 정장에 하이힐 차림인데 사람이 이럴 수가 있나 싶을 정도로 우아해 보인다. 머리카락도 항상 그렇듯 윤기가 자르르 찰랑찰랑, 완벽하다.

괜찮다고 난 속으로 타이른다. 진정하자. 그런데 왜 이렇게 심장이 쿵쾅거리고 손에 땀이 맺히는지 원.

아, 맞다. 지금 내 가방 속에 망원렌즈로 촬영한 베니셔의 사진 열 장이 들어 있어서 그런지도 모르겠다. 하지만 베니셔가 그 사실을 어떻게 알겠어. 안 그래?

"베키!" 베니셔는 생긋 웃으면서 내 두 뺨에 입을 맞춘다. "내가 제일 아끼는 환자님, 잘 지냈어요? 이제 금방이네요! 4주 남았죠?"

"맞아요. 그러니까…… 저기…… 잘 지냈어요, 베니셔도?" 내 목소리가 팍 갈라지고 얼굴이 벌겋게 달아오른다. 하지만 그것만 빼고는 그래도 꽤 자연스럽다고 자신한다. "이쪽은 내 친구 대니 코비츠예요."

"대니 코비츠요?" 베니셔는 누구인지 금방 알아보고 눈을 빛낸다. "영광이네요. 얼마 전에 밀라노에 갔을 때 코비츠 씨 제품 하나를 산 적 있어요. 코르소 코모에서였는데. 비즈 재킷 기억나세요?"

"그럼요, 그럼요!" 대니가 신이 나서 맞장구를 친다. "딱 보니까 그 옷 정말 잘 어울리시겠다!"

애가 왜 이렇게 베니셔한테 잘해주는 거야? 내 편 들어줘야 하는 것 아니냐고.

"바지도 사셨나요?" 대니는 한술 더 뜬다. "그 재킷에 맞춰서 카프리 스타일하고 부츠 컷 스타일하고 두 종류로 출시했거든요. 카프리 스타일 입으시면 진짜 폼이 확 사실 것 같네."

"아뇨, 재킷만 샀어요." 베니셔가 대니를 보고 미소를 짓더니 날 슬쩍 바라본다. "베키, 그렇게 털목도리를…… 친친 감고 있으니까 더워 보이는데 괜찮아요?"

"어…… 그럼요!" 난 립스틱 때문에 자꾸 입술에 붙는 털 오라기를 후 불어 날린다. "대니가 새로 고안한 패션이거든요."

"그래요." 베니셔는 걱정스럽다는 눈길로 내 자이언트 털목도리를 본다. "그렇지만 임신중에는 몸을 너무 뜨겁게 하면 안 좋거든요."

또 이런다. 또 내 앞에서 아는 척 이래라저래라. 패션이 건강에 안 좋다는 설교를 또 늘어놓으려고. 하지만 아닌 게 아니라 이렇게 친친 감고서 몇 겹이나 껴입고 있으려니 슬슬 땀이 난다. 난 아주아주 마지못해 털목도리를 풀고 코트를 벗는다.

요상한 침묵이 흐른다. 순간 난 베니셔가 왜 내 가슴팍을 뚫어져라 바라보는지 알 수가 없다. 하지만 다음 순간 이유를 깨닫고 가슴이 철렁한다.

대니가 만든 티셔츠를 입고 있었기 때문이다. 난 아래를 내려다본다. 거기에는 너무나도 똑똑히 이렇게 씌어 있다.

빨강머리 못된 년, 재수 없는 년

내가 미쳐.

"어, 근데 벗으니까 너무너무 춥네요!" 난 털목도리를 헐레벌떡 다시 두르면서 문구를 가리려고 안간힘을 쓴다. "아우우우! 꽁꽁 얼 것처럼 춥네요. 원래 요맘때가 춥긴 춥죠?"

"그게 무슨 소리예요?" 베니셔의 목소리가 이상하다. "티셔츠에 씌어 있는 그 문구요."

"아무것도 아니에요." 난 허둥지둥 변명을 한다. "진짜 아무것도 아니에요! 그냥…… 웃자고 한번 넣어본 거죠! 그러니까, 이건 절대 베니셔가 아니에요. 빨강머리 못된 년은 다른 년 애기예요. 아, 년이 아니라…… 여자요. 사람요."

어째 신통치가 않다.

"잘했어, 베키." 대니가 내 귀에 대고 속삭인다. "진짜 교묘하더라!"

베니셔는 애써 자제심을 찾으려는 듯 심호흡을 한다. 이젠 내 눈에도 보일 정도로 표정이 꽤 안 좋다.

"베키." 마침내 베니셔가 입을 연다. "잠깐 얘기 좀 할까요?"

"얘기요?" 난 안절부절못하면서 되묻는다.

"그래요, 얘기 좀 하죠. 우리 둘이서요. 단둘이서만요. 괜찮으시죠?" 베니셔가 대니 쪽을 살짝 본다.

"그럼요. 그럼 내가 마실 것 주문해놓을게." 대니가 바 쪽으로 가자 난 속으로 잔뜩 졸아서 베니셔 쪽을 돌아본다. 베니셔는 잔 손잡이를 톡톡 두들기면서 미간에 주름을 잡고 있다. 젊고 매력적인 교장 선생님이 학교 망신 시켰다고 학생을 꾸짖으려는 것 같은 표정이다.

"자, 그럼!" 난 밝게 말해본다. "뭔데요?"

설마 내 마음속을 어떻게 알겠어, 난 속으로 정신없이 타이른다. 내가 자기 뒷조사를 의뢰했다는 걸 무슨 수로 알겠냐고. 티셔츠 문구가 자기를 겨냥한 거라는 물증도 없잖아. 그러니까 태연하게 행동하기만 하면 돼.

"저기요, 베키." 베니셔가 자기 술을 단번에 비운다. "가식은 그만 집어치우죠."

난 충격을 받아서 베니셔를 빤히 주시한다. 이 여자가 지금 '가식'이라고 한 거 맞아?

"우리 둘이서 베키한테는 어떻게든 좋게 끝내려고 노력했거든요." 베니셔의 미간에 잡힌 주름이 더욱 깊어진다. "우린 되도록이면…… 아, 뭐라고 말해야 하나, 되도록 얼굴 붉힐 일 없게 하고 싶었어요. 하지만 베키가 그런 식으로 나오겠다면……." 베니셔가 내 티셔츠를 손짓으로 가리킨다.

내가 뭔가 빼먹은 게 있어서 이 얘기를 못 알아듣는 건가? 아니다, 솔직히 무슨 소리인지 하나도 모르겠다.

"무슨 소리예요, '우리'라니?" 난 묻는다.

베니셔는 이건 또 웬 수작이냐는 눈길로 날 지그시 바라보지만 곧이어 표정이 아주 조금씩 변한다. 그러고는 한숨을 쉬면서 이마를 비빈다. "이를 어째." 베니셔는 혼잣말처럼 중얼거린다.

마음속 깊은 곳에서 불길한 예감이 쿵 소리를 내며 내려앉는다. 뜨거운 욕지기 비슷한 느낌이 천천히 솟아오른다. 설마 이 여자가 하는 말뜻이…… 그런…….

그럴 리가 없다.

바 안의 시끌벅적하던 잡담과 소음이 내 귓속에서 울리는 맥박 소리에 묻혀버리고 만다. 난 몇 번이나 마른침을 꿀꺽 삼키면서 자신을 다잡으려고 애를 쓴다. 사실 처음부터 무슨 일이 있었던 거라고 생각하긴 했다. 수지랑 대니랑 제스 언니한테 그 일로 의논도 하기도 했다.

그런데 지금 이 순간 퍼뜩 난 깨닫는다. 행동은 그렇게 했지만 여태까지는 한 번도 실제로 그런 일이 있었을 거라고 믿지 않았던 것이다. 설마 그러려고, 설마 그렇겠어, 하면서.

"무슨 소리예요?" 내 목소리를 조절할 수가 없다. "똑바로 말해봐요."

종업원이 술잔을 쟁반에 얹어 지나가자 베니셔가 한 손을 들어 부른다.

"보드카 토닉 온더락스 주세요. 스트레이트로요. 베키도 뭐 마실래요?"

"대답이나…… 해요." 난 뚫어져라 베니셔를 노려본다. "무슨 소리를 하는 건지 설명해보라니까요."

종업원이 자리를 뜨자 베니셔는 머리카락에 손을 쑤셔 넣는다. 내 반응 때문에 다소 당혹스럽다는 눈치다. "베키…… 이런 상황이 난감할 거라 생각은 했지만 정말 그렇네요. 이건 알아 둬요. 루크는 이런 일이 일어나서 진짜로 미안해하고 있어요. 루크는 베키를 정말로 걱정하고 있거든요. 아마 내가 이런 말을 했다는 것만 알아도 펄펄 뛸 거예요."

잠시 난 대답을 하지 못한다. 온몸을 뻣뻣하게 긴장시킨 채 베니셔를 그저 물끄러미 바라만 볼 뿐이다. 잘못해서 다른 세상에 뚝 떨어진 느낌이다.

"무슨 소리예요?" 난 쉰 목소리로 다시 묻는다.

"루크는 절대 베키한테 상처를 주고 싶어 하지 않아요." 베니셔가 상체를 내 쪽으로 숙이는데 역겨운 알뤼르 향기가 물씬 풍긴다. "루크는 계속…… 자기가 실수를 했다고만 말하네요. 백 퍼센트 실수. 결혼 상대를 잘못 고른 거라고요. 하지만 그게 뭐 베키 잘못인가요."

가슴속에 통증이 느껴지기 시작한다. 순간 너무 충격이 커서 제대로 말을 할 수 있을 것 같지도 않다.

"결혼 상대를 잘못 고른 게 아니에요." 난 겨우 입을 연다. "루크는 제대로 결혼한 거예요. 그이는 날 사랑해요. 알았어요? 날 정말로 사랑한다고요."

"두 사람, 루크가 샤샤랑 헤어진 뒤 만난 거 맞죠?" 베니셔는 내가 언제 무슨 말이라도 했다는 듯 고개만 끄덕거린다. "루크가 다 얘기해줬거든요. 베키는 루크한테 신선한 기분전환거리였을 뿐이었죠. 루크도 베키 덕에 많이 웃기는 했다더군요. 하지만 두 사람은 수준이 완전히 다르잖아요. 베키는 루크의 진정한 면을 전혀 이해 못 해요."

"못 하긴 왜 못 해요." 목구멍이 말을 듣지 않는다. "난 루크에 대해서라면 모든 걸 다 알고 이해해요! 신혼여행으로 세계 일주도 같이 했고······."

"베키, 난 루크가 열아홉 살 때부터 알고 지낸 사이예요." 베니셔는 인정사정 봐주지 않고 가차 없이 내 말허리를 자른다. "나야말로 그이에 대해서는 모르는 게 없어요. 케임브리지 시절에 우리 둘은 단순한 애인 그 이상이었어요. 그 시절은 서로한테 푹 빠져서 헤어나지를 못했어요. 우리 둘은 서로에게 진정한 첫사랑이었어요. 오디세우스와 페넬로페가 따로 없죠. 병원 진료실에서 다시 만났을 때······." 베니셔는 말을 잇지 못한다. "미안해요. 하지만 그 순간 둘 다 진실을 깨달았는걸요. 시간과 장소만이 문제였을 뿐 언젠가는 꼭 이뤄졌을 운명이었던 거예요."

다리가 솜방망이로 변해버린 것 같다. 얼굴에도 감각이 없다. 난 웃기지도 않는 털목도리를 움켜쥐고서 날카롭고도 재치있는…… 뭔가를 생각해내려고 안간힘을 쓴다. 하지만 머릿속에 물 먹은 솜뭉치가 들어찬 느낌이다. 참담하게도 어느새 얼굴에 눈물까지 흐른다.

"타이밍이 참 안 좋긴 했어요." 베니셔가 종업원이 건네주는 술잔을 받아든다. "루크는 아기가 태어날 때까지는 아무 말도 않으려고 하더라고요. 하지만 난 베키가 진실을 알아두는 게 좋겠다고 생각해요."

"그날 둘이서 유모차도 보러 갔었는데……." 꽉 잠긴 내 목소리가 불쑥 튀어나온다. "정말 그렇다면 루크가 대체 왜 유모차를 보러 갔겠어요?"

"어머, 루크가 아기를 얼마나 바라는데요!" 베니셔가 놀라서 말한다. "루크는 앞으로도 가능하면 계속 아기를 보고 싶어 해요. 그러니까, 나중에도……." 베니셔는 교묘하게 말을 끊는다. "루크는 끝까지 얼굴 붉힐 일 없이 좋게좋게 가고 싶어 해요. 하지만 그거야 솔직히 베키한테 달렸죠."

더 이상은 감미롭지만 독을 품은 이 목소리를 들을 수가 없다. 자리를 떠야겠다.

"베니셔가 잘못 알고 있는 거예요." 난 주섬주섬 코트를 꿰면서 말한다. "착각하는 거라고요. 루크하고 난 서로 굳게 사랑하는 부부예요! 항상 대화하고 웃고 섹스도 하고······."

베니셔는 더없이 가엾다는 눈길로 날 바라볼 뿐이다. "베키, 루크는 베키를 기쁘게 해주려고 장단을 맞춰주는 것뿐이에요. 두 사람은 부부가 아니에요. 더 이상은요."

난 대니에게 간다는 말도 하지 않고 비틀거리면서 호텔 로비에서 나와 택시를 잡아탄다. 집으로 오는 동안 베니셔의 말이 내내 머릿속에서 빙글빙글 맴을 도는 탓에 급기야는 토할 것만 같다.

사실일 리가 없어, 난 끊임없이 속으로 되뇐다. 그럴 리가 없잖아.

아니야, 왜 없어? 작은 목소리가 대꾸한다. 너도 처음부터 내내 의심하고 있었잖아.

정신없이 아파트로 들어서자마자 루크의 인기척이 들린다. 주방에서 뭔가를 하고 있나보다.

"왔어?" 루크가 외친다.

목이 꽉 메어 대답조차 하기 힘들다. 손가락 하나 까딱할 수가 없는 느낌이다. 마침내 루크가 주방에서 내다본다. 벌써 정장 바지에 빳빳이 다려놓은 아르마니 정장 와이셔츠를 차려입었고 나비넥타이는 느슨하게 목에 걸려 있다. 항상 그랬듯 내가 매어주기를 기다리는 거다.

난 말없이 루크를 응시한다. 베니셔 때문에 날 버릴 거야? 우리 결혼생활은 그냥 허울뿐이었어?

"왔어, 자기?" 루크는 와인을 한 모금 마신다.

벼랑 끝에 서 있는 느낌이 든다. 입을 열기만 하면 그 순간 모든 게 끝나는 거다.

"베키? 자기, 왜 그래?" 루크가 어리둥절하다는 표정으로 다가온다. "괜찮은 거야?" 이게 다 뭐냐는 듯한 시선이 털목도리에 머문다.

못 하겠다. 물어볼 수가 없다. 어떤 대답을 듣게 될지 너무나도 겁난다.

"준비하고 나올게." 난 루크의 눈을 차마 마주보지 못하고 중얼거린다. "조금 있으면 나가야 하잖아."

침실로 가서 옷을 벗고 대니의 티셔츠는 둘둘 말아 루크가 절대 보지 못하도록 옷장 제일 구석에다 쑤셔 넣는다. 샤워를 하면 좀 기분이 나아질까 싶어서 후딱 씻고 나오지만 전혀 효과가 없다. 수건으로 몸을 둘둘 말고 거울을 봤더니 겁을 먹고 창백하게 질린 얼굴이다.

베키, 그만! 고개 들고! 기운을 내! 캐서린 제타 존스처럼 행동해! 난 새로 장만해두었던 딱 붙는 진한 남색 드레스를 꺼내 입는다. 몸치장을 하면 조금은 기운이 나려나. 하지만 예전만큼 맵시 있는 태가 영 나지 않는다. 딱 붙는 게 아니라 군데군데 울기만 한다. 지퍼를 채우지만…… 위로 올라가지가 않는다.

옷이 너무 낀다.

완벽하던 드레스가 이젠 너무 작다. 분명 살이 더 찐 거다. 배인지 허벅지인지는 모르지만 어쨌든 쪘다. 몸 전체가 하루아침에 코끼리가 됐다.

턱이 바들바들 떨리지만 필사적으로 입술을 꼭 깨물어본다. 어디 울 줄 알고. 난 낑낑거리면서 드레스를 간신히 벗고는 다른 옷을 찾아보려고 옷장 쪽으로 간다. 하지만 순간 거울 속에 비친 내 모습이 눈에 들어오고…… 다음 순간 얼어붙는다. 내가 뒤뚱뒤뚱 오리걸음을 걷고 있다.

난 허여멀겋고 퉁퉁하고 뒤뚱거리는…… 괴물딱지다.

순간 현기증이 나서 침대에 주저앉는다. 머릿속이 쿵쿵 울리고 눈앞에서 별이 보인다. 루크가 베니셔를 택한 것도 당연한 일이다.

"베키, 괜찮아?" 루크가 놀란 표정으로 문간에서 날 찬찬히 살펴본다. 그제야 난 루크의 존재를 깨닫는다.

"나……." 눈물 때문에 목이 멘다. "나 말이야……."

"얼굴이 안 좋아. 좀 눕지그래? 물 좀 갖다 줄게."

루크의 뒷모습을 보고 있으려니 베니셔의 목소리가 똬리를 튼 뱀처럼 머릿속에 떡하니 들어앉아 메아리친다. 루크는 베키를 기쁘게 해주려고 장단을 맞춰주는 것뿐이에요.

"여기 있어." 루크의 목소리에 난 화들짝 놀란다. 루크는 내게 물 한 잔과 초콜릿 비스킷 두 개를 준다. "자기 좀 쉬어야겠어."

난 물잔을 받기만 하고 입에 대지 않는다. 갑자기 이 모든 것이 가식적인 연기로 느껴진다. 루크도 연기를 하고 나도 연기를 하는 거다.

"동창회는 어쩌고?" 난 겨우 입을 연다. "좀 있으면 출발해야 하잖아."

"늦으면 좀 어때. 빠져도 상관없지, 뭐. 자기, 물 좀 마시고 누워……."

난 마지못해 물을 한입 마신 다음 베개를 베고 눕는다. 루크는 이불을 잘 덮어주고는 가만히 방에서 나간다.

얼마 동안이나 누워 있었는지 감이 오지 않는다. 30초 같기도 하고 여섯 시간 같기도 하다. 나중에 보니 20분쯤 누워 있었던 모양이다.

그때 밖에서 목소리가 난다. 루크의 목소리. 그 여자의 목소리. 복도를 따라 점점 목소리가 다가온다.

"……미안하지만……."

"……아냐, 절대 아냐, 루크. 전화 잘했어. 자, 그럼 환자 상태는 어떤데?"

난 눈을 뜬다…… 다음 순간 악몽이 현실이 된다. 눈앞에서 나를 빤히 내려다보는 것은 바로 베니셔다.

그새 발치까지 내려오는 무도회용 검정 호박단 드레스를 떨쳐입고 있다. 어깨끈이 없고 치맛단은 아래쪽으로 갈수록 풍성한 소용돌이 모양이다. 머리는 핀으로 고정시켜 정수리까지 틀어 올렸고 다이아몬드 귀고리가 눈부시다. 흡사 공주님이시다.

"루크가 그러는데 몸이 안 좋다고요, 베키?" 베니셔의 미소가 질척하고 들큰하다. "어디 한번 볼까요?"

"여긴 왜 왔어요?" 난 날카롭게 쏘아준다.

"루크가 전화를 했더라고요. 얼마나 걱정을 하던지!" 베니셔가 내 이마에 손을 얹기에 난 움찔한다. "열이 있나 좀 재볼게요." 베니셔는 드레스를 사각거리며 침대 모서리에 앉더니 작은 의료가방을 연다.

"루크, 이 여자 내보내!" 불현듯 눈물이 쏟아진다. "나 아픈 데 없어!"

"입 벌려요." 베니셔가 체온계를 내 입으로 가져온다.

"싫어!" 난 죽을 먹지 않겠다고 버티는 아기처럼 고개를 돌린다.

"말 들어요, 베키." 베니셔가 살살 달랜다. "그냥 체온만 재는 거예요."

"베키." 루크가 내 손을 잡는다. "진정해. 일단은 안전한 게 최고잖아."

"나 아프지 않다니……." 순간 체온계가 내 입 안에 푹 들어오는 바람에 난 중간에 말이 막히고 만다. 베니셔는 일어난다.

"아무래도 베키는 오늘 집에 있는 게 좋겠어." 베니셔가 루크를 구석으로 데려가면서 소곤소곤 말한다. "집에서 쉬라고 네가 베키한테 말 좀 해봐."

"응, 그래야지." 루크가 고개를 끄덕인다. "미안하다고 우리 대신 말 좀 전해줘."

"너까지 안 가려고?" 베니셔가 인상을 쓴다. "루크, 아무리 생각해도 말이지……." 베니셔가 루크를 데리고 복도로 나가자 이제는 속닥거리는 낮은 목소리밖에 들리지 않는다. 잠시 후 루크가 물주전자를 들고 다시 문간에 나타난다.

누군가가 단정히 매어준 나비넥타이가 순간적으로 시야에 확 들어온다. 난 엉엉 울고 싶다.

"베키, 베니셔가 자기는 쉬어야 할 것 같다는데."

난 여전히 체온계를 입에 문 채 말없이 루크를 가만히 본다.

"나도 옆에 있어줄게. 자기가 그러라면." 루크는 우물쭈물 망설인다. "그런데…… 자기만 괜찮다면 30분 정도만 잠깐 얼굴만 내밀고 왔으면 하는데. 그동안 보고 싶었던 친구들이 이번에 많이 참석한다거든."

목이 꽉 막힌다. 다시 눈물이 샘솟는다. 이제는 상황 파악이 전부 된다. 루크는 베니셔랑 동창회에 가고 싶은 거다. 아마도 처음부터 이렇게 되도록 다 꾸몄던 거겠지.

이 상황에서 내가 어째야 하나. 가지 말라고 바짓가랑이라도 붙들고 늘어져? 나도 자존심이란 게 있다.

"그래, 알았어." 난 루크에게 눈물을 보이지 않으려고 외면하면서 웅얼웅얼 대답한다. "가."

"응? 뭐라고 했어?"

"알았다고." 난 체온계를 입에서 뺀다. "가라고."

베니셔가 드레스 자락을 사각거리면서 다시 방으로 들어온다. "어디 볼까." 베니셔는 체온계를 보더니 눈살을 살짝 찌푸린다. "거 봐, 열이 좀 있네. 해열제 좀 줄게요."

베니셔가 알약 두 개를 주자 난 루크가 미리 갖다놓은 물의 힘을 빌려 꿀꺽 삼킨다.

"정말 괜찮겠어?" 루크가 걱정스럽다는 눈초리로 날 살핀다.

"그래, 재미있게 놀다 와." 난 이불을 머리까지 뒤집어쓴다. 눈물이 베개를 적신다.

"갔다 올게." 루크가 이불을 토닥여주는 기척이 난다. "좀 쉬고 있어."

이불 너머에서 뭐라뭐라 웅얼거리는 소리가 나더니 곧이어 저 멀리서 현관문이 닫히는 소리가 들린다. 상황 종료. 둘이서 가버리고 만 거다.

30분 뒤에야 겨우 움직일 힘이 난다. 난 이불을 걷고 아직도 고여 있는 눈물을 닦는다. 침대에서 일어나 비틀비틀 욕실로 가서 거울을 본다. 몰골이 끔찍하다. 눈은 벌겋게 부었고 얼굴은 눈물범벅이며 머리카락은 까치집이다.

난 세수를 하고는 욕조 가장자리에 주저앉는다. 어떻게 해야 하나? 밤새 이렇게 퍼질러 앉아서 최악의 사태를 상상하고 걱정하며 속을 끓일 수만은 없다. 차라리 현장을 덮치는 게 낫다. 내 두 눈으로 똑똑히 보는 편이 낫다.

가는 거야, 생각이 총알처럼 뇌리를 스친다.

지금 당장 동창회에 가는 거다. 못 갈 이유가 없다. 아픈 데도 없다. 난 멀쩡하다.

난 새롭게 마음을 다지고 다시 침실로 간다. 옷장 문을 활짝 열어젖히고는 여름에 사놓기만 하고 부대자루 같아서 한 번도 입지 않았던 카프탄 스타일로 된 검정 시폰 임신복을 꺼낸다. 좋다. 다음은 액세서리. 길다란 여러 줄짜리 반짝이 목걸이…… 반짝이가 붙은 하이힐…… 다이아몬드 귀고리…… 그러고는 화장품 케이스를 벌컥 열어 되도록 정성껏, 빠르게 화장을 마친다.

물러나서 거울에 전신을 비춰본다. 그럭저럭…… 괜찮다. 엄밀히 말해 최고로 세련된 모습이라고는 하기 힘들지만 어쨌든 봐줄 만하다.

흥분한 나머지 몸속이 마구 뜨거워지는 가운데 난 이브닝 백을 꺼내 열쇠며 휴대전화기, 지갑을 챙긴다. 숄을 두른 다음 단단히 마음을 먹은 채 턱을 들고서 현관으로 향한다. 그 둘한테 보여줘야지. 아니면 그 둘의 현장을 잡든가. 아니면…… 어쨌든 가는 거다. 내가 힘없는 희생양도 아닌데 뭣 때문에 남편이 다른 여자랑 시시덕거리는 동안 얌전하게 누워 있어야만 하나.

아파트 바로 앞에서 겨우 택시를 잡을 수 있었다. 택시가 출발하자 난 편하게 앉아 그 둘을 묵사발 내줄 대사를 연습해본다. 고개를 꼿꼿이 들고 빈정대면서도 고상함을 잃지 않아야 한다. 엉엉 울거나 베니셔를 때려서도 안 된다.

아니다, 때리는 정도는 괜찮을지도 모르겠다. 따귀를 시원하게 갈겨줄까. 그 전에 루크한테 한바탕 해줘야지.

"그런데 말야, 자긴 아직 유부남이거든." 난 나직이 연습을 해본다. "잊었나봐, 루크? 설마 마누라가 있다는 것도 잊으셨나?"

목적지에 거의 도착하자 신경이 바짝바짝 곤두서면서 현기증이 난다……. 하지만 상관없다. 그래도 하고 말 테다. 강하게 나갈 테다. 택시가 멎자 난 구겨진 지폐를 대충 집어 운전사에게 건네고 내린다. 어느새 비가 내리기 시작해서 찬바람이 시폰 카프탄 자락을 곧바로 뚫고 불어든다. 얼른 안으로 들어가야겠다.

탁 트인 광장을 비틀거리며 지나 길드홀의 위풍당당한 돌 장식 입구를 지나쳐서 육중한 떡갈나무 문을 통과한다. 안에는 접수대가 있는데 '케임브리지 동창회'라고 적힌 현수막 주위에 헬륨을 채운 하늘색 풍선이 다발로 장식되어 있고 예전 학창시절 때의 사진들이 엄청나게 큰 판자에 핀으로 꽂혀 있다. 내 앞에서 남자들 넷이 서로 등을 때려주며 외친다. "자식, 너 아직까지 살아 있었구나!" 내가 어디로 가야 할지 몰라 머뭇거리고 있으려니 빨간 무도회 드레스를 입고서 천으로 덮인 탁자 뒤에 앉아 있던 아가씨가 웃어 보인다.

"어서 오세요! 초대장 있으신가요?"

"전 없고 우리 신랑이 갖고 있어요." 난 여느 평범한 손님들처럼 침착하게 대답하려 애쓴다. "그이는 먼저 들어갔을 거예요. 이름이 루크 브랜던인데 있나요?" 아가씨가 명단을 손으로 훑더니 중간에서 멈춘다.

"네, 있으시네요!" 아가씨는 웃어준다. "들어가세요, 브랜던 부인."

투닥투닥 장난을 치는 남자들을 따라 대강당으로 들어간 나는 자동적으로 샴페인 잔을 받아든다. 처음 와보는 곳인데 이렇게까지 넓을 줄은 몰랐다. 스테인드글라스를 끼운 초대형 창문이며 고대 석상이 여기저기 보이고 측면 구석에서 흘러나오는 오케스트라의 음악 소리가 시끄러운 잡담소리에 지지 않게 울려 퍼지고 있다. 야회용 정장을 입은 사람들이 삼삼오오 모여 얘기를 나누거나 뷔페 테이블에서 음식을 덜고 있고 몇 명은 고풍스러운 왈츠에 맞춰 춤까지 추고 있다. 왠지 영화의 한 장면 같다. 난 루크나 베니셔가 어디 있나 주위를 둘러보지만 예쁜 드레스며 정장을 떨쳐입은 사람들이 하도 많아 도무지 찾을 수가 없다. 심지어는 연미복까지 갖춰 입은 멋쟁이 남자들까지……

순간 그 둘이 내 눈에 들어온다. 같이 춤을 추고 있다.

예전에 루크가 한 말이 맞았다. 루크의 왈츠 실력은 프레드 아스테어 뺨친다. 베니셔와 날아갈 듯 춤을 추는 모습이 전문가급이다. 드레스 자락이 나팔꽃처럼 사라락 펼쳐지는 가운데 베니셔는 고개를 젖히고 루크에게 웃어 보인다. 둘의 호흡도 완벽하게 딱 맞는다. 이 안에서 최고로 눈에 띄는 한 쌍이다.

난 빗물 때문에 정강이에 옷자락이 착 달라붙은 채 꼼짝도 못 하고 둘을 바라보기만 한다. 준비해두었던 야유며 사나운 언사들은 이미 입술에서 증발한 뒤다. 말은 고사하고 숨조차 쉴 수 있을까 의심스럽다.

"괜찮으세요?" 웨이터 하나가 내게 묻지만 목소리가 아득히 멀리서 들리는 것만 같고 얼굴도 초점이 빗나가 흐릿하게만 보인다. 난 여태껏 루크와 왈츠를 춰본 적도 없다. 이제는 이미 늦은 뒤다.

"이 여자분이 쓰러지시려고 해요!" 내 무릎이 꺾이면서 누군가가 날 붙드는 느낌이 난다. 허우적대다가 그만 팔이 뭔가에 걸리고 쨍그랑 소리와 함께 웬 여자의 비명소리가 들린다. "물 좀 가져와요! 임산부네!"

곧이어 사방이 암흑으로 변한다.

루크에게 보내는 편지

난 결혼생활이 영원히 지속될 줄로만 알았다. 진심으로 그렇게 믿었다. 검은머리가 파뿌리가 될 때까지 루크와 나란히 늙어갈 줄로만 알았다. 아니, 적어도 늙어가는 것만은 같이할 줄 알았다. (머리가 파뿌리가 되도록 방치할 생각은 추호도 없으니까. 그리고 허리에 고무줄 들어간 펑퍼짐한 원피스 따위도 입을 생각은 전혀 없다.)

하지만 이제 앞으로는 그렇게 할 수 없다. 벤치에 사이좋게 나란히 앉아서 손주들이 노는 광경을 지켜볼 수 없게 됐다. 그뿐이랴, 루크하고 서른도 넘기지 못해 헤어지게 되었다. 우리 결혼생활은 이제 파탄 났다.

어떻게든 얘기를 해보려고 할 때마다 눈물이 나서 제대로 입을 열지를 못했다. 다행히 얘기를 나눌 사람도 없었다. 난 지금 어젯밤 실려 온 캐번디시 병원의 1인실에 있다. 병원에서 스타가 되고 싶은 사람이 있거든 정장을 떨쳐입은 저명한 의사와 병원에 들이닥치면 장땡이라고 내 알려주겠다. 평생 그렇게 많은 간호사들이 몰려든 적은 처음이었다. 의료진은 처음에는 내가 진통이 시작된 줄로 착각을 했고 그 다음으로는 임신중독증인가 의심했지만 진찰을 해보고는 내가 단순한 과로와 탈수증으로 쓰러졌다고 진단을 내렸다. 그래서 난 병실에 입원해 하룻밤 동안 링거를 맞았고 이제 간단한 검진을 받은 다음 퇴원할 예정이다.

루크는 밤새 내 옆에 붙어 있었지만 난 도저히 루크와 이야기를 할 심정이 아니라서 잠든 척을 했다. 오늘 아침 루크가 나직하게 "베키? 아직도 자?"라고 물었을 때에도 마찬가지였다.

이제 루크가 샤워를 하러 집으로 잠깐 간 사이 난 눈을 뜬다. 은은한 녹색 벽지에다 작은 소파까지 갖춰진 정말 근사한 병실이다. 하지만 내 인생이 이제 끝나버렸는데 그런 게 다 무슨 소용인가. 이제 앞으로 뭐가 어떻게 되든 무슨 상관인가.

결혼한 부부 중 3분의 2인지 얼마인지가 파경을 맞는다는 것은 알고 있었다. 하지만 그래도 난 솔직히…….

난 우리가…….

난 눈물을 쓱 닦는다. 어디 울 줄 알고.

"안녕하세요." 문이 열리면서 간호사가 손수레를 밀고 들어온다. "아침식사예요."

"고마워요." 갈라진 목소리로 인사하고는 일어나 앉자 간호사가 내 베개를 매만져 앉기 편하게 돌봐준다. 입맛은 없지만 그래도 아기 생각을 해서 차를 한 모금 마시고 토스트를 한입 먹는다. 그러고 나서 콤팩트로 거울을 본다. 으악, 몰골이 끝장이다. 어젯밤에 했던 화장이 아직도 군데군데 얼룩져 남아 있고 머리는 비를 맞아서 부스스하다. 소위 '수분 공급'을 해준다던 링거도 내 피부에 도움 하나 되지 못했다.

후줄근한 꼴이 딱 버림받을 만해 보인다.

난 쓰라린 심정으로 거울에 비친 내 모습을 지그시 바라본다. 누구나 다 겪는 일이다. 결혼해서 세상이 다 내 것인 줄 알고 행복해했지만 알고 보니 남편은 내내 바람을 피우고 있었고 이제는 빨강머리를 찰랑찰랑 흔들어대는 여자 때문에 날 버리고 떠나려고 한다. 이런 날이 올 줄 왜 몰랐을까. 조금도 긴장을 늦추지 말고 조심에 조심을 거듭할 것을.

그 남자에게 꽃 같은 청춘을 죄다 바쳤는데 이제 젊은 모델년 때문에 헌신짝처럼 버림을 받게 됐다.

아, 그래, 정정하자. 내가 바친 건 일 년 하고 6개월이고 그년은 나보다는 나이가 많다. 하지만 어쨌든.

문 건너편에서 인기척이 또 나기에 난 긴장한다. 잠시 후 루크가 문을 열고 조심조심 들어온다. 눈 밑에 희미한 그늘이 보인다. 수염을 깎은 얼굴이다.

잘했군, 잘했어. 면도까지 하고 올 정신이 있으셨어?

"일어났네!" 루크가 말한다. "기분은 좀 어때?"

난 입을 굳게 다물고 고개만 끄덕인다. 마음 아파하는 모습을 보여서 루크에게 만족감을 안겨줄 줄 알고? 끝까지 위엄을 지킬 테다. '응'이나 '아니' 같은 외마디 말만 해야 하는 상황이 되더라도 어림없다.

"좀 괜찮아 보이네." 루크가 침대 모서리에 걸터앉는다. "자기 때문에 걱정 많이 했어."

다시금 베니셔의 침착하고 자신만만한 말이 머릿속에 떠오른다. 루크는 베키를 기쁘게 해주려고 장단을 맞춰주는 것뿐이에요.

난 고개를 들어 루크의 눈을 마주본다. 루크의 속내가 혹 드러나지는 않았나 살피면서 어디 그 가면에 허점이라도 있나 찾아본다. 하지만 루크는 여태까지 내가 보지 못했던 최고의 명연기를 펼치고 있다. 지금 루크의 모습은 아내의 병실에서 근심에 휩싸인 애정 넘치는 남편의 얼굴일 뿐이다.

루크가 홍보 일에 유능하다는 사실은 전부터 알고 있었다. 그게 루크가 하는 일이니까. 그 덕에 떼돈을 벌었으니까. 하지만 아무리 그래도 이렇게까지 뛰어날 줄은 생각도 못했다. 이렇게까지…… 철저한 두 얼굴의 사나이일 줄이야.

"베키?" 이젠 루크가 내 얼굴을 가만히 살피고 있다. "다 괜찮은 거지?"

"아니, 아닌데." 잠잠한 가운데 난 젖 먹던 힘까지 끌어모은다. "루크…… 나 알고 있어."

"알아?" 태평한 목소리와는 달리 루크의 눈에는 곧바로 경계하는 빛이 떠오른다. "뭘 안다는 건데?"

"아닌 척하지 말자. 응?" 난 마른침을 꿀꺽 삼킨다. "베니셔한테서 들었어. 베니셔가 상황을 다 얘기해줬다고."

"베니셔가 얘기를 했어?" 루크가 대경실색한 표정으로 벌떡 일어난다. "무슨 권리로 그런……." 루크는 말을 끊더니 날 외면한다. 가슴 깊은 곳에서 불쾌하게 쿵쿵 울리는 느낌이 난다. 갑자기 온몸이 아프다. 머리며 눈이며 손발까지 다.

그동안 내가 얼마나 필사적으로 마지막 희망의 끈을 붙잡고 있었는지 이제야 알 것 같다. 어쨌든 결국은 루크가 날 와락 안아주면서 모든 사정을 설명하고 자기는 여전히 나를 사랑한다고 말해주기를 바라고 있었던 거다. 하지만 그 마지막 끈마저 이젠 사라져버렸다. 모두 다 끝났다.

"내가 알아야 한다고 생각했나보지." 내 말투가 어느새 매서운 야유조가 된다. "아니면 내가 재미있어할 줄 알았든가."

"베키…… 난 자기를 보호하려고 그랬던 거야." 루크가 돌아본다……. 진심으로 참담하다는 표정이다. "아기도 있고, 자기 혈압 문제도 있었잖아."

"그래서 나한테는 언제 말할 생각이었는데?"

"나도 몰라." 루크는 한숨을 토해내면서 창가와 침대 사이를 왔다갔다 서성거린다. "아기가 태어난 뒤쯤? 원래는 상황이…… 해결될 때까지 그냥 지켜볼 생각이었어."

"그랬구나."

갑자기 더 이상 이야기를 이어갈 자신이 없어진다. 더 이상 점잖고 어른스럽게 행동할 수가 없다. 소리소리 질러가며 악을 쓰고 싶다. 엉엉 울면서 후련하게 다 내뱉고 싶다.

"루크, 부탁인데…… 그냥 가줘." 속삭이는 소리밖에 나오지가 않는다. "이 얘기는 더 하고 싶지가 않네. 피곤해."

"그래, 알았어." 그래도 루크는 꿈쩍도 하지 않는다. "베키……."

"또 뭔데?"

루크가 얼굴을 세게 비빈다. 마치 그렇게 하면 문제가 떨어져나가 해결되기라도 할 것처럼. "제네바로 가봐야 할 일이 생겼어. 데 사바티에 투자 펀드 런칭건이야. 하필이면 이럴 때에 일이 겹치네. 취소할 수는 있는데……."

"가. 난 괜찮아."

"베키……."

"제네바 가라니까." 난 루크를 외면하고 병실의 녹색 벽만 물끄러미 바라본다.

"우리 아까 그 얘기를 마저 해야 하잖아." 루크는 집요하다. "내가 다 설명해야겠어."

싫다. 그만, 제발 그만 해. 루크가 어떻게 베니셔한테 홀딱 빠졌는지, 내게 상처를 주고 싶은 마음은 없었지만 자기도 어쩔 수가 없었고 앞으로도 좋은 친구로 남고 싶다는 그런 얘기 따위를 구구절절 들을 수는 없다.

차라리 무엇 하나도 모르는 편이 낫다.

"루크, 나 좀 혼자 내버려두라니까!" 난 쳐다보지도 않은 채 팩 쏘아붙인다. "얘기하고 싶지 않다고 그랬지! 어쨌든 난 지금 아기 때문에라도 안정해야 하는 시기잖아. 자기도 내 심기 건드리면 안 되는 거 아니야?"

"알았어. 그래. 그럼 나 이만 가볼게."

루크도 이제 상당히 기분이 상한 목소리다. 쳇, 쌤통이다.

루크가 마지못해 느릿느릿 나가려는 발소리가 들린다.

"어머니가 지금 런던에 계셔. 하지만 걱정 마. 자기 상태도 이러니 굳이 연락하지 마시라고 말씀드렸으니까."

"잘했네." 난 베개에 대고 중얼거린다.

"나중에 돌아오면 봐. 금요일 점심때쯤 도착할 거야. 알았지?"

난 대답하지 않는다. 무슨 뜻일까, 돌아오면 보자니? 베니셔네 아파트로 들어가려고 짐 싸러 올 때 보자는 걸까? 이혼 전문 변호사를 만나러 갈 때 보자는 걸까?

한동안 잠잠하지만 루크가 아직 그 자리에서 대답을 기다리고 있다는 기척만은 알 수 있다. 하지만 다음 순간 마침내 문이 열렸다 닫히는 소리가 난다. 문 너머로 점점 멀어져가는 루크의 발소리도 희미하게 들린다.

10분을 기다렸다가 난 고개를 든다. 꿈을 꾸는 것처럼 도무지 현실 같지가 않고 흐리멍덩하다. 하지만 이 모든 게 현실이라니 도무지 믿어지지가 않는다. 난 임신 8개월의 몸인데 루크가 내가 다니는 산부인과 의사와 바람이 나서 우리 결혼생활은 끝장이 났다.

우리 결혼생활은 이제 끝이다. 난 그 말을 속으로 되뇌어보지만 실감이 나지 않는다. 현실로 받아들일 수가 없다. 신혼여행 때 해변에서 천국에 온 기분으로 느긋하게 쉬던 게 겨우 5분 전 같다. 부모님 집 뒷마당에서 열린 우리 결혼 피로연에서 수십 년 전 엄마가 입으셨던 너풀너풀 치렁치렁 웨딩드레스를 입고 머리에는 비뚜름한 화관을 쓴 채 루크와 춤을 춘 기억도 떠오른다. 기자회견 도중 루크가 진행을 중단하고 20파운드 지폐를 사람들의 손에서 손으로 전달해 내게 주었던 기억도 난다. 그 돈으로 난 데니 앤드 조지 스카프를 살 수 있었다. 기억은 더 옛날로 돌아가 내가 루크를 거의 알지도 못했던 시절로, 내게는 섹시한 수수께끼의 남자 루크 브랜던으로만 존재했던 때로 거슬러 올라간다. 그때는 루크가 내 이름이라도 알고 있을까 싶었던 때였건만.

가슴속을 후벼 파는 듯한 고통이 느껴지면서 갑자기 눈물이 왈칵 쏟아진다. 난 시트에 얼굴을 묻고 흐느껴 운다. 어떻게 날 버리고 떠날 수가 있지? 나랑 결혼해서 즐겁지 않았던 걸까? 둘이서 알콩달콩 재미있게 산다고 생각했는데 그게 아니었나?

미처 막을 틈도 없이 베니셔의 목소리가 슬며시 내 뇌리에 파고든다. 베키는 루크한테 신선한 기분전환거리였을 뿐이었죠. 루크도 베키 덕에 많이 웃기는 했다더군요. 하지만 두 사람은 수준이 완전히 다르잖아요.

바보…… 멍청이…… 얄미운 년. 나쁜 년. 비쩍 말라서…… 재수 없고…… 잘난 줄만 알고…….

난 눈물을 닦고 일어나 앉아 심호흡을 세 번 해본다. 앞으로 그 년 생각은 말아야지. 눈곱만큼도 하지 말아야지.

"브랜던 부인." 노크 소리가 난다. 간호사인 모양이다.

"어…… 잠깐만요." 난 주전자에 들어 있던 물을 급하게 얼굴에 좀 끼얹고 시트로 닦는다. "들어오세요."

문이 열리더니 아까 아침식사를 갖다 주었던 예쁘장한 간호사가 웃으면서 들어온다. "손님이 오셨네요."

루크구나 싶어서 갑자기 기분이 확 좋아진다. 루크가 다시 돌아왔구나. 미안하다고, 전부 다 실수였다고 사과하러 왔구나.

"누구예요?" 난 사물함에서 콤팩트를 급하게 꺼내 거울을 보면서 얼굴을 찡그리고 산발한 머리카락을 애써 정돈한다.

"셔먼 부인이시라는데요."

난 기겁을 해서 하마터면 콤팩트를 떨어뜨릴 뻔한다. 엘리노어? 엘리노어가 여기에 왔다고? 나한테 연락하지 말라고 루크가 미리 일러두었다고 하지 않았나?

뉴욕에서 결혼식을 올린 뒤로 엘리노어를 본 적은 한 번도 없다. 아니, 그러니까…… 뉴욕에서 있었던 그 '결혼식' 말이다. (막판에 상황이 좀 많이 꼬여서 결국 그렇게 됐다.) 우리는 절대 사이가 좋을 수 없는 고부간이었다. 그 주된 이유는 엘리노어가 속물에다 성격이 차디찬 불여우이기 때문이다. 그 불여우는 어린 루크를 버리고 떠났으며 그것 때문에 루크는 마음에 계속 상처를 안고 자랐다. 게다가 엘리노어는 우리 엄마한테도 무례하게 굴었다. 그뿐이랴, 엘리노어 때문에 하마터면 내 약혼 파티장에 내가 입장하지 못할 뻔한 일도 있다! 거기다가 또…….

"괜찮으세요, 브랜던 부인?" 간호사가 조금 걱정스럽다는 표정으로 보기에 정신을 차려보니 내 콧김이 점점 거칠어지고 있다. "면회할 기분이 아니시면 주무신다고 말씀드릴게요."

"네, 그래주세요. 그냥 가라고 하세요."

지금 당장은 어느 누구와도 얼굴을 맞댈 상황이 아니다. 얼굴이 온통 울긋불긋하고 눈물도 아직 채 마르지 않은 상태다. 이런 상황에서 내가 뭐 하러 굳이 엘리노어를 만나야 하나? 남편과 갈라져서 좋은 점이 하나 있다면 더 이상 시어머니를 볼 필요가 없다는 것 정도이려나. 앞으로 그 여자를 못 봐서 아쉬울 것 없고 그 여자 역시 마찬가지일 거다.

"네, 그럴게요." 간호사가 다가오더니 링거액 상태를 가만히 살핀다. "좀 있으면 의사선생님이 회진을 오실 텐데…… 그러고 나면 아마 퇴원하실 것 같네요. 셔먼 부인께 퇴원 소식 알려드릴까요?"

"뭐 그렇게까지……."

순간 새로운 생각이 뇌리를 번득 스친다. 남편과 갈라지면 더 좋은 점이 하나 있다. 앞으로는 이제 시어머니한테 잘할 필요가 없다!

엘리노어한테 속 시원하게 다 퍼부어줄 수 있다. 굳이 참지 않고 싸가지 없이 대해도 전혀 상관없다! 그 생각을 하니 며칠 만에 처음으로 조금 기운이 날락 말락 한다.

"마음이 변했어요. 아무래도 만나야겠네요. 잠깐 준비 좀 할게요……." 난 화장품 가방을 집으려다가 잘못해서 바닥에 떨어뜨린다. 간호사가 주워주면서 괜찮겠느냐는 표정으로 날 본다.

"괜찮으세요? 굉장히 신경이 날카로워 보이시는데……."

"괜찮아요. 그냥…… 아까 조금 기분 상할 일이 있었거든요.

괜찮아질 거예요."

간호사가 나가고 난 화장품 가방을 연다. 아이젤을 찍어 바르고 브론징 파우더를 대충 바른다. 불쌍한 희생양 모습으로 널브러져 있지 않겠다. 버림받은 가엾고 불쌍한 여편네처럼 보이지는 않을 거다. 엘리노어가 어디까지 알고 있는지는 전혀 모르지만 만약 그 여자 입에서 우리 부부가 갈라선다는 말이 한마디라도 나오기만 하면, 혹은 그래서 반갑다는 표정이라도 지었다간…… 그랬다간 뱃속의 아이 아버지가 루크가 아니라고 말해줄 테다. 교도소에서 나랑 펜팔로 만난 웨인의 아이라서 내일이면 당장 스캔들이 신문을 강타할 거라고 말해줘야지. 그럼 엘리노어는 게거품을 물 거다.

향수도 좀 뿌리고 잽싸게 립글로스를 바르는데 가까워지는 발소리가 들린다. 노크 소리가 나기에 난 말한다. "들어오세요." 곧이어 문이 활짝 열리고…… 그 여자가 나타난다.

엘리노어는 민트색 정장에다 시즌마다 항상 사들이는 페라가모 펌프스 차림으로 켈리 악어가죽 백을 들고 있다. 몸이 전보다 더 말랐고 머리카락은 어찌나 가지런한지 니스칠을 한 헬멧 같은 데다 하얀 얼굴은 주름 하나 없이 팽팽하다. 당연한 일이다. 뉴욕 바니스에 있을 때 엘리노어 같은 여자들을 날이면 날마다 본 적이 있다. 하지만 지금 여기에서 보니 엘리노어는…… 흐음, 형용할 말이 하나밖에 없다. 섬뜩한 괴물 같다.

엘리노어의 입술이 1밀리미터 정도 움직이고 그제야 난 그게 엘리노어가 나름대로 한 인사임을 깨닫는다.

"안녕하세요, 어머님." 난 굳이 웃으려는 노력조차 포기한다. 그래봤자 엘리노어는 아마 며느리도 보톡스를 맞았겠거니 생각할 거다. "런던에 잘 오셨어요."

"런던도 이제는 야하고 화려하기만 하구나." 엘리노어는 못마땅해하며 말한다. "천박해."

대체 어떻게 된 여자가 이럴까? 런던을 죄다 싸잡아서 천박하다고 하는 건가?

"네, 특히 여왕이 문제죠. 생각이란 게 없는 여자잖아요."

엘리노어는 내 말은 듣지도 않고 의자 가장자리에 살짝 앉는다. 그러고는 잠시 동안 냉혹한 눈길로 날 살펴본다. "내가 추천했던 의사한테는 이제 안 간다면서, 레베카. 그럼 누구한테서 진료를 받지?"

"베니셔…… 카터란 의사예요." 그 이름을 입에 올리니 칼로 후벼파는 고통이 느껴진다. 하지만 엘리노어는 눈곱만큼도 반응이 없다. 하긴 이 여자가 알 리가 있나.

"루크 만나셨어요?" 난 떠본다.

"아직이다." 엘리노어는 고급 송아지가죽 장갑을 벗고는 환자복을 입은 내 모습을 눈으로 훑어내린다. "몸이 상당히 불었구나, 레베카. 지금 봐주는 의사가 그래도 괜찮다고 하더냐?"

거봐. 이 여자는 이렇다니까. "잘 지냈니?"나 "얼굴이 활짝 피었구나." 같은 인사는 못 한다니까.

"저기요, 전 지금 임신한 거거든요." 난 말대꾸를 한다. "그리고 아기가 좀 크대요."

그래도 엘리노어의 표정은 누그러지지 않는다. "너무 크지 않아야 할 텐데 걱정이구나. 아기가 지나치게 크게 나오면 천박하지."

천박? 이 여자가 우리 귀여운 아기한테 어떻게 감히 천박하다는 말을 쓰는 거야?

"어머, 아니에요. 전 아기가 크게 나온다니까 좋은걸요." 난 어디 할 테면 해보라는 어조로 대꾸한다. "그래야…… 문신 넣을 자리가 넉넉하죠."

정말 미동 하나 없는 엘리노어의 얼굴이지만 그래도 충격이 훑고 지나가는 것이 똑똑히 보인다. 저러다 수술 자국 찢어지면 어쩌나. 바늘로 꿰맨 게 아니라 스테이플러로 찍어놨으려나. 뭘로 이어 붙였는지는 모르지만 알 게 뭐냐.

"루크가 저희 문신 새길 거라는 얘기 안 드렸나요?" 난 일부러 놀란 목소리를 낸다. "신생아한테 문신을 새겨주는 전문가가 있다더라구요. 분만실에서 곧바로 새겨준대요. 그래서 아기 등에다 독수리 문신이랑 우리 두 사람 이름을 산스크리트로……"

"내 손주한테 문신은 못 새긴다." 엘리노어의 목소리가 포탄처럼 튀어나온다.

"아유, 왜요. 새겨야죠. 신혼여행 때 루크가 문신에 워낙 재미를 들였거든요. 루크 몸에도 벌써 열다섯 개나 새겼는걸요!" 난 생글생글 웃어준다. "아기가 태어나면 곧장 자기 팔에다 아기 이름을 문신으로 넣겠대요. 자식사랑이 정말 대단하죠?"

엘리노어는 손등의 혈관이 튀어나올 정도로 켈리 백을 꽉 움켜쥔다. 내 말을 믿어야 할지 말아야 할지 감을 잡기 힘든 거다.

"이름은 정했니?" 마침내 엘리노어가 입을 연다.

"뭐 대충은요." 난 고개를 끄덕인다. "사내애면 아마게돈, 딸애면 파미그래닛(석류)으로 지으려고요."

순간 엘리노어는 할 말을 잃은 모양이다. 두 눈썹을 들어올리거나 미간을 찌푸리거나 어쨌든 얼굴을 움직이고 싶어서 필사적이라는 게 보인다. 보톡스라는 감옥에 갇힌 엘리노어의 원판 얼굴이 가엾을 지경이다.

"아마게돈?" 겨우 엘리노어가 말을 쥐어짠다.

"이름 진짜 괜찮죠?" 난 고개를 끄덕인다. "마초 냄새가 나지만 우아하기도 하고 무엇보다 흔하지 않잖아요!"

엘리노어는 분노를 폭발시킬 것 같은 표정이다. 아니, 폭발하는 건 몸이려나.

"절대 허락하지 않겠다!" 엘리노어가 벌떡 일어나 버럭 소리를 지른다. "문신이라니! 그런 이름을! 너란 애는…… 무책임하기가 정말……."

"무책임해요?" 난 믿어지지가 않아서 불쑥 말한다. "진담이세요? 나참, 그래도 저희는 자식을 버릴……." 난 문득 말을 끊는다. 너무 심한 말이다. 그런 말을 할 수는 없다. 작정하고 엘리노어를 끝까지 몰아세우는 짓 따위는 못 하겠다. 일단은 그럴 기력도 없다. 그리고 어쨌든…… 순간 내 주의가 다른 곳으로 쏠린다. 별안간 머릿속이 생각으로 들끓는다.

"레베카." 엘리노어가 사나운 눈을 하고 다가온다. "너란 애가 나한테 솔직해지면 대체 어떻게 될지……."

"조용히 좀 하세요!" 난 무례한 짓이건 말건 상관 않고 손을 들어 말을 막는다. 지금은 집중을 해야 한다. 곰곰이 생각을 해 봐야 한다. 갑자기 상황이 명확하게 눈에 들어오기 시작한다. 마침내 음정이 맞기 시작한 노래를 듣는 것 같다.

엘리노어는 루크를 버리고 떠났다. 이제 루크는 우리 아기를 버리고 떠나려 한다. 역사가 되풀이되는 거다. 루크도 이 사실을 깨닫고 있을까? 만약 루크가 알아채기만 한다면…… 자기가 하는 짓의 원인을 이해하기만 한다면…….

"레베카!"

난 망상에서 깨어나듯 멍하니 고개를 든다. 엘리노어는 머리 끝까지 화가 나서 폭발 직전으로 보인다.

"어머나, 어머니…… 죄송해요." 사납던 내 기세가 싹 사라진다. "이렇게 와주셔서 정말 감사한데 지금은 제가 조금 피곤해서 실수를 했어요. 나중에 차 드시러 저희들 집에 한번 오실래요?"

엘리노어는 선수를 빼앗겨 어안이 벙벙한 표정이다. 아마 자기 쪽에서도 한판 제대로 해보려고 단단히 마음먹고 있었던 모양이다.

"그래, 알았다." 냉기가 뚝뚝 흐르는 목소리다. "난 클래리지 호텔에 있다. 이건 내 명화 컬렉션 전시회 자료란다."

엘리노어는 비공개 전람회 초대권과 '엘리노어 셔먼 컬렉션'이라는 제목이 박힌 번쩍거리는 팸플릿을 준다. 표지에는 우아한 흰색 대좌 위에 좀 더 작은, 역시 흰색인 대좌가 떡하니 올라앉은 작품 사진이 박혀 있다.

나 참, 난 현대미술은 죽었다 깨어나도 이해를 못 하겠다니까.

"감사해요." 난 미심쩍다는 눈초리로 그 사진을 눈여겨본다. "꼭 가볼게요. 와주셔서 감사해요. 좋은 하루 보내세요!"

엘리노어는 마지막으로 실눈을 뜨고 날 보더니 장갑과 켈리 백을 챙겨 휭 하니 나가버린다.

엘리노어가 나가자마자 난 두 손으로 머리를 감싸고 애써 생각을 쥐어짠다. 어떻게든 루크에게 연락을 해야 한다. 루크도 사실은 진심으로 이러고 싶어 하지는 않는 거다. 무의식 속에서는 루크도 절대 이러고 싶어 하지 않는다는 걸 난 안다. 왠지 루크가 못된 요정의 꾐에 넘어가서 내가 주술을 깨뜨려 구해야만 하는 상황 같다.

하지만 무슨 수로? 뭘 해야 할까? 전화를 하면 심드렁하게 받아서 나중에 통화하자고 해놓고 연락을 끊을 텐데. 이메일을 보내봤자 어차피 비서들이 읽고 처리할 테고…… 문자메시지로 할 말은 절대 아니고…….

편지를 써야겠다.

그 생각이 벼락처럼 뇌리를 내려친다. 편지를 써야겠다. 전화나 이메일이 없었던 옛날처럼. 그래, 이거다. 내 평생 최고 걸작 편지를 쓰는 거다. 나와 루크 두 사람의 감정을 설명하자. (루크도 가끔은 자기 감정에 대해 남의 설명을 듣고 이해할 필요가 있다.) 루크의 눈앞에 상황을 담담하게, 정확히 펼쳐놓고 보여주자.

우리 결혼생활을 수렁에서 건져내야 한다. 루크는 가정파탄을 원하지 않는다. 내가 안다. 어쨌든 안다.

병실 앞을 지나가는 간호사가 있어서 난 소리쳐 부른다. "저기요."

"네, 무슨 일이세요?" 간호사가 생긋 웃으면서 병실 안을 들여다본다.

"뭘 좀 쓰려고 하는데 종이 좀 있을까요?"

"병원 매점에 가면 있긴 한데요. 아니면……." 간호사가 미간에 주름을 잡으면서 생각에 잠긴다. "동료 중에 갖고 있을 수도 있겠네요. 잠깐만 기다려주세요."

잠시 후 간호사가 바즐던 본드 편지지를 갖고 온다. "한 장이면 될까요?"

"좀 더 있어야겠는데요." 난 무게를 잡고 말한다. "한…… 세 장?"

내가 이렇게 구구절절한 장문의 편지를 썼다니 믿어지지가 않는다. 일단 펜을 들자 도무지 멈출 수가 없었다. 하고 싶은 말이 내 마음속에 이렇게 많이 담겨 있는 줄은 여태껏 몰랐다.

일단은 결혼식 때 우리 둘이 얼마나 행복했는지에 대해서로 서두를 시작했다. 다음에는 우리 둘이서 함께했던 즐거운 일들과 재미있었던 일들, 임신 사실을 알고 우리가 얼마나 기뻐하며 설렜는지를 썼다. 그 다음으로 베니서 얘기를 꺼냈다. 하지만 이름을 그대로 쓰지는 않고 '우리 결혼생활에 위협이 되는 일'이라고만 썼다. 이만하면 루크도 알아볼 거다.

이제 17페이지에 접어들어(간호사가 뛰어가서 바즐던 본드 편지지를 아예 뭉치째 사다 줬다.) 비로소 본론이 나온다. 난 우리 결혼생활에 대해 다시 한 번 생각해달라고 간청한다. 눈물이 줄줄 흐르는 바람에 연신 손놀림을 멈추고 코를 푸느라 바쁘다.

자기는 날 영원히 사랑하겠다고 결혼식 때 맹세했잖아. 하지만 자기

> 마음이 이제 그렇지 않다는 건 알아. 세상엔 다른 여자들도 많으니까. 그 여자들은 아마 훨씬 더 똑똑하고 라틴어도 술술 하겠지. 난 알아. 자기가……

'바람'이란 말은 쓸 수가 없다. 도저히 못 쓰겠다. 그래서 옛날 책에서 자주 나오던 것처럼 말줄임표로 얼버무린다.

> 난 알아. 자기가…… 아니야. 하지만 그렇다고 전부 다 끝장을 내야만 하는 건 아니잖아. 난 과거를 묻어둘 마음의 준비가 되어 있어, 루크. 무엇보다도 소중한 건 우리가 서로에게 속해 있다는 사실이라고 믿어. 자기랑 나랑 우리 아기 셋은 언제까지나 한 가족이잖아.
> 우린 행복한 가정을 이룰 수 있어. 난 확신해. 그러니까 우리를 단념하지 말아줘. 자기는 사실 속으로는 아빠가 되기를 두려워하고 있을지도 모르지만 우리 셋이 함께라면 다 극복할 수 있어! 자기도 말했잖아, 부모가 된다는 것처럼 엄청난 모험은 둘도 없다고.

난 편지를 쓰던 손길을 멈추고 눈물을 닦는다. 이제 끝을 맺어야 한다. 루크가 어떤 결정을 내렸는지…… 그 대답을 내게 전해줄 방법을…… 적어줘야 한다.
별안간 생각이 떠오른다. 로맨스 영화에서 나오는 것처럼 무지무지 크고 높은 탑이 있어야 한다. 그 꼭대기에서 밤 열두 시에 만나는 거다…….

아니다. 밤 열두 시면 내가 너무 피곤하다. 꼭대기에서 만나기는 하는데…… 저녁 여섯 시로 하자. 바람소리가 윙윙 나고 거슈윈의 음악이 흐르는 가운데 둘이 마주치면 난 눈빛만으로도 루크가 베니셔를 영영 떼어내고 내게 돌아왔다는 사실을 알아챈다. 그럼 난 이 말만 하는 거다. "집에 갈까?" 그럼 루크는 이렇게 말하겠지…….

"괜찮으세요, 브랜던 부인?" 간호사가 병실을 들여다본다. "어떻게 되어가세요?"

"거의 다 끝났어요." 난 코를 팽 푼다. "런던에 높은 탑이 있는 데가 어디죠? 만날 장소로 괜찮은 곳 말이에요."

"글쎄요." 간호사가 코에 주름을 잡는다. "옥소 타워가 높긴 아주 높죠. 전에 한 번 갔었는데 전망대랑 레스토랑도 있더라고요……."

"고마워요!"

루크, 만약 자기가 날 사랑하고 우리 결혼생활을 계속 유지하기를 원한다면 금요일 저녁 여섯 시에 옥소 타워 꼭대기에서 만나. 전망대에서 기다릴게.

자기를 사랑하는 아내
베키가

난 기운이 쫙 빠져서 펜을 놓는다. 베토벤 교향곡 작곡이라도 끝낸 심정이랄까. 이젠 이 편지를 페덱스로 루크의 제네바 사무실로 부쳐야 한다……. 그러고 나서 금요일 저녁까지 가만히 기다리자.

장장 열일곱 장짜리 편지를 반으로 접어 바즐던 본드 봉투에 겨우겨우 우겨 넣는데 사물함에 넣어두었던 휴대전화기가 울린다.

루크? 세상에나. 하지만 아직 편지도 읽기 전인데 어쩐 일이래?

난 떨리는 손으로 황급히 전화기를 집지만 루크가 아니다. 모르는 번호다. 설마 엘리노어가 한바탕 잔소리를 퍼부으려고 걸었나?

"여보세요." 난 조심스럽게 받는다.

"여보세요, 베키? 마사예요."

"아아." 난 머리카락을 걷어올리면서 마사가 누구던가 머리를 굴려본다. "어…… 안녕하세요."

"금요일 촬영에 아무 문제없나 해서 점검차 전화 드렸어요." 사근사근 활발한 목소리다. "그날 촬영이 얼마나 기대되는지 몰라요!"

헉, 보그구나. 망할. 까맣게 잊고 있었다.

내가 무슨 수로 보그 사진촬영을 잊고 있었을까. 나 참, 내가 진짜 망가지긴 망가진 모양이다.

"그동안 별일은 없는 거죠?" 전화기 저편에서 마사는 계속 명랑하게 캐묻는다. "설마 벌써 출산을 했거나 그런 건 아니죠?"

"어…… 네, 그건 아닌데요……." 난 머뭇거린다. "그런데 지금 입원중이거든요." 그 말을 한 순간 병원에서는 절대 휴대전화기 사용 금지라는 사실을 깨닫는다. 하지만 지금 통화 상대는 자그마치 보그 아니더냐. 보그라면 어쨌든 무조건 예외로 쳐줘야지, 아무렴.

"아유, 그럼 안 되는데!" 당황해서 마사의 목소리가 어두워진다. "저기요, 이 기사 진행에 지금 계속 차질이 생기고 있거든요! 취재하기로 한 분 중 하나는 쌍둥이를 조산했는데 그것 때문에 인터뷰를 못 한다고 어찌나 아쉬워하셨는지 몰라요. 게다가 또 한 분은 임신중독증인지 뭔지로 지금 입원하셔서 절대안정중이고요. 그래서 인터뷰도 뭐고 하나도 못 했어요! 베키도 절대안정을 해야 하나요?"

"어, 저기요…… 잠깐만요……."

난 전화기를 내려놓고 어떻게든 기운을 좀 내려고 해본다. 내 평생 이렇게까지 사진이 찍기 싫었던 적은 한 번도 없었다. 난 지금 뚱뚱보가 됐고 눈물도 찔찔 짜는 데다 머리 상태는 완전 끔찍하고 결혼생활은 파탄 직전이다……. 난 진저리를 치면서도 심호흡을 한 번 하지만 순간 옆에 있는 벽장 유리에 어른어른 비치는 내 모습을 보고 만다. 허리도 구부정하고 고개를 축 늘어뜨린 모습. 패배자처럼 보인다. 딱 꼴불견으로 보인다.

거의 반사적으로 난 꼿꼿이 자세를 펴고 앉는다. 내가 지금 뭐라는 거야? 그렇다고 내 인생이 끝난 건 아니잖아? 남편이 바람 좀 피운 것 가지고 왜 인생이 끝나?

어림도 없다. 자기연민에 빠져 허우적대지 않겠다. 포기하지 않겠다. 그래, 내가 좀 망가졌다고 치자. 그렇다고 멋쟁이 미시족이 못 되는 건 아니지 않나? 〈보그〉지 사람들도 생전 처음 볼 만큼 슈퍼 울트라 메가 미시족이 되어주고 말겠다.

난 다시 전화기를 귀에 댄다. "여보세요, 마사?" 난 발랄한 목소리를 애써 낸다. "늦어서 미안해요. 금요일 촬영은 예정대로 할 수 있겠어요. 오늘 병원에서 퇴원한다니까 아무 문제없대요!"

"정말 잘됐네요!" 마사가 마음을 놓는 기색이 목소리에도 역력하다. "무척 기대돼요. 촬영은 두세 시간이면 다 끝나니까 베키가 피곤해서 지칠 일은 절대 없을 거라고 약속할게요. 참, 어차피 베키한테도 예쁜 옷은 많겠지만 우리 스타일리스트도 의상 몇 벌 정도 가져갈 거예요……. 마지막으로 주소 한 번 더 불러볼게요. 델러멘 로드 33번지 맞죠?"

파비아가 부탁했던 물건을 하나도 사놓지 못했다는 생각이 그제야 퍼뜩 든다. 하지만 아직 시간이 있으니까 별일 없을 거다.

"네, 맞아요."

"부럽네요. 그 동네 집들 진짜 끝내주던데! 그럼 열한 시에 봐요."

"네, 그때 봐요!"

난 전화를 끊고 콧김을 뿜으며 숨을 몰아쉰다. 난 〈보그〉에 실릴 거다. 멋쟁이 미시족이 되어 보이겠다. 그리고 우리 결혼 생활도 꼭 지켜내겠다.

발신: 베키 브랜던
수신: 파비아 파스칼리
제목: 내일

안녕하세요, 파비아!

이건 그냥 확인차 보내는 거예요. 내일 오전 11시에 〈보그〉지 촬영팀하고 찾아갈게요. 촬영은 오후 3시까지예요.

파비아가 찾는 자주색 상의하고 클로에 백은 구했는데 아깝게도 올리 브릭넬 신발은 사방팔방 다 돌아다녀봐도 없네요. 그것 외에 갖고 싶은 것 혹시 있나요?

다시 한 번 말해두지만 정말 고마워요. 내일 정말 기대되네요. 그럼 그때 만나요!

베키

발신: 파비아 파스칼리
수신: 베키 브랜던
제목: Re: 내일

베키

신발이 없으면 집도 없음.

파비아

케네스 프렌더가스트

프렌더가스트 데 비트 코넬
재정자문 전문 회사

포워드 하우스
하이 홀본 394번지 런던 WC1V 7EX

R. 브랜던 부인
마이다 베일 맨션 37호 마이다 베일 런던 NW6 0YF

2003년 11월 26일

브랜던 부인께

편지 주셔서 감사합니다.

부인께서 금번에 스위트 제과 주식회사, 에스텔 로댕 화장품, 어번 스파 공사의 주식을 구매하신 내역을 보았습니다.

재차 말씀 드립니다. 무료 초콜릿, 샘플 향수, 스파 할인 이용권이 아무리 기분 좋은 보너스라 해도 든든한 투자처라는 근거는 되지 않습니다. 최근 부인께서 채택하신 투자 전략을 재고해보시길 촉구하며 저 역시 기꺼이 자문을 드리겠습니다.

케네스 프렌더가스트
가족 투자 전문가

보그 촬영을 하다

 이놈의 신발 때문에 미치고 팔짝 뛰겠다. 런던을 아무리 뒤져도 그놈의 신발 딱 한 켤레가 없는 거다. 특히 녹색은 눈을 씻고 찾아보려야 찾아볼 수가 없다. 거의 성배급으로 희귀 제품이라 파비아가 그 신발에 목을 매는 것도 당연하다. 그래도 차라리 성배는 그림 같은 데에 단서라도 남아 있지 이건 뭐냐. 어제 하루 종일을 전화통에 매달려 온갖 연줄을 이용하고 공급처며 매장에 샅샅이 연락을 하는 등 정말 안 알아본 데가 없다. 심지어는 뉴욕 바니스에까지 연락을 했는데 내 사정을 들은 예전 직장동료 에린은 딱하다는 소리로 호호 웃기만 했다.
 결국엔 대니가 구원의 천사로 나섰다. 대니는 몇 군데 전화를 넣더니 마침내 자기가 아는 모델한테 그 신발이 있다는 정보를 입수하고는 자기가 만든 샘플 재킷과 그 신발을 맞바꾸기로 했다. 그 모델이 지금 파리에서 촬영 중이라기에 모델의 친구라는 사람이 어젯밤 신발을 받아 가지고 런던으로 왔다. 대니가 그 친구를 만나 신발을 받아서 이제 나한테 전해주기만 하면 된다.

계획은 이랬는데 문제는 아직까지 대니가 코빼기도 비치지 않는다는 데 있다. 벌써 10시를 5분이나 넘긴 시각이라 난 슬슬 걱정이 되어 안절부절못하기 시작한다. 난 지금 델러멘 로드 모퉁이에 서 있다. 내 임신복 중 제일 맵시 만점인 빨강 날염 랩 원피스에다 프라다 힐, 빈티지 스타일 인조모피 숄 차림이라 지나가던 차들이 전부 속도를 늦추면서 날 구경하고 간다. 막상 여기에 와보니 만남에 최적의 장소는 아니었던 것 같다. 지금 내 꼴은 변태 찾아 어슬렁거리는 임신 8개월짜리 몸 파는 여자가 따로 없어 뵌다.

난 전화기를 꺼내 재다이얼 버튼을 눌러 대니에게 재차 연락을 한다. "대니, 어디야?"

"다 왔어! 지금 가. 지금 막 다리를 건너고 있거든…… 어머 머머!"

대니는 원래 예정대로라면 어젯밤에 그 신발을 주러 우리 집에 들렀어야 했지만 결국은 휴가 때 만난 웬 사진사랑 클럽에

놀러가느라 약속을 깼다. (말도 마라. 둘이서 그때 마라케시에서 밤새 뭔 짓을 했는지 얘기를 풀어놓는데 뱃속에 든 우리 아기 귀를 틀어막아야 할 정도였다.) 대니가 자지러지게 웃어대고 대니의 친구가 모는 할리 데이비슨 엔진 폭음도 들린다. 이런 상황에서 뭐가 신난다고 저렇게 재미있어 죽지? 내가 얼마나 스트레스를 받는지 얘는 대체 모르나?

루크가 출장을 간 뒤로 난 거의 한숨도 못 잤다. 갖은 애를 써서 어젯밤엔 겨우 눈을 좀 붙이나 했더니 다시없을 뒤숭숭한 악몽을 꿨다. 옥소 타워의 꼭대기에서 기다리고 있는데 루크가 오지 않는 꿈이었다. 몇 시간이고 비바람을 맞으면서 물에 젖은 생쥐 꼴이 되어 기다렸더니 그제야 루크가 나타나긴 했는데 다시 보니 어느새 엘리노어로 변해서 날 잡아먹을 기세로 마구 퍼부어대기 시작했다. 그러고는 내 머리카락을 모조리 쥐어뽑고…….

"저기, 잠깐만요."

두 아이의 손을 잡고 이쪽으로 걸어오던 여자가 이상하다는 눈초리로 날 본다.

"아, 네." 난 정신을 차리고 옆으로 비켜 선다.

실제로는 루크가 출장을 간 이후 말 한마디도 나눠본 적이 없다. 몇 번 전화가 오긴 했지만 그때마다 나는 전화 못 받아서 미안하다, 별일 없다는 문자메시지만 날려주었다. 루크가 내 편지를 읽을 때까지는 대화를 하고 싶지 않았다. 조회해보니까 편지는 어제 겨우 도착한 것으로 나와 있었다. 제네바 사무실의 누군가가 오후 6시 11분에 수령했다고 되어 있으니까 아마 지금쯤은 루크도 편지를 읽었을 거다.

주사위는 던져졌다. 이제 오후 여섯 시가 되면 어느 쪽으로 결판이 나는지 알 수 있을 거다. 루크가 거기에서 날 기다리고 있느냐, 아니면······.

뱃속이 울렁거려서 난 고개를 살짝 흔들어 속을 가라앉힌다. 그 생각은 하지 말자. 지금은 일단 촬영부터 무사히 끝내야 한다. 난 기운을 차리기 위해 키캣 초콜릿을 한입 베어 물고는 프린트해 가져온 마사의 이메일을 다시 한 번 훑어본다. 임산부 미시족 인터뷰인데 마사 말로는 미리 읽어보면 '감'이 좀 올 거라고 했다. 인터뷰 대상인 미시족은 아멜리아 고든-배러클로라는 여자란다. 비즈 카프탄을 입고 팔찌를 쉰아홉 개쯤 차고서 부자 동네 켄징턴에 있는 대저택의 아기방에서 사진을 찍었는데 그 여자가 했다는 인터뷰는 대답마다 완전 밥맛이다.

"저희는요, 아기방 가구는 전부 프로방스에서 가구 장인한테 주문했어요."

허, 그러셔. 그럼 나도 우리 아가방 가구는 전부······ 외몽골 가구 장인한테 주문했다고 할까나. 아니다, 우연찮게 입수했다고 하자. 여성지 같은 데 나오는 사람들은 뭘 하나를 사도 절대 그냥 가게에서 평범하게 샀다는 경우는 없고 우연히 눈에 띄어서 입수했다거나 쓰레기장에서 보고 필 꽂혀서 가져왔다고 하지 않나. 아니면 그런 것들한테는 꼭 유명 디자이너 대모가 있어서 거기에서 물려받았다고도 하더라.

"집 안에 '명상의 방'이라고 부르는 곳을 마련해놓고 남편하고 같이 아침저녁으로 요가도 해요. 요가 덕에 부부 사이도 한층 좋아지는 느낌이죠."

신혼여행 때 루크와 같이 부부 요가를 하던 때가 갑자기 떠올라서 가슴이 뜨끔 아프다.

우리도 요가는 했는데, 우리도 그때는 사이좋은 부부였는데. 목이 메기 시작한다. 안 돼. 꾹 참아야지. 자신을 가져. 멋쟁이 미시족이 돼야지. 인터뷰 때 루크하고 난 요가보다 훨씬 더 폼 나는 운동을 한다고 해야겠다. 저번에 잡지에서 쓸 만한 걸 읽었는데. 기체조던가 뭐라던가.

머릿속으로 한창 딴 생각을 하고 있는데 요란한 오토바이 엔진소리가 들리기에 고개를 들어보니 할리 데이비슨 한 대가 조용한 주택가 거리를 맹렬한 속도로 달려오는 중이다.

"안녕, 대니!" 난 두 팔을 홰홰 휘저어 보인다. "여기야!"

"안녕, 베키!" 오토바이가 내 옆에서 부릉부릉 소리를 내며 멎는다. 대니가 오토바이 헬멧을 벗더니 신발 상자를 들고 뒷자리에서 폴짝 내린다. "여기 있어!"

"이야, 대니. 고마워." 난 대니를 얼싸안는다. "대니 덕분에 살았지 뭐야."

"뭘 그런 걸 가지고 그래!" 대니는 다시 오토바이에 탄다. "촬영 어떻게 됐는지 나중에 얘기해줘! 아, 이쪽은 제인이야."

"안녕하세요!" 내가 인사를 하자 머리부터 발끝까지 가죽으로 도배를 한 제인이 손을 들어 내 인사에 답한다. "신발 갖다 줘서 고마워요!"

오토바이가 다시 멀어져간다. 난 옷이며 소지품 등등으로 꽉 찬 여행가방과 오늘 아침 집 안 단장을 위해 사두었던 꽃다발 한 아름을 든다. 33번지에 도착해 낑낑대며 겨우겨우 가방을 계단 위로 옮기고 초인종을 누른다. 대답이 없다.

잠시 기다린 후 난 다시 초인종을 누르면서 부른다. "파비아!" 하지만 여전히 묵묵부답.

오늘 오전으로 약속했던 걸 파비아가 잊었을 리는 없는데.

"파비아! 안 들려요?" 난 문까지 쾅쾅 두드린다. "파아비이아아!"

쥐 죽은 듯한 침묵. 아무도 없는 거다. 큰일이다 싶어 마음이 엄청 급해진다. 이제 어떻게 하나? 지금이라도 〈보그〉 촬영팀이 나타날지도 모르는데…….

"저기요! 안녕하세요!" 길에서 누가 부르는 바람에 돌아보니 웬 아가씨 하나가 미니 쿠페 차창 밖으로 몸을 내밀고 있다. 빼빼 마른 몸에 머리카락은 찰랑찰랑 윤기가 흐르는 데다 카발라 팔찌를 차고 엄청 큰 다이아몬드 약혼반지를 낀 여자다. 분명 〈보그〉 직원일 거다.

"베키 맞아요?" 여자가 외친다.

"네!" 난 억지로라도 밝게 웃는다. "안녕하세요! 그쪽이 마사예요?"

"네, 그래요!" 여자의 눈길이 집을 위아래로 휘리릭 훑어본다. "집 정말 끝내주네요! 얼른 들어가서 구경하고 싶어요!"

"어, 네…… 칭찬해줘서 고마워요!"

뭔가 기대하는 눈치로 마사가 침묵을 지키기에 난 문 기둥에 태연하게 기대고 선다. 마치 심심해서 현관 계단에서 어슬렁거리고 있었다는 듯이. 다들 그렇게들 하지 않나?

"준비는 다 된 거죠?" 마사가 얼떨떨하다는 표정으로 묻는다.

"그럼요!" 난 자연스럽게 손짓을 하려 한다. "지금은 그냥…… 바깥바람 좀 쐬는 것뿐이에요……."

난 미친 듯이 머리를 굴린다. 잘만 하면 그냥 여기 계단에서 촬영을 죄다 해치울 수 있지 않나? 그래, 이 집에선 현관문이

제일 큰 볼거리고 나머지는 굳이 볼 것도 없다고 둘러대면…….

"베키, 집 열쇠라도 잃어버린 거예요?" 마사는 여전히 얼떨떨하다는 얼굴이다.

천재적인 발상이네! 그래, 그래. 내가 왜 진작 그 생각을 못 했더냐.

"맞아요! 나도 참 멍청하지!" 난 내 머리까지 퍽 때려 보인다. "이웃한테 열쇠를 맡겨놓지도 않았고 집엔 아무도 없고……."

"어머, 어떡해요!" 마사의 얼굴이 어두워진다.

"그러게 말이에요." 나도 애통하다는 척 어깨를 으쓱한다. "정말 미안해요. 하지만 들어가지를 못하니 어쩔 수 없……."

그 말을 하는데 현관문이 열리는 바람에 하마터면 뒤로 나자빠질 뻔한다. 파비아가 드디어 나온 거다. 주황색 마르니 원피스를 입고 눈을 벅벅 비비고 있다.

"베키, 왔어요?" 거의 시체 같은 목소리다. 수면제라도 집어먹었나.

"어머!" 마사의 얼굴이 밝아진다. "그래도 누가 있었네요! 정말 다행이에요! 근데 그분은 누구세요?"

"파비아라고 해요. 우리 집…… 에 세 들어 살죠."

"세?" 파비아가 코를 찡그린다.

"세 들어 사는 친한 친구예요." 난 파비아를 살짝 안는 척하며 부리나케 정정한다. "아주 친한 사이라……."

하늘이 굽어 살피셨는지 차 한 대가 달려와 미니 쿠페 뒤에 서서 경적을 울린다.

"아, 알았어요. 갈게요!" 마사가 차에 대고 소리친다. "베키, 지금 다들 커피 마실 텐데 같이 좀 들겠어요?"

"아뇨. 고맙지만 됐어요! 난 그럼 안에서 기다릴게요. 우리 집에서요." 난 문손잡이에 자신 있게 손을 올린다. "이따가 봐요!"

차가 사라지는 뒷모습을 지켜본 다음 난 파비아에게 휙 돌아선다. "집에 없는 줄 알았잖아요! 뭐 됐어요. 어쨌든 들어가죠. 갖고 싶다던 물건 챙겨 왔어요. 백하고 상의하고……." 난 쇼핑백을 건네준다.

"대단하네요." 물건들을 보고 파비아의 눈이 탐욕스런 빛을 띤다. "신발도 구했어요?"

"그럼요! 내 친구 대니가 그 신발을 갖고 있는 모델한테 연락해서 파리에서 공수해 왔어요. 디자이너 대니 코비츠요."

상자를 꺼내 보이는 내 심정은 정말 의기양양하다. 이 물건을 살 수 있는 사람은 전 세계를 탈탈 털어도 없다. 그 정도로 내 연줄은 빵빵하다. 난 파비아가 헉 소리를 내거나 "베키 정말 엄청나네요!" 같은 소리를 하기를 기다린다. 하지만 파비아는 상자를 열고 잠깐 동안 신발을 가만히 보더니 오히려 미간에 주름을 잡는다.

"색깔이 다르잖아요." 파비아는 상자를 닫더니 내게 도로 밀어 준다. "내가 말한 건 녹색이었는데."

이 여자 색맹인가? 이렇게 곱고 눈에 확 들어오는 연한 회녹색을 보고 무슨 소리래. 게다가 상자 위에 커다란 글씨로 '녹색'이라고 떡하니 찍혀 있구만.

"파비아, 이거 녹색 맞아요."

"내가 사고 싶었던 건 좀 더……." 파비아가 도저히 표현할 말이 없는지 두 손을 휘휘 내젓는다. "파란 기가 도는 녹색이에요."

이 정도쯤 되자 난 인내심을 잃지 않으려고 성질을 꾹꾹 눌러 참는다. "그럼…… 터키석 빛깔 말이에요?"

"맞아요!" 파비아의 얼굴이 밝아진다. "터키석 빛깔. 난 그걸 말한다고 한 건데. 이건 너무 색이 연하잖아요."

믿어지지가 않는다. 패션모델에다가 전 세계급으로 노는 디자이너를 통해 파리에서 공수해 온 신발인데 이게 마음에 안 든다고?

그래, 그럼 내가 가지지 뭐.

"알았어요." 난 상자를 다시 챙긴다. "그럼 터키석 색깔로 찾아다줄게요. 그런데 이젠 정말 안으로 들어가봐야 하거든요……."

"글쎄요." 파비아가 문간에 기대어 서더니 소매에 붙은 실밥을 물끄러미 바라본다. "사실 그렇게 쉽게 들락날락 할 수 있는 문제가 아니라서……."

쉽게 들락날락을 못 해? 꼭 해야만 한다고!

"하지만 오늘 촬영을 도와주겠다고 약속했잖아요. 잊었어요? 〈보그〉 촬영팀이 벌써 도착했단 말이에요!"

"다른 날로 연기 못 해요?"

"〈보그〉 촬영은 연기할 수 있는 게 아니에요!" 목소리가 격해진다. "다른 누구도 아닌 〈보그〉잖아요!"

파비아는 특유의 알 게 뭐냐는 어깻짓을 한 번 한다. 순간 난 혈압이 팍 오른다. 내가 오늘 온다는 걸 뻔히 알고 있으면서도 지금까지 계속 이랬던 거다. 전부 다 미리 짜놓은 거다. 어떻게 이럴 수가 있나!

"파비아." 난 씩씩거리면서 얼굴을 파비아에게 들이댄다. "내가 〈보그〉에 나올 유일한 기회를 망치려나본데 어림도 없어요. 내가 상의도 얻어다주고 백도 가져오고 신발도 갖다줬는데! 날 썩 집 안에 들이는 게 좋을걸요. 안 그랬다간…… 그랬다간……."

"그랬다간 어쩔 건데요?" 파비아가 묻는다.

"그랬다간 뉴욕 바니스에 전화해서 파비아를 블랙리스트에 올리겠어요!" 난 갑자기 묘안이 떠올라 홱 내뱉는다. "그럼 꽤 골치 아파질걸요. 앞으로 뉴욕에 살 거라면서요. 안 그래요?"

파비아의 얼굴이 하얗게 질린다. 홋. 적중했구나.

"아니, 그럼 나더러 그동안 어디 가 있으란 말이에요?" 파비아는 그제야 문간에서 몸을 일으키면서 툴툴거린다.

"그걸 내가 어떻게 알아요! 온돌 마사지방에 가거나 어디든 가요! 얼른 나가라고요!" 난 여행가방을 집 안으로 영차 들여놓고 파비아를 밀치다시피 하면서 로비로 들어선다.

좋다. 서둘러 준비해야겠다. 난 가방을 열고 우리 결혼식 사진이 든 은색 액자를 복도 탁자 위에 떡하니 올려놓는다. 됐다. 이러니까 벌써 우리 집 된 것 같네!

"그런데 남편분은 어디 있죠?" 팔짱을 끼고 내가 하는 양을 가만히 지켜보던 파비아가 한마디 던진다. "그런 건 남편분이 다 해야 하는 거 아닌가? 베키 하는 짓이 꼭 싱글맘처럼 보이네요."

파비아의 말이 내 허를 찌른다. 잠시 동안 난 대답할 말을 완전히 잃고 만다.

"루크는…… 해외출장 갔어요." 난 겨우 말한다. "이따가 만날 거예요. 여섯 시에요. 옥소 타워 전망대. 거기에 가면 있을 거예요." 난 심호흡을 한다. "난 알아요."

눈시울이 뜨거워지기에 난 필사적으로 눈을 깜박거린다. 내가 어디 무너질까보냐.

"괜찮아요?" 파비아가 날 빤히 응시한다.

"네. 그냥…… 오늘이 나한테 엄청 중요한 날이라서 그런 것뿐이에요." 난 티슈를 뽑아 눈을 훔친다. "물 한 잔만 줄래요?"

"나 참." 파비아가 주방으로 가면서 중얼거린다. "겨우 그놈의 보그 하나 갖고 이 난리람."

됐다. 준비도 거의 완료다. 20분 뒤 마침내 파비아도 겨우 꺼져줬고 이젠 정말로 이 집이 내 집이라는 실감이 팍팍 난다. 파비아의 사진은 싹 다 치워버리고 대신 우리 가족사진을 올려놓았다. 거실 소파에도 B와 L자가 들어간 쿠션을 하나씩 갖다놓았다. 사방에 꽃을 장식했고 주방 찬장의 어디에 무엇이 들어 있는지 달달 외웠으며 심지어는 냉장고 앞에 "유기농 키노아 제품이 다 떨어졌어."며 "루크, 토요일에 부부 기체조 하는 거 잊지 마!"라는 포스트잇 메모까지 붙여놓았다.

지금은 내 신발 몇 켤레를 파비아의 신발 보관실에 조심스레 진열하는 중이다. 인터뷰 중에 신발이며 액세서리에 대한 질문이 나올 게 십중팔구 뻔하기 때문이다. 지미 추 구두가 몇 켤레나 되는지 세고 있는 바로 그때 갑자기 초인종이 울리는 바람에 난 화들짝 놀라 어쩌면 좋을지 허둥지둥한다. 나머지 신발을 대충 쑤셔넣고 거울을 한 번 본 다음 떨리는 발걸음으로 1층에 내려간다.

드디어 올 게 왔다! 내 평생 소원이 바로 잡지에 내 옷 자랑 하는 것 아니었더냐.

복도를 지나가면서 난 잽싸게 머릿속으로 복습을 한 번 더 한다. 원피스: 다이안 폰 퍼스텐버그. 구두: 프라다. 스타킹: 톱 숍. 귀고리: 엄마가 주신 선물.

아니다, 어딘가 좀 구리다. 귀고리는…… 원래 패션모델 소장품이었다고 하자. 아니, 빈티지가 낫겠다. 파리 뒷골목의 오래된 아틀리에서 나왔다는 1930년대 코르셋을 샀더니 그 안쪽 솔기에 들어 있었다고 하자. 딱이네.

난 밝은 미소를 얼굴에 왕창 띠고는 현관문을 기운차게 열지만…… 다음 순간 그 자리에 얼어붙는다.

<보그> 사람들이 아니다. 루크다.

겨울 코트를 입고 여행용 가방을 들었는데 오늘 아침에 면도도 하지 않은 얼굴이다.

"대체 이게 뭐야?" 루크는 거두절미하고 다짜고짜로 내가 쓴 편지를 들어 보이며 따진다.

난 하도 놀라 어안이 벙벙해서 루크를 빤히 바라보기만 한다. 이게 아닌데. 원래는 옥소 타워에서 로맨스와 사랑의 화신 같은 모습으로 짠 나타나야 정상인데. 이렇게 험악하고 흐트러진 행색으로 문간에 불쑥 나타나는 건 예정에 없는데.

"저기……." 난 마른침을 삼킨다. "여긴 웬일이야?"

"여긴 웬일이냐고?" 루크는 기가 막힌다는 어조로 되묻는다. "이 편지를 봤으니까!! 아무리 전화를 걸어도 받지도 않고, 마른하늘에 날벼락이라고 대체 이게 뭔지 감도 못 잡겠고…… 게다가 옥소 타워 꼭대기에서 만나자고?" 루크가 내게 편지를 들이대고 흔든다. "말도 안 되는 이 헛소리는 다 뭐야?"

헛소리?

"헛소리가 아냐!" 난 신경질을 버럭 낸다. "내가 우리 둘 사이를 지키려고 얼마나 애를 썼는데! 만약 자기가 사실을 깨닫지 못했을 경우에 대비해서 내가……."

"우리 둘 사이를 지켜?" 루크가 날 물끄러미 바라본다. "옥소 타워에서?"

"영화에선 다 그렇잖아! 자기가 짠 나타나면 〈시애틀의 잠 못 이루는 밤〉에서처럼 상황이 전부 다 알콩달콩하게……."

실망감 때문에 목이 잠긴다. 계획해놓은 대로 잘 풀릴 거라고 그렇게 철석같이 믿었는데. 루크가 거기에 나타나면 우린 서로의 품에 뛰어들고 다시금 행복한 부부로 돌아갈 거라고 굳게 믿고 있었는데 이게 뭐람.

"알았어. 나만 모르는 게 분명 있는 모양이군." 루크는 미간을 찌푸리며 다시 편지를 들여다본다. "이 편지도 도무지 무슨 뜻인지 모르겠어. '난 알아. 자기가…… 아니야.' 라니. 내가 뭘? 중병에라도 걸렸어?"

루크가 날 놀리고 비웃는다. 참을 수가 없다.

"바람을 피웠잖아!" 난 꽥 소리를 지르고 만다. "바람피운 거 맞잖아! 베니셔하고 자기하고! 그걸 안다는 거야. 알아들었어? 그래서 자기가 혹시 우리 결혼생활을 다른 각도에서 한 번 보고 싶어 하지 않을까 생각했을 뿐이야. 하지만 이제 보니 내가 완전히 틀렸네. 그럼 그냥 가. 난 〈보그〉 촬영해야 돼." 난 글썽글썽 맺히는 눈물을 거칠게 닦는다.

"내가 뭘 해?" 루크는 정말로 혼비백산한 눈치다. "베키, 농담하는 거지?"

"그래, 농담 맞아." 난 문을 닫으려 하지만 루크가 내 손목을 꽉 움켜쥔다.

"잠깐." 루크의 목소리가 벽력같다. "난 대체 뭐가 어떻게 된 건지 하나도 모르겠어. 뜬금없이 이런 편지를 받질 않나…… 자기는 나더러 바람을 피운다고 하지를 않나…… 이래놓고 아무 설명 없이 도망칠 수는 없는 거잖아."

이이가 어디 다른 세상에서 여기로 뚝 떨어졌나? 누구한테 머리를 냅다 맞아서 정신이 나가기라도 했나?

"자기 입으로도 시인했잖아, 루크!" 난 열불이 치솟아서 그야말로 쇳소리를 꽥 지른다. "날 '보호'하려고 그랬다며! 내 혈압인지 뭔지가 걱정돼서! 잊었어?"

루크의 눈길이 내 얼굴을 여기저기 훑어본다. 마치 내 얼굴에서 대답을 찾는 것 같다.

"우리가 병원에서 했던 얘기?" 루크가 불쑥 말한다. "제네바 출장 전에?"

"그래! 이제 한꺼번에 기억이 나나보지?" 참으려고 해도 말투가 자꾸 야유조가 된다. "아기가 태어나면 말할 생각이었다면서? 상황이 '해결될 때까지 그냥 지켜볼' 생각이었다며! 그건 즉 사실상 시인한 거나……."

"그때 얘기는 바람을 피웠다는 게 절대 아니었어!" 루크도 성질을 확 낸다. "그건 아코다스 그룹하고 상황이 안 좋다는 얘기였다고!"

순간 내 등등하던 기세가 허를 찔려 싹 사그라진다. "뭐, 뭐라고?"

그제야 난 보도에서 아이 둘이 루크와 나를 빤히 구경하고 있는 것을 발견한다. 하긴 생각해보니 산만 한 내 배에다 이런 저런 모든 상황이 전부 꽤나 남들 이목을 끌 것 같긴 하다.

"일단 들어가자." 난 기품 있게 말한다. 루크도 내 시선이 향한 곳을 본다.

"알았어. 그래. 그럼…… 그러자."

루크가 집 안으로 들어오자 난 현관문을 닫는다. 순간 복도가 잠잠해진다. 무슨 말을 해야 할지 모르겠다. 진짜 어안이 벙벙하다.

"베키…… 자기가 어쩌다 그런 오해를 했는지는 모르겠지만 말야." 루크가 땅이 꺼져라 긴 한숨을 토한다. "사실은 그동안 회사에서 문제가 있어서 자기한테 알리지 않으려고 했던 거야. 바람 같은 건 절대 안 피워. 게다가 상대가 누구라고? 베니셔?"

"하지만 자기가 바람피우는 중이라고 베니셔가 말했는걸."

루크는 정말로 크게 놀란다. "베니셔가 설마!"

"정말이라니까! 자기가 그 여자랑 살림 차리려고 날 버릴 거라고 했단 말야. 게다가 또……." 난 입술을 깨문다. 베니셔가 한 말을 전부 떠올리려니 너무나도 고통스럽다.

"이게 무슨…… 정신 나간…… 소리야." 속에서 뭔가가 확 치미는지 루크는 격하게 고개를 젓는다. "자기가 베니셔랑 무슨 대화를 나눴는지는 모르지만……. 어쩌다…… 서로 오해가 있었는지, 말뜻을 곡해했는지……."

"그럼 두 사람 사이에 아무것도 없다는 거야? 전혀 아무것도?"

루크가 머리카락을 움켜쥐면서 순간 눈을 질끈 감는다. "대체 애초에 왜 그런 생각을 했던 건데?"

"왜냐고 물었어?" 난 루크를 물끄러미 응시한다. "자기, 그거 진담으로 하는 소리야? 그래, 뭣부터 말해줄까? 그동안 내내 자기랑 그 여자 단둘이서만 만났잖아. 그리고 라틴 어로 문자메시지를 주고받으면서도 나한테는 입 딱 씻었지. 내가 사무실에 갔을 때 직원들 태도도 진짜 묘했어……. 그리고 자기가 그 여자 책상 위에 나란히 앉아 있는 것도 봤어. 또 파이낸스 어워드 시상식날 나한테 거짓말도 했고……." 내 목소리가 울먹이기 시작한다. "자기가 사실은 시상식장에 없었다는 거 알고 있었어……."

"자기가 걱정할까 봐 일부러 거짓말 한 거야!" 루크는 여태까지 이랬던 적이 없을 정도로 험악하고 화가 난 기색이다. "직원들 태도가 이상했던 건 내가 사내 이메일로 회사 내 문제에 대해서는 자기한테 절대 말하지 말라고 함구령을 내려뒀기 때문이야. 입이라도 뻥긋했다간 해고라고 엄포까지 놨거든. 베키…… 난 자기를 보호하려고 그동안 피나게 노력했어."

갑자기 루크가 인상을 쓰고서 깜깜한 서재에 혼자 앉아 있던 기억이 퍼뜩 떠오른다. 그 일이 있은 지는 벌써 몇 주나 됐다. 그때부터 루크는 내내 우울하고 멍한 기색이었다.

하지만 그럼 왜 베니셔는 그런 말을…….

대체 왜 그런…….

"베니셔 때문에 자기가 날 버릴 거라고 하던걸." 내 목소리가 정신없이 빨라진다. "자기는 그러고 나서도 아기랑은 계속 만나고 싶어 할 거랬어." 난 갑자기 흐느낀다.

"내가 자기를 버려? 베키, 이리 와." 루크가 날 꼭 안아준다.

어느새 난 루크의 가슴에 얼굴을 묻고 셔츠를 눈물범벅으로 만들고 있다. "사랑해." 루크가 힘주어 말한다. "난 절대 자기를 버리고 떠나지 않아. 우리 버킨도 마찬가지고."

루크가 어떻게 그 이름을……

아, 맞다. 내가 아기 이름을 적어둔 명단을 분명 봤나보다.

"이젠 아마게돈으로 바꿨는걸." 난 훌쩍거리면서도 말한다. "여자애면 파미그래닛이고. 자기 어머니한테 그렇게 말씀 드렸어."

"아주 잘했어. 기절하셨겠네."

"그 비슷했지." 난 웃으려고 하지만…… 웃을 수가 없다. 마음에 입은 상처가 아직까지도 너무나 생생하다. 걱정하고 마음을 졸이고 최악의 경우를 상상하며 공포에 시달렸던 것만 해도 벌써 몇 달째다. 이런 상황에서 손가락 하나만 딱 튕긴다고 전부 제자리로 돌아간 것처럼 행동할 수는 없다.

"난 앞으로 혼자서 애를 키워야 하는 줄로만 알았어." 난 눈물을 꿀꺽 삼킨다. "자기가 베니셔를 사랑한다고 생각했거든. 그동안 자기 태도가 왜 그렇게 이상한지 이유를 몰랐으니까. 얼마나 비참했는지 몰라. 회사에서 문제가 있었으면 진작에 나한테 얘기를 했어야지."

"그래, 나도 알아." 루크는 내 머리에 얼굴을 대고는 잠시 말이 없다. "하지만 솔직히 말해서, 베키…… 그동안은 회사 일과는 전혀 상관없는 도피처가 있다는 것도 참 기분 좋던걸."

난 고개를 들고 루크의 얼굴을 가만히 살핀다. "회사에서 무슨 일이 있었는데 그래? 이젠 말해줘야지."

"아코다스 일이야." 루크는 이 말만 한다.

"난 제휴가 순조롭게 되고 있는 줄 알았는데?" 내 머릿속이 복잡해진다. "그래서 새 지사도 열고 했던 거잖아."

"지금 같아서는 그놈의 제휴 따위 하는 게 아니었다 싶어." 폐인이 다 된 목소리라 난 겁이 더럭 난다.

"루크, 무슨 일이 있었는데 그래?" 난 안절부절못하면서 묻는다. "우선 좀 앉자." 난 거실로 들어가서 푹신하다 못해 출렁거리기까지 하는 세무 소파에 털썩 앉는다.

"한두 가지가 아니야." 루크가 날 따라 거실로 들어온다. B와 L이 들어간 쿠션을 보더니 눈썹을 잠깐 올려 보이고는 자리에 앉아서 머리를 두 손으로 감싼다. "베키도 별로 알고 싶지 않을걸."

"절대 안 그래. 하나도 안 빼고 다 알고 싶어. 처음부터 다."

"그동안은 악몽이 따로 없었어." 루크는 내게 얼굴을 돌린다. "제일 끔찍한 일은 폭행과 협박 미수로 고소하겠다는 말까지 나온 거야."

"폭행에 협박?" 난 입을 떡 벌린다.

"우리 회사의 샐리-앤 데이비스 알지?"

"응, 기억 나." 난 고개를 끄덕인다. "샐리-앤이 왜?"

샐리-앤은 내가 루크를 알고 지냈을 때부터 브랜던 커뮤니케이션스에 몸담고 있던 직원이다. 성격은 아주 얌전하지만 정말 상냥하고 믿음직한 사람이다.

"샐리-앤과…… 이언 사이에 일이 좀 있었어. 샐리-앤 말로는 이언이 너무나도 불쾌한 태도로 심하게 굴었다는 거야. 그래서 샐리-앤이 지적하면서 시정해달라고 했더니 이언은 상대도 하지 않고 비웃기만 했대."

"세상에, 너무하네." 난 숨이 가쁘다. "그래서, 자기는 어떻게……?"

"난 샐리-앤의 말을 백 퍼센트 믿어." 루크는 딱 부러지는 어조로 단언한다.

난 침묵을 지킨다. 데이브 샤프니스의 사무실에서 가져왔던 마닐라지 파일이 퍼뜩 기억난다. 데이브 샤프니스가 이언에 대해 조사했던 서류 일체가 거기에 있었다. '전부 쉬쉬하며 묻혔던' 사건들의 기록도.

루크한테 말을 해야 하나?

아니다. 불가피한 상황이 되기 전까지는 아무 말 말자. 섣불리 말했다가는 대답하기 곤란한 질문들이 계속 이어질 테고 아마 내가 한 짓을 알게 되면 루크도 화를 낼지 모른다. 어쨌거나 그때 그 파일의 내용물을 죄다 찢어서 버렸으니 이제는 증거도 없는 상황이다.

"그렇구나." 난 천천히 말한다. "나도 샐리-앤의 말대로라고 믿어. 그럼…… 이언은 뭐래?"

"그 작자가 한 말은 다시 입에 담고 싶지도 않아." 루크의 얼굴이 딱딱하게 굳는다. "샐리-앤이 승진 욕심이 나서 거짓말을 하는 거라고 오히려 이쪽에다 뒤집어씌웠어. 그 작자의 여성관은 차마 입에 담을 수도 없는 수준이더라고."

난 미간에 주름을 잡아가면서 지난 몇 달 동안의 일을 기억해내려고 애쓴다. "그거, 자기가 나랑 같이 출산교실에 가려다가 못 간 그때 일이야?"

"그때가 처음 일이 터진 날이었지. 맞아." 루크가 미간을 문지른다. "베키, 이런 얘기를 자기한테 할 수는 없었어. 정말이야. 내 말 믿어줘. 하고는 싶었지만 그랬다간 자기가 얼마나 신경을 쓰고 속상해할지 뻔했으니까…… 그리고 베니셔도 자기가 안정할 필요가 있다고 나한테 당부했거든."

안정이라. 그러시겠지. 그 덕에 그 년 계획이 이렇게 잘 먹혀들었구나.

"그래서 어떻게 됐어?"

"결국은 샐리-앤이 정말 엄청난 양보를 해줬어. 다른 프로젝트 팀으로 옮겨만 준다면 더 이상 문제 삼지 않겠다고 해줬거든. 그래서 그렇게 처리했어. 하지만 직원들은 다들 화가 단단히 났지." 루크는 한숨을 쉬었다. "까놓고 말해서 아코다스는 계속 껄끄럽게 나왔어. 처음 시작 단계부터 계속 그랬지."

"이언 그 사람 정말 문제지?" 난 불쑥 묻는다.

"이언뿐만이 아니야." 루크가 고개를 설레설레 흔든다. "그 회사 분위기 자체가 문제야. 하나같이 인간성이 바닥이거든." 루크의 얼굴에 살짝 그늘이 진다. "그리고 이번에…… 또 일이 터졌어."

"또 샐리-앤이야?"

루크는 고개를 젓는다. "우리 보좌관이었던 에이미 힐이 아코다스 쪽 사람 때문에 울고불고 난리가 났지. 아코다스 직원이 어찌나 무섭게 화를 냈는지 에이미 말로는 자기가 정말 심하게 맞는 줄 알았대."

"설마!"

"아코다스 사람들은 아예 우리 회사가 자기네 것인 양 아주 눈에 뵈는 게 없어." 루크는 자신을 다잡으려는 것처럼 날카롭게 숨을 들이켠다. "그래서 회의를 소집해서 문제의 아코다스 직원한테 사과를 요청했지."

"그래서 그쪽에서 사과를 했어?"

"아니." 루크의 얼굴이 일그러진다. "사과는커녕 에이미를 자르라던데."

"잘라?" 난 입을 딱 벌린다.

"그 자식 말로는, 에이미가 일을 못 해서 그렇게 된 거래. 에이미가 일만 제대로 해놨으면 자기도 그렇게 나올 필요가 없었을 거라나. 어쨌든 그 일로 우리 회사 직원들은 한바탕 난리가 났지. 항의하는 이메일을 나한테 계속 보내고, 아코다스 쪽 프로젝트는 하지 않겠다고 버티고, 그만두겠다고 엄포도 놓고······." 루크는 진짜 미치겠다는 표정으로 머리카락을 마구 헝클어뜨린다. "아까 말했잖아. 악몽이 따로 없었다니까."

난 소파에 드러눕듯 앉아 이 모든 상황을 머릿속으로 정리해 보려고 한다. 루크가 이렇게 오랫동안 회사 문제로 골머리를 앓으면서도 신중하게 내게만은 숨겨왔다니 믿어지지가 않는다. 내내 아무 말도 하지 않고. 날 보호하기 위해서.

그리고 바람도 절대 피운 적이 없고.

난 내 쪽을 외면하고 있는 루크의 얼굴을 훑어본다. 어쩌면 루크는 아직도 거짓말을 하는지도 모른다는 생각이 퍼뜩 든다. 아코다스 그룹 얘기는 사실일지 몰라도 어쩌면 아직까지 베니셔와 남몰래 만날 수도 있다. 루크는 베키를 기쁘게 해주려고 장단을 맞춰주는 것뿐이에요. 여태껏 천 번은 떠올렸을 법한 이 말이 다시 생각난다.

"루크, 부탁이야." 난 황급히 말한다. "부탁이니까 마지막으로 한 번만 더 사실대로 말해줘. 베니셔랑 사귀는 거야, 아니야?"

"뭐?" 루크가 어안이 벙벙하다는 표정으로 날 돌아본다. "베키, 그 얘기는 아까 다 했잖아……."

"베니셔는 자기가 일부러 연기를 하는 거랬어." 난 죽고 싶은 심정으로 손만 쥐어짠다. "사실은 자기 말이 전부 다 가짜일 수도 있잖아. 그게…… 그러니까 내 심기를 건드리지 않으려고 말야."

루크가 날 똑바로 바라보면서 내 두 손을 굳게 잡는다.

"베키, 베니셔랑 난 사귀지 않아. 베니셔하고 나 사이엔 아무것도 없어. 이렇게까지 말했는데 이 이상 어떻게 더 확실히 말하겠어?"

"그럼 베니셔가 왜 그런 말을 했을까?"

"내가 어떻게 알겠어." 더는 자기도 정말 모르겠다는 말투다. "나야 베니셔가 무슨 말을 했는지는 전혀 모르잖아. 하지만 베키, 자기는 무조건 날 믿어줘야 해. 그럴 수 있지?"

침묵이 흐른다. 솔직히 말해 잘 모르겠다. 더 이상 루크를 믿을 수 있을지 어떨지 모르겠다.

"차 좀 마셔야겠어." 난 마침내 웅얼웅얼 말하고는 일어난다.

일단 둘이서 터놓고 솔직하게 얘기를 나누면 매사가 다 해결될 줄만 알았다. 지금 상황은 마치 좌대 위에 전시한 미술품처럼 공개적으로 떡 까발려놓은 상태이건만 아직도 어느 쪽 말을 믿어야 할지 모르겠다. 난 루크의 시선을 외면한 채 주방으로 가서 수공품 찬장을 열고 차를 찾는다. 허억, 이 집은 내 집인 걸로 되어 있으니까 당연히 차가 어디에 있는지는 알고 있어야 하는데 현실은 영 아니다.

"저쪽을 한 번 열어봐." 내가 작은 냄비로 꽉 찬 찬장을 열었다가 다시 쾅 닫자 루크가 조언을 한다. 하지만 워낙 비싼 고급 찬장이라 내가 아무리 쾅 닫아도 결과적으로는 스르륵 매끄럽게 닫힐 뿐이다. "구석 쪽 말야."

"아, 여기다." 찬장을 열자 티백 상자가 들어 있다. 난 상자를 카운터에 내려놓고는 온몸에서 힘이 쑥 빠져나가는 바람에 카운터에 기댄다. 그동안 루크는 주방 뒤편에 있는 초대형 유리문 앞으로 다가와 어깨에서 긴장을 풀지 않은 채 정원을 내다보고 있다.

이건 내가 계획했던 재회 장면이 아니다. 시시콜콜한 것 하나까지 죄다 딴판이다.

"아코다스 건은 어떻게 할 거야?" 난 티백 끈을 돌돌 꼬면서 마침내 입을 연다. "에이미를 자를 수는 없잖아."

"당연하지."

"그럼 어떻게 할 건데?"

"일단 첫 번째, 대충 얼기설기 수습한다." 루크가 고개를 돌리지 않고 그대로 밖을 내다보며 말한다. "온갖 집중포화를 몸으로 받아내고 직원들을 진정시킨 다음에 계속 제휴 건을 추진

한다."

"하지만 똑같은 일이 또 벌어질 것 아냐."

"바로 맞혔어." 루크가 험상궂은 태도로 고개를 살짝 끄덕이며 날 돌아본다. "두 번째, 아코다스 쪽과 회의를 해서 솔직하게 다 말해버린다. 더 이상 우리 직원들이 당하는 꼴을 두고 보지 않겠다, 에이미한테 사과하라고 하면서 놈들한테 논리로 조목조목 따지는 거야."

"그럼 세 번째는?" 루크의 표정으로 보니 세 번째도 있는 것 같아서 물어본다.

"세 번째는, 그쪽이 계속 협조적으로 나오지 않는다면……." 루크는 한동안 뜸을 들인다. "우리도 제휴를 거부하는 거지. 계약을 깨는 거야."

"그럴 수 있어?"

"하려면 할 수야 있지." 루크는 눈두덩을 꾹꾹 누르면서 비빈다. "뒤로 넘어가게 돈이 많이 든다는 게 문제지. 일 년 안에 우리가 계약을 깨면 보상금을 내야 하거든. 거기다가 아코다스하고 제휴한 여세를 몰아 유럽 전역에 지사도 열었잖아. 원래는 새 세상이 열릴 줄 알고 야심차게 시작한 일이었는데. 더 넓은 세상으로 나가 더 멋지게 해내 보이자는 발판이었는데 이렇게 되고 말았네."

루크의 목소리에서 깊은 실망감이 묻어난다. 문득 루크를 꼭 끌어안아주고 싶어진다. 브랜던 커뮤니케이션스가 아코다스 건을 따냈을 때에는 다들 너무나도 설레고 신나했다. 계약을 따내기 위해 다들 너무나도 열심히 일했던 것이다. 그랬던 직원들에게 아코다스와 제휴하게 되었다는 사실은 포상과도 같았던 거다.

"그럼 앞으로 어떻게 하려고?" 난 머뭇머뭇 묻는다.

루크는 사이드테이블에서 앤티크 호두까기 인형을 집어 들고 손잡이를 돌리고 있지만 얼굴은 딱딱하다.

"아니면 직원들을 설득해서 어떻게든 참고 계속 일하자고 해야지. 몇몇은 그만둘 테지만 그래도 나머지는 따를 거야. 다들 먹고살아야 하잖아. 더러워도 참고 견디는 거지."

"그럼 회사는 완전 지옥이 될 텐데?"

"장사는 잘되는 지옥이지." 루크의 목소리에 날이 선 것이 영 심상치가 않다. "어차피 다 돈 벌려고 시작한 일이잖아. 안 그래?"

뱃속에서 아기가 심하게 발길질을 하는 바람에 난 움찔한다. 하나같이 전부…… 고통이고 아픔이다. 나도. 루크도. 이 지독한 상황 전부가.

"하지만 자기는 그러고 싶지 않잖아." 난 말한다.

루크는 안색 하나 변하지 않는다. 얼굴은 돌덩이처럼 딱딱하다. 누가 보면 루크가 내 말에 찬성하지 않거나 혹은 내 말을 듣지도 않고 무관심하다고 생각할 거다. 하지만 난 루크의 머릿속에 무슨 생각이 들어 있는지 안다. 루크는 자기 회사를 엄청나게 사랑한다. 그 회사란 손을 대는 일마다 성공하고 잘 나가는 회사다.

"루크, 브랜던 커뮤니케이션스 직원들 말야······." 난 루크에게 한 발짝 다가간다. "그 사람들도 다 자기 가족이잖아. 여태까지 쭉 자기를 위해서 의리 있게 일해 왔어. 만약 에이미가 자기 딸이라면 자기 심정이 어떻겠어? 사장이 에이미를 편들어주기를 바랄 게 당연하잖아. 그러니까 내 말은······ 자기 회사 사장은 자기잖아! 그러니까 요점은, 자기가 싫은 사람하고는 굳이 같이 일할 필요가 없다는 거지."

"아코다스 쪽한테도 그렇게 말할 거야." 루크의 눈길은 여전히 아래만을 향하고 있다. "설득을 하건 싸워서건 어쨌든 제대로 처리를 해야지. 어쩌면 잘 해결될지도 몰라."

"그러게." 난 고개를 끄덕이면서 마음과는 달리 희망적이라는 말투로 대답한다.

루크가 문득 호두까기 인형을 제자리에 내려놓더니 고개를 든다. "베키, 만약 아코다스 건에서 발을 빼게 되면······ 조만장자는 물 건너가는 거야. 자기도 그건 알아줘."

가슴이 아프다. 만사가 순조롭게 풀릴 때에는 신바람에 부풀어서 온 세상이 우리 것이 될 줄 알았고 자가용 비행기로 전 세계를 돌아다닐 꿈에 잠겨 있었는데. 비비안 웨스트우드에서 본 삼박한 천 파운드짜리 스틸레토 부츠도 사려고 찜해뒀는데.

뭐 어때. 그럼 톱숍에서 본 오십 파운드짜리 버전으로 만족하지 뭐.

"뭐 지금 당장은 힘들 수도 있지." 난 어디 이의를 달겠느냐는 듯 턱을 치켜든다. "하지만 다음번에 또 큰 계약을 따내면 가능할 수도 있잖아. 그래도……." 난 명품으로 도배가 된 근사한 주방을 둘러본다. "여태까지는 꽤 잘 해왔잖아. 몇 년 더 벌면 섬도 하나 살 수 있을걸." 난 잠깐 생각해본다. "아니, 사실 섬은 이제 완전 한물갔지. 없어도 되겠다."

루크는 잠시 날 가만히 바라보더니 문득 웃음을 터뜨린다.

"자기는 모르지, 베키 블룸우드? 자기는 진짜 엄청난 엄마가 될 거야."

"어어?" 난 화들짝 놀라서 홍당무가 된다. "정말? 그거 좋은 뜻으로 하는 말이야?"

루크는 내게 다가오더니 내 배를 두 손으로 부드럽게 감싸면서 중얼거린다. "이 꼬마는 정말 운이 좋다니까."

"하지만 난 자장가도 하나도 모르는걸." 난 좀 우울해진다. "나중에 아기 재우는 것도 하나 못 할 거야."

"자장가가 아기들한테 좋다는 건 착각일 뿐이래." 루크가 자신 있게 말해준다. "파이낸셜 타임스에 그런 기사가 실렸어. 자장가를 불러주면 애들은 오히려 더 말똥말똥해질걸."

 우리 둘은 한 아름은 되게 부른 내 배를 한동안 물끄러미 바라본다. 내 몸속에 아기가 있다는 사실을 아직까지도 제대로 실감할 수가 없다. 때가 되면 나오긴 해야 하는데…… 어떻게 나오려나.

 됐다, 거기까지는 생각하지 말자. 아직은 시간이 있으니까 그동안 새로운 출산법이 발명될지도 모른다.

 잠시 후 루크가 고개를 든다. 속내를 알 수가 없는 묘한 표정이다.

 "그러니까…… 가르쳐줘, 베키." 루크의 말투는 가볍다. "아마게돈이야, 파미그래닛이야?"

 "뭐?" 난 어리둥절해서 루크를 쳐다본다.

 "오늘 아침에 집에 돌아와서 자기가 어디 갔는지 알아내려고 자기 책상 서랍을 뒤지다가……." 루크가 머뭇거린다. "태아 성감별 테스트 도구를 봤어. 자기는 미리 테스트해서 알아본 거지?"

 심장이 무섭게 쿵 떨어진다. 미친다. 그놈의 도구를 확 버렸어야 했는데 실수다. 난 어쩌면 이렇게 떨한 바보 멍청이 둔치냐.

 루크는 웃고 있지만 눈에서는 상처 받은 흔적이 언뜻 엿보인다. 순간 내 기분은 완전 최악으로 떨어진다. 내가 한 짓은 루크를 그런 중요한 순간에서 혼자 따돌릴 수도 있는 행위였는데 여태까지는 전혀 깨닫지 못했다. 이제 와서 생각해보면 내가 왜 그렇게 아기 성별을 미리 알아내려고 목을 맸는지 이유도 제대로 모르겠는데 왜 그랬을까. 그깟 성별이 뭐가 대수라고.

난 루크의 손을 꼭 쥐어준다. "루크, 사실 나 테스트 안 했어. 그래서 아들인지 딸인지 몰라."

그래도 루크의 씁쓸한 표정은 여전하다.

"괜찮아, 베키. 걱정 말고 가르쳐줘. 어차피 한쪽만 놀랄 거라면 더 이상 기다려봤자 별 의미도 없잖아."

"테스트 안 했다니까! 정말이야! 기간이 너무 오래 걸리는 데다 주사까지 맞아야 한대서······."

루크는 내 말을 믿지 않는다. 루크의 표정을 보면 알 수 있다. 분만실에 들어가서 의료진들이 다들 "아들이에요!" 혹은 기타 등등 외칠 때······ 그때 루크는 이렇게만 생각할 거다. "어차피 베키는 진작에 알고 있었는데, 뭐."

목이 콱 멘다. 그런 건 싫다. 때가 되면 우리 둘이 같이 아는 게 좋다.

"루크, 나 정말 테스트 안 했어." 난 눈물까지 글썽거려가며 필사적으로 말한다. "진짜로, 정말로 안 했어! 절대 거짓말 아니야. 자기가 날 믿어줘야 해. 그러니까 우리 아기가 태어나는 건 놀랍고······ 근사한······ 깜짝 선물이 될 거야. 우리 둘한테 다."

난 전신을 바짝 긴장시키고 치맛자락을 움켜쥔 채 물끄러미 루크를 쳐다본다. 루크의 눈길이 내 얼굴을 살핀다.

"그래, 알았어." 루크의 미간이 결국 풀린다. "그래, 자기 말 믿어."

"나도 자기를 믿을게." 내 입에서도 불쑥 그런 말이 튀어나온다.

이렇게 말하고 보니 스스로도 진심이라는 걸 알겠다. 하자고만 하면 루크한테 절대 베니셔와 사귀는 게 아니라는 증거를 더 요구할 수도 있다. 다시 사설탐정을 고용해 루크를 미행시킬 수도 있다. 과대망상에 빠져 허우적대면서 날이면 날마다 참담한 심정으로 살아갈 수도 있다.

결국은 상대를 신뢰할 것이냐 아니냐 하는 것은 자기가 선택할 몫이다. 난 선택한 거다. 믿기로.

"이리 와." 루크가 날 끌어안는다. "이제 괜찮아, 우리 자기. 앞으로 다 잘될 거야."

잠시 그렇게 안겨 있다가 난 루크의 품에서 벗어난다. 심호흡을 하면서 진정하려고 애쓴 다음 머그잔 두 개를 내려놓고 루크에게 돌아선다.

"루크, 그런데 자기가 바람을 피우는 게 아니라면 베니셔가 왜 그런 말을 했을까?"

"그건 진짜 모르겠는데." 루크는 종잡을 수 없다는 표정이다. "베니셔가 그런 말을 한 게 정말로 확실해? 혹시 베니셔가 한 말을 자기가 오해했을 일은 없지?"

"당연하잖아!" 난 버럭 성질을 내며 대꾸한다. "내가 그렇게 멍청한 줄 알아? 그 년이 얼마나 노골적으로 딱 잘라서 얘기했는데!" 난 키친타월 한 장을 뜯어 코를 팽 푼다. "이젠 자기도 알겠지만 그래서 나 베니셔네 병원에서 아기 낳지 않을래. 그놈의 한심한 티파티인지 뭔지도 안 가."

"알았어." 루크는 고개를 끄덕인다. "다시 브레인 선생님한테 가면 돼. 사실 선생님이 그동안 몇 번 이메일을 주시면서 자기 상태가 괜찮은지 궁금해하셨거든."

"정말? 선생님 진짜 친절하시네……."

초인종이 울리기에 난 퍼뜩 놀란다. 왔구나. 거의 절반쯤은 잊고 있었다.

"누구야?" 루크가 묻는다.

"보그!" 난 허둥지둥 대답한다. "저 사람들 때문에 내가 여기 온 거잖아! 사진 촬영 때문에!"

난 서둘러 복도로 나간다. 하지만 거울을 본 순간 어쩌면 좋나 싶다. 얼굴은 울긋불긋하고 토끼눈이 따로 없는 데다 퉁퉁 붓기까지 했다. 웃는 얼굴도 굳어서 부자연스럽다. 이 집 구조도 하나도 기억이 나지 않는다. 미시족의 여왕답게 보이려고 준비해둔 대사도 홀랑 다 까먹었다. 심지어 내 속바지 브랜드조차 기억이 안 난다. 도저히 못 하겠다.

초인종이 이번에는 두 번 연달아 울린다.

"안 나가볼 거야?" 루크가 복도까지 따라 나와 묻는다.

"취소해야겠어!" 난 루크를 돌아보며 부르짖는다. "내 꼴 좀 봐. 엉망이잖아! 이런 꼴로 〈보그〉에 어떻게 실리겠어!"

"괜찮아. 멋쟁이로 나올 거야." 루크는 힘주어 대답하면서 현관으로 성큼성큼 나간다.

"저 사람들은 여기가 우리 집인 줄로 안단 말야!" 난 허둥지둥 루크를 따라가면서 소리를 죽여 외친다. "우리가 여기 산다고 말해놨단 말야!"

루크는 자기를 뭘로 보는 거냐는 듯한 눈으로 날 힐끗 보더니 현관문을 활짝 연다.

"안녕하세요!" 루크는 유명 기업의 총책임자답게 자신감이 흘러넘치는 목소리로 인사한다. "저희 집에 잘 오셨습니다."

메이크업 아티스트란 존재들은 인류에게 행복을 안겨준 공로로 노벨상을 받아 마땅하다. 헤어디자이너들도 마찬가지다.

루크 역시 노벨상감이다.

촬영팀이 도착한 지 이제 세 시간이 지났는데 그동안 작업은 물 흐르듯이 착착 진행되고 있다. 루크는 촬영팀이 도착한 순간부터 사람들을 다 매력으로 녹여버렸고 머리부터 발끝까지 자신만만한 태도로 집 안 여기저기를 안내했다. 그 덕에 다들 우리가 여기에 산다고 믿어 의심치 않는다!

난 딴 사람이 된 것 같은 느낌이다. 외모는 확실히 딴 사람으로 보인다. 울긋불긋하던 얼굴색은 화장으로 감췄고 메이크업 아티스트도 괜찮다면서 어찌나 상냥하게 말해주는지 몰랐다. 나 같은 경우는 정말 아무것도 아니라면서 내가 마약에 절어 정신이 해롱해롱한 것도 아니고 촬영에 여섯 시간이나 늦은 것도 아니며 심지어 짜증나게 캥캥거리는 강아지를 껴안고 온 것도 아닌데 뭐가 어떠냐고 안심시켜주었다. (듣고 보니 이 메이크업 아티스트는 모델들한테 상당히 질린 모양이다.)

내 머리도 윤기가 흐르는 게 끝내주게 세팅되었고 촬영팀이 나더러 입으라고 차에 하나 가득 실어 가져온 옷은 그야말로 환상이었다. 그래서 지금 난 미소니 원피스를 떨쳐입고 나선형 계단에 서서 클라우디아 쉬퍼 정도는 된 기분으로 카메라를 향해 방실방실 웃고 있다.

루크는 계단 맨 아래참에 서서 날 격려하는 미소를 지으면서 보고 있다. 그동안 루크는 내내 옆에 있어주었다. 오전에 있었던 회의도 전부 취소하고 인터뷰도 같이 하면서 하나부터 열까지 다 도와주었다. 인터뷰 때 루크는 아기를 갖게 되자 예전까지와는 달리 생각이 더욱 깊이가 있어졌고 아버지가 된다는 사실이 사람 자체를 바꿔놓은 것 같다고 했다. 지금의 내가 어느 때보다도 더 아름다워 보인다는 말도 해주었다. (이건 새빨간 거짓말이지만 어쨌든 이게 어디냐.) 또 그 밖에도······.

어쨌든 중요한 건 루크가 좋은 말을 산더미처럼 많이 해주었다는 사실이다. 심지어는 촬영팀이 거실 벽난로 위에 걸려 있는 그림이 누구의 작품인지 아느냐고 물었을 때 대답까지 척척 했다. 우리 신랑 최고!

"이제 슬슬 바깥에서 찍을까요?" 사진기자가 마사를 보면서 묻는다.

"그거 괜찮겠네요." 마사가 고개를 끄덕이기에 난 원피스 자락을 조심조심 잡고 계단을 내려온다.

"그럼 이번엔 오스카 드 라 렌타 드레스 입으면 어떨까요?"

내가 말한 드레스는 스타일리스트가 가져온 옷인데 케이프까지 달린 정말 예쁜 자주색 이브닝 드레스다. 임신한 유명 여배우가 프리미어 행사장에 나갈 때 입으려고 했는데 결국은 입을 일이 없어진 옷이란다. 무슨 일이 있어도 이 내가 꼭 입어주셔야겠다.

"그러세요. 잔디밭하고 대조가 되어서 예술이겠네요." 마사가 복도 뒤편에 있는 유리문으로 가서 밖을 내다본다. "정원 정말 끝내주네요! 조경도 직접 하셨어요?"

"그럼요!" 난 루크를 힐끔 본다.

"전문 회사한테 맡기긴 했지만 전체적인 컨셉트는 전부 우리가 잡았지요." 루크도 장단을 맞춘다.

"맞아요." 난 고개를 끄덕거린다. "우리가 생각한 건 일종의 젠…… 스타일과 도시풍의 구조를 결합시켜서……."

"무엇보다도 나무 배치가 제일 중요했어요." 루크가 거든다. "적어도 세 번은 옮겨 심었지요."

"어머, 대단하네요." 마사는 뭘 좀 안다는 양 고개를 끄덕거리면서 수첩에 휘갈겨 쓴다. "진짜 완벽주의자시네요!"

"디자인에 신경을 좀 쓰는 것뿐이죠, 뭐." 루크가 진지하게 대답한다. 그러면서 나한테 슬쩍 눈을 찡긋해 보이기에 난 킥킥 나오려는 웃음을 겨우 참는다.

"아기가 잔디밭 위에서 노는 광경을 얼른 보고 싶으시겠어요." 마사가 생글거리면서 고개를 든다. "처음에는 기다가…… 아장아장 걸음마도 하고……."

"그렇죠." 루크가 내 손을 잡는다. "정말 기대됩니다."

내가 한마디 더 거들려고 한 바로 그때…… 배가 갑자기 꽉 조여든다. 누가 두 손으로 세차게 쥐어짜는 느낌이랄까. 이제 와서 생각해보니 조금 전부터 이렇기는 했는데 좀 강도가 셌다. "아윽." 난 저도 모르게 비명을 지른다.

"왜 그래?" 루크가 퍼뜩 놀란다.

"아무것도 아냐." 난 급하게 말한다. "저기, 그럼 케이프 둘러봐도 돼요?"

"화장도 좀 손보죠." 마사가 말한다. "그동안 간식 타임 좀 가질까요?"

복도를 지나 현관문에 닿은 순간 난 멈춰 선다. 배가 다시 조여든다. 이 정도면 도저히 착각이 아니다.

"뭐야?" 루크가 날 지켜보고 있다. "베키, 무슨 일 있어?"

괜찮다. 떨 것 없다.

"루크." 난 되도록 침착하게 입을 연다. "진통이 시작된 것 같아. 조금 전부터 계속 이러네."

배가 다시 조여들고 곧이어 내 목에서 얕은 숨이 터져나오기 시작한다. 출산교실에서 배웠던 바로 그대로다. 이야, 이렇게 금방 본능적으로 몸이 적응하다니 놀랄 노자네.

"조금 전부터?" 루크가 걱정하는 표정을 띠고 급하게 다가온다. "정확히 얼마나 됐는데?"

처음 이런 느낌이 온 게 언제인지 기억을 더듬어본다. "한 다섯 시간 정도? 그럼 아마도…… 5센티미터 정도는 자궁이 열렸을걸."

"5센티미터가 열렸다고?" 루크가 날 가만히 바라본다. "그게 무슨 뜻이야?"

"절반 정도는 왔다는 거지." 흥분한 나머지 내 목소리가 불현듯 떨리기 시작한다. "이건 곧 아기가 태어난다는 소리야!"

"돌아버리겠네." 루크가 휴대전화기를 급하게 꺼내 전화를 건다. "여보세요? 구급차 좀 보내주십시오. 빨리요!"

루크가 주소를 일러주는 동안 갑자기 내 무릎이 덜덜 떨린다. 예정일은 19일이었는데. 3주는 더 있어야 할 줄 알았는데 어쩐 일이래.

 "무슨 일 있으세요?" 마사가 수첩에서 고개를 들고 묻는다. "그럼 이제 정원에서 찍어볼까요?"

 "베키가 지금 진통을 시작했어요." 루크가 전화기를 탁 닫으며 말한다. "이만 가봐야 할 것 같은데요."

 "진통이라고요?" 마사가 수첩과 펜을 뚝 떨어뜨렸다가 헐레벌떡 줍는다. "어머, 어째요! 아직 예정일은 아니잖아요. 그렇죠?"

 "앞으로 3주나 남았죠. 조산인가봐요."

 "괜찮아요, 베키?" 마사가 날 가만히 들여다본다. "진통제 있어야 하는 거 아니에요?"

 "난 자연분만할 거예요." 난 숨넘어가는 소리를 내면서 목걸이를 꽉 움켜쥔다. "마오리족 출산석도 차고 있거든요."

 "어머, 정말요?" 마사가 또 바쁘게 적는다. "마오리 스펠링이 뭐죠?"

 또 배가 조여드는 바람에 난 출산석을 부셔져라 움켜쥔다. 배는 아프지만 기분은 최고다. 사람들 말이 맞다. 출산은 경이로운 경험이다. 몸이 마치 처음부터 출산에 맞춰서 창조된 것처럼 전체적으로 척척 조화를 이루기 시작하는 느낌이다.

"입원할 때 가져갈 짐은 챙겨뒀어요?" 마사가 걱정스럽다는 표정으로 날 본다. "짐이 있어야 하잖아요."

"여행가방에 다 챙겼어요." 난 헐떡거리면서 대답한다.

"알았어." 루크가 전화기를 넣는다. "그럼 내가 가져올게. 서둘러야지. 어디 있어? 그리고 자기 진료기록도 챙겨야 하는데."

"그게……." 난 입을 다문다. 전부 다 집에 있는데. 진짜 우리 집에.

"저기…… 침실에 있어. 화장대 옆에." 난 약간 필사적인 표정으로 루크를 본다. 루크의 눈이 곧바로 이해한 듯 반짝인다.

"그렇구나. 그럼…… 나중에 필요하면 잠깐 들러서 가져가지 뭐."

"내가 금방 가져올게요." 마사가 어떻게든 도와주려고 끼어든다. "화장대 왼쪽이에요, 오른쪽이에요?"

"아니에요! 그러니까 내 말은…… 그게…… 음…… 저기 있어요!" 난 아까 무심코 봐둔 멀버리 대형 여행가방이 든 붙박이장을 가리킨다. "깜박했네. 언제든 곧바로 가져가려고 저기다가 챙겨놨거든요."

"알았어." 루크가 벽장에서 가방을 낑낑거리면서 꺼내는데 그 안에서 테니스 공 하나가 또르르 굴러 나온다.

"병원에 뭐 하러 테니스 공을 챙겨 가죠?" 마사가 어리둥절하다는 표정을 짓는다.

"그게…… 어…… 마사지에 쓰려고요. 어흑……." 난 마오리 출산석을 세차게 움켜쥐고 심호흡을 한다.

"괜찮아, 베키?" 루크가 걱정스러운 표정을 짓는다. "점점 더 아파하는 것 같네." 그러고는 손목시계를 본다. "대체 이놈의 구급차는 어디서 꾸물거리기에 아직도 소식이 없지?"

"응, 진통이 점점 강해져." 난 아픈 와중에도 겨우 고개를 끄덕거린다. "지금은 아마 6, 7센티미터쯤 열렸을걸."

"구급차 왔네요!" 사진기자가 현관문 밖에서 들여다본다. "지금 막 도착했어요."

"이제 가자." 루크가 날 부축한다. "걸을 수는 있겠어?"

"괜찮을 거야. 지금 당장은."

현관문을 나선 우리는 맨 위 계단에서 잠시 주춤한다. 구급차가 길 한복판을 떡 점령하고 서 있고 비상등이 돌아가며 사방을 번쩍번쩍 비춘다. 길 건너편에서 몇몇 사람이 지켜보고 있다.

이제 올 게 왔다. 다음번에 병원을 나올 때는…… 아기가 내 품에 안겨 있겠지!

"순산하길 빌게요!" 마사가 외친다. "다 잘되었으면 좋겠네요!"

"베키, 사랑해." 루크가 내 팔을 꼭 잡는다. "자기가 정말 자랑스러워. 자기 정말 의연하게 잘 참고 있잖아! 이렇게 침착하고 차분하게……."

"몸이 너무나 자연스럽게 받아들이는 느낌인 거 있지." 난 경외심으로 어느 정도 주눅이 들어 말한다. 〈사랑과 영혼〉 끝부분에서 패트릭 스웨이지가 데미 무어한테 천국에 대해서 설명할 때 같다. "아프지만…… 아름다운 경험이기도 해."

구급대원 둘이 구급차 뒤에서 내려 다가온다.

"갈까?" 루크가 날 내려다본다.

"어어, 그래야지." 난 심호흡을 한 번 한 다음 계단을 내려가기 시작한다. "가자."

둑 백화점 최고의 날

 나 참. 어이가 없다. 막상 알고 보니 진통이 아니란다. 그래서 난 아직까지 아기를 낳기는커녕 멀쩡하다.

아무리 생각해도 이럴 수는 없다. 사실 아직까지도 병원 사람들이 뭔가 착각한 게 아닌가 하는 의심이 든다. 어느 모로 봐도 출산이 임박했다는 징조였는데! 책에 나온 그대로 규칙적으로 진통이 오고 등도 아팠단 말이다(그래, 뭐 솔직히 말해 살짝 쑤시는 정도였다만). 하지만 병원에서는 날 다시 집으로 보내면서 진통이 온 게 아닐뿐더러 초기 진통도 아니고 더더욱 출산을 하려면 아직 한참 남았다고 했다. 그 사람들 말로는 내가 아픈 건 진짜 진통을 하는 게 아니란다.

정말로 당혹스럽고 민망했다. 특히 내가 무통주사를 놓아달라고 했더니 다들 우하하 웃었을 때는 더했다. 아무리 그래도 꼭 그렇게 웃어야만 했나? 거기다가 자기 친구들한테 전화해서 그 얘기를 하는 건 뭔데? 그 간호사는 자기 딴에는 작게 말한다고 속닥거렸겠지만 내 귀에는 다 들렸단 말이다.

아무튼 그 일 때문에 난 출산 과정에 대해 전반적으로 다시 생각을 하게 됐다. 그러니까, 내가 겪은 그 고통이 진짜 진통이 아니라면…… 대체 진짜 진통은 어느 정도란 소리인데? 그래서 우리 둘은 병원에서 돌아온 뒤 솔직한 얘기를 오래도록 나눴다. 난 곰곰이 생각을 해본 끝에 자연분만은 도저히 못 하겠다는 결론을 내렸으니 둘이서 다른 해결책을 찾아봐야겠다고 말했다.

루크의 반응은 정말로 기특했다. "우리 사랑하는 자기, 괜찮을 테니 걱정 마." 따위 대사를 지껄이기는커녕, 돈은 얼마나 들어도 상관없으니 진통을 없애는 방법이 있으면 가능한 한 다 알아보라고 한 것이다. 그래서 난 발 마사지사, 온돌 마사지사, 아로마 테라피스트, 침구사, 동종요법사에다가 출산 도우미까지 고용했다. 거기다가 병원에 매일 전화를 해서 혹시 마취과 의사가 단체로 병가를 냈거나 혹은 벽장에 갇히는 등의 불상사를 당하지는 않았는지 확인까지 하는 중이다.

그리고 그 짜증나는 출산석은 버렸다. 그러게 전부터 짜가 같더니만 역시나였다.

그날부터 1주일이 흘렀지만 내 배가 더 나오고 살만 피둥피둥 찐 것 외에는 아무 일도 없다. 어제는 루크랑 정기검진을 받으러 갔더니 브레인 선생님이 전부 다 순조롭다며 아기 위치도 제대로 자리가 잡혔다는 반가운 소식을 전해주셨다. 흐음, 뭐 아기를 위해서는 좋은 소식일지도 모르겠다. 하지만 나한테는 아니다. 난 이제 제대로 걷지도 못하고 잠도 설친다. 어젯밤에는 새벽 3시에 잠에서 깼는데 너무나 불안해서 가만히 누워 있을 수가 없기에 유선방송에서 해주는 〈진정한 생명의 탄생—심리적 외상이 악화할 때〉라는 프로그램을 보고야 말았다.

지금 생각해보면 잘한 일은 아닌 것 같다. 하지만 다행히 루크도 잠에서 깨어나 나한테 뜨거운 코코아를 타주면서 그 프로그램에서처럼 눈보라 치는 겨울에 발이 묶이는 데다 3백 킬로미터 반경 안에 의사 하나 없는 상황에 처할 가능성은 거의 제로라고 달래주었다. 그리고 만에 하나 그런 경우에 처했다 해도 우리는 그 사람들과는 달리 어떻게 해야 하는지 알고 있지 않느냐고도 안심시켜주었다.

루크도 요즘은 밤에 잠을 통 못 이룬다. 전부 다 아코다스 일 때문이다. 매일 변호사들과 의논을 하고 직원들과도 상의하고 문제 해결을 위해 아코다스 쪽의 고위층과 만나서 이야기를 해보려고 끊임없이 애를 쓰고 있다. 하지만 이언은 두 번이나 회의 직전에 돌연 약속을 취소를 하더니 이제는 출장을 가야 한다고 싹 사라져버렸다. 그래서 아직까지 무엇 하나 해결된 일은 없다. 이런 상황이 지속될수록 루크는 더욱 초조해하고 부담감만 커질 뿐이다. 마치 우리 둘 다 시한폭탄을 안고서 그저…… 기다리기만 하는 느낌이랄까.

난 원래부터 참을성 있게 기다리는 데에는 소질이 없었다. 아기도 그렇고 전화도, 샘플 세일도…… 뭐든 다 그렇다.

현재 유일하게 고무적인 것은 루크와 나 사이가 지난 몇 달 동안보다도 백만 배는 더 가까워졌다는 사실이다. 우린 지난 일주일 동안 루크의 회사 일, 미래에 대한 계획 등등 그야말로 미주알고주알 모든 얘기를 다 했다. 어느 날 밤에는 신혼여행 사진을 전부 다 꺼내서 다시 한 번 죽 훑어보기까지 했다.

둘이서 그야말로 안 한 얘기가 없었다…… 베니셔 얘기만 제외하면.

나도 하려고는 해봤다. 병원에서 돌아온 뒤에 베니셔가 그날 저녁 정확히 무슨 얘기를 했는지 루크에게 제대로 설명하려고 말을 꺼내기는 했다. 하지만 루크는 도저히 믿지 못하겠다면서 놀랄 뿐이었다. 두 사람이 그렇고 그런 사이라고 베니셔가 말했다는 사실 자체를 아직도 믿을 수가 없다나. 둘은 오랜만에 다시 만난 순수한 친구 사이일 뿐이니 아마도 내가 오해를 했거나 베니셔가 한 말을 곡해했을 거라나?

그 소리를 듣는데 정말 그 자리에서 접시를 패대기를 치면서 고함을 지르고 싶었다. "자기는 날 바보 멍청이로 아는 거야?" 하지만…… 그러지 않았다. 그랬다가는 정말 큰 싸움이 났을 테고 그때는 소중한 시간을 망쳐버리고 싶지 않은 심정이었다.

그래서 그날 이후로는 그 화제를 꺼내지 않았다. 안 그래도 루크는 회사 일 때문에 고달픈 처지인데 거기다가 대고 차마 그 얘기를 할 수가 없었다. 루크 말대로 어차피 우리가 싫으면 다시는 베니셔를 보지 않으면 그만이다. 루크는 베니셔와의 홍보 계약을 취소했고 브레인 선생님은 날 다시 봐주기로 하셨으며 루크는 앞으로 다시는 베니셔를 만나지 않겠다고 약속했다. 루크가 보기에는 베니셔의 일은 그냥 잠깐 지나가는 소동이었으며 그것도 이제 다 끝난 상태일 것이다.

하지만…… 난 그걸로 끝낼 수가 없다. 마음속 깊은 곳에서는 아직도 집착하고 있다. 절대 내가 오해한 게 아니다. 베니셔는 분명 자기 입으로 루크랑 자기가 사귄다고 지껄였단 말이다. 그 바람에 나하고 루크 사이는 하마터면 끝나버릴 뻔했다. 그런데도 지금 그 년은 아무 일도 없었다는 듯이 싹 빠져나가려는 참이다.

만약 앞으로 한 번이라도 마주친다면…… 내가 입에서 나오는 대로 다 퍼부어줄 수만 있다면…….

"벡스, 또 이를 가는구나." 수지가 또박또박 지적한다. "그만해." 수지는 30분 전쯤 어니네 유치원 장터에서 산 홈메이드 크리스마스 선물을 한 아름 가지고 우리 집에 왔다. 지금은 산딸기 잎차와 설탕을 입힌 산타클로스 쿠키를 준비해 카운터 위에 내려놓으며 내게 타이르는 중이다. "베니셔 때문에 스트레스 좀 그만 받아. 아기한테도 안 좋아."

"너야 편하게 그런 말이 나오지! 넌 그 고통을 모른다고! 누가 너한테 역겨운 스타킹을 신기고 더 이상 부부생활은 끝이라면서 남편이 널 버리고 떠날 거라고 속닥거린 적이 없으니까……."

"저기 말야, 벡스." 수지가 한숨을 쉰다. "베니셔가 무슨 말을 했건 간에…… 정말로 그런 말을 했건 아니건 간에 말이지……."

"했다니까!" 난 발끈해서 고개를 든다. "토씨 하나 안 틀리게 자기 입으로 그렇게 말했다니까! 너까지 내 말 안 믿어?"

"나야 당연히 믿지!" 수지는 냉큼 꼬리를 만다. "그럼, 그럼, 믿어. 하지만 너도 알잖아. 임신을 하면 모든 게 다 비관적으로 보일 수도 있단 말야. 예전과는 달리 과민반응을 할 수도 있고……."

"과민반응이 아니라니까 그러네! 그 년이 내 남편을 훔쳐가려고 했단 말야! 뭐야, 다 내가 지어낸 얘기라고 생각하니? 하나부터 열까지 내가 꾸며낸 거라고 생각해?"

"아니야!" 수지가 다급하게 대답한다. "미안하다. 내가 잘못

했어. 그래, 베니셔가 루크를 노렸다고 치자. 하지만 결국 손에 넣지는 못 했잖아. 안 그래?"

"그래…… 그렇지."

"그럼 그냥 묻어버려. 네 뱃속엔 지금 아기가 있잖아, 벡스. 중요한 건 그거잖니. 안 그래?"

솔직히 난 홀리스틱 출산 센터에 다짜고짜 쳐들어가서 거기 있는 사람들한테 베니셔 카터란 년이 사실은 사기꾼에 가정파괴범이라고 폭로해버리는 상상을 남몰래 하고 있지만 수지가 하도 걱정스러워하는 눈치라서 차마 그 말은 할 수가 없다.

정말로 그렇게 하면 홀리스틱 출산이고 뭐고 그 꼴 참 볼 만 할 텐데.

"알았어." 난 마침내 수긍한다. "그냥 흘려버리지, 뭐."

"잘했어." 수지가 내 팔을 쓰다듬는다. "저기, 그럼 우리 몇 시에 출발할까?"

난 오늘 룩 백화점에 가기로 했다. 사실 지금은 출산휴가 중이지만 오늘은 백화점에서 대니 코비츠 제품의 구매 대기자 명단을 받기 시작하는 날이기 때문이다. 오늘 낮 12시부터 대니는 대기자 명단에 이름을 올린 사람들에게 티셔츠에 사인을 해 줄 예정인데 벌써부터 백화점에 문의가 쇄도하는 중이다!

우리 백화점의 이번 제휴는 그동안 하루아침에 초대형 뉴스가 되고 말았다. 발단은 대니가 이번에 〈코로네이션 스트리트〉

에 새로 출연한 남자 배우랑 물고 빨고 하던 중에 파파라치한테 사진을 찍힌 일이었다. 모든 언론이 갑자기 그 뉴스를 크게 다루는 바람에 우리 백화점은 졸지에 크나큰 홍보 효과를 봤다. 심지어 대니는 오늘 아침 〈모닝 커피〉에도 출연해서 내년 봄 패션에 대한 전망을 밝혔고(거기에서 대니는 출연자들이 다들 예쁘다고 하는 옷들을 죄다 핵폭탄이라고 말해줬다) 다들 룩 백화점에 쇼핑 오라고 말까지 해줬다.

훗. 애초에 대니를 끌어들이자는 것부터가 내 아이디어 아니었더냐. "조금만 더 있다 출발하자." 난 손목시계를 본다. "급하게 갈 필요 없잖아. 좀 늦는다고 설마 백화점에서 날 자르겠어?"

"설마 그러겠니." 수지는 아직 포장도 뜯지 않은 채 구석에 놓여 있는 신품 워리어 유모차를 조심조심 피해 싱크대로 다가간다. 도저히 아기방에 둘 자리가 없었기 때문에 내놓은 건데 지금은 부가부 유모차(특별 할인가로 장만)에다 착탈식 카시트도 달린 폼 나는 세발 유모차까지 복도에 널려 있다. "벡스, 대체 유모차를 몇 개나 주문한 거니?"

"조금." 난 대충 둘러댄다.

"하지만 이걸 다 어디다 두려고 그래?"

"그건 문제없지. 이사 가면 유모차를 둘 방을 하나 마련하려고. 유모차 보관실이라고 부를 거야."

"유모차 보관실?" 수지가 날 빤히 바라본다. "신발 보관실에 유모차 보관실도 만든다고?"

"뭐 어때? 보관실이야 많으면 많을수록 좋은 거잖아. 그 참에 핸드백 보관실도 하나 만들어도 좋지. 작은 방에다가……."
난 산딸기 잎차를 한 모금 마신다. 그 차가 출산일을 앞당겨준다는 게 수지의 지론이지만 역겨운 맛 때문에 진저리가 난다.

"어머, 왜 그래?" 수지가 퍼뜩 놀라 묻는다. "배가 아프니?"

나 원 참. 아까부터 그 질문만 벌써 세 번째다.

"수지, 아직 2주나 남았다니까."

"예정일 같은 건 전혀 믿을 게 못 돼!" 수지가 말한다. "그건 그냥 의사들끼리 대충 찍어서 담합한 날짜 같은 거거든." 수지가 내 얼굴을 가만히 살핀다. "혹시 마룻바닥이나 냉장고 청소를 하고 싶은 기분이 드니?"

"우리 집 냉장고 깨끗하다, 뭐!" 난 조금 발끈해서 대꾸한다.

"아니, 내 말은 그게 아니야!" 수지가 설명한다. "그런 게 바로 둥지틀기 본능이거든. 나도 쌍둥이를 낳기 직전에 갑자기 타르키 와이셔츠를 다림질하는 데 필이 꽂혔지 뭐야. 루루는 때가 되면 항상 집 안 전체에 전기청소기를 싹 돌리고 싶어졌다더라."

"전기청소기를 싹 돌려?" 난 미심쩍어하며 수지를 본다. 전기청소기를 싹 돌리고 싶어지는 충동이라니, 도무지 상상이 가지 않는다.

"그래, 그래! 그런 여자들이 엄청 많대. 마룻바닥을 박박 닦거나……." 그때 초인종이 울리는 바람에 수지는 말을 끊고 인터폰을 받는다. "네, 브랜던 씨 댁인데요." 수지는 잠시 상대의 말을 듣더니 버튼을 눌러 1층 입구를 열어준다. "택배 왔대. 뭐 올 거 있었니?"

"아, 맞다!" 난 잔을 내려놓는다. "크리스마스라서 이것저것 주문했지."

"선물이야?" 수지도 기쁜 표정이 된다. "내 선물도 있니?"

"아, 선물은 아니고." 난 설명한다. "장식용품인데 진짜 뻑적지근해. 참 이상도 한 게 어제 갑자기 충동이 들지 뭐야. 출산 전에 크리스마스 준비를 전부 해야만 할 것 같은 충동 말야. 그래서 트리에 달 천사 인형이랑 대림절 초 세트랑 아기예수 탄생화도 엄청 끝내주는 걸로……." 난 쿠키를 한입 깨문다. "이사 갈 집에 맞춰서 전부 다 준비했어. 초대형 크리스마스트리를 거실에 세우고 꽃장식도 구석구석 하나도 안 빼고 다 달 거야. 사람 모양으로 구운 생강과자에도 빨간 리본을 달아서……."

현관 초인종이 울리기에 난 나가본다. 문을 열자 택배기사 둘이 큼직한 종이상자 여러 개에다 엄청나게 큰 포장 꾸러미 하나를 낑낑거리며 들고 있다. 분명 저 꾸러미는 마리아와 요셉의 등신대 인형일 거다.

"난리도 아니구나." 수지가 그것들을 물끄러미 본다. "이러다간 크리스마스 장식 보관실도 필요하겠다, 얘."

어라, 그거 나쁘지 않겠네!

"안녕하세요!" 난 택배기사들에게 생글생글 웃는다. "그냥 아무 데나 내려놓으시면 돼요. 정말 감사합니다……." 수취인 서명을 받은 기사들이 나가자 난 수지를 돌아본다. "네가 아기용 크리스마스 양말을 꼭 봐야 돼……."

난 말을 멈춘다. 수지가 묘하게도 들뜬 눈길로 나와 상자를 번갈아 바라보는 게 아닌가.

"왜 그래?"

"벡스, 드디어 올 게 온 거야! 너도 둥지틀기를 하는 거라고!"

난 수지를 빤히 응시한다. "하지만 난 아직까지 청소 한 번 안 했는걸."

"다들 그때그때 달라! 청소를 하는 대신 홈쇼핑을 하는 거지! 그러니까…… 이걸 살 때…… 안 사면 도저히 못 참겠다 할 만큼 강한 마음이 울컥 들지 않았니?"

"맞아!" 나도 깨닫는 바가 있어 절로 헉 소리를 낸다. "바로 그랬어! 홈쇼핑 카탈로그가 우리 집으로 배달된 바로 그때…… 일단 사지 않고는 못 배기겠더라. 나 자신을 주체할 수가 없더라니까!"

"그것 봐! 그게 그거야." 수지가 뿌듯해서 말한다. "전부 다 자연의 위대한 섭리지."

"이야!" 난 좋아서 헥헥거린다. 나도 자연의 위대한 섭리에 포함되는 거구나!

"그런데 청소를 하고 싶은 마음은 정말 안 들던?" 수지가 궁금해한다. "때를 빼거나 정리정돈을 하거나 어쨌든……."

난 내 감정을 곰곰이 돌이켜본다. "그렇지는 않던데."

"저 접시를 봐도 설거지를 해야겠다는 생각이 안 들고?" 수지가 싱크대에 담가놓은 아침식사 설거지를 가리킨다.

"전혀." 난 딱 잘라 말한다. "눈곱만큼도 안 들어."

"역시 사람들 말은 틀린 것 하나 없다니까." 수지가 놀라워하며 고개를 설레설레 흔든다. "진짜 사람마다 다들 증상이 다르구나."

문득 새로운 생각이 퍼뜩 떠오른다. "저기 말야, 수지, 내가 둥지틀기를 하는 거라면 아기도 금방 나오겠네! 가령 오늘 오후에라도!"

"그럼 안 되지!" 수지가 기겁을 한다. "아직은 안 돼! 샤워……." 곧바로 수지가 자기 입을 틀어막는다.

샤워라고라? 그 말뜻은…… 베이비 샤워 파티?

"너 나한테 베이비 샤워 파티 해주려고 했어?" 난 신이 나서 절로 활짝 웃는다.

"아니야!" 수지는 곧장 부정한다. "저기…… 그게 아니고…… 그런 거 없어…… 난 절대……."

어느새 수지의 얼굴이 발그레 물들고 이제는 다리까지 배배 꼬고 있다. 수지는 거짓말엔 구제불능 젬병이다.

"아니긴 뭐가 아니야. 맞구나!"

"에라, 모르겠다. 그래. 맞아." 수지는 내친김에 시인해버린다. "하지만 이건 원래 깜짝 파티야. 그러니까 날짜는 말 안 해준다."

"오늘이야?" 난 냉큼 묻는다. "오늘일 것 같은데에에에!"

"나 말 안 해!" 수지는 정신없이 허둥대면서 대답을 피한다. "그 얘긴 이제 그만 하자. 난 아무 말도 안 한 걸로 할래. 자, 이만 가보자."

우린 택시를 잡아탄다. 백화점에 가까워지자 내 눈을 도저히 믿을 수가 없다. 내가 바랐던 것보다 천만 배는 더 엄청나게 성황이다.

모퉁이를 돌아 내 눈이 닿는 곳까지 사람들이 장사진을 치고 서 있다. 수백 명은 족히 될 텐데 대부분이 예쁘게 차려입은 여자들로 삼삼오오 모여서 수다를 떨거나 휴대전화기로 통화중이다. 다들 '룩-대니 코비츠'라 찍혀 있는 풍선을 하나씩 들고 있으며 음악이 스피커에서 요란하게 울려 퍼지는 가운데 홍보부 직원 하나가 병에 든 다이어트 코크와 대니 코비츠 막대사탕을 나눠주고 있다.

다들 파티에라도 온 분위기다. 〈런던 투나잇〉 프로그램에서 이 광경을 촬영중이고 라디오 진행자 하나가 맨 앞줄에 선 여자애를 인터뷰하는 중이다. 택시에서 내리는데 웬 여자가 모델스 원에서 나온 캐스팅 담당자라고 자기소개를 하면서 늘씬한 여자애 하나에게 말을 걸고 있다.

"대단하다." 수지가 내 옆에서 숨이 넘어가는 소리를 낸다.

"그렇지 뭐!" 난 표정 관리를 하려고 애를 쓰지만 어느새 병싯병싯 웃음이 나온다. "자, 들어가자!"

난 수지와 둘이서 힘겹게 길을 뚫고 줄 맨 앞으로 가서 출입증을 보안요원에게 보여준다. 요원이 열어준 문으로 들어가는데 등 뒤의 인파가 앞으로 밀려나오는 게 느껴진다.

"저 여자 봤어?" 등 뒤에서 열 받은 목소리 여럿이 시비조로 따진다. "줄을 무시하고 그냥 뚫고 들어가잖아! 임산부라는 이유로 저렇게 새치기해도 되냐?"

아이고, 실수. 옆문으로 들어갈 걸 그랬나.

하지만 백화점 안에서도 신이 나서 떠들어대는 여자애들이 길게 줄을 서 있다. 줄은 액세서리 매장을 관통해 대니의 컬렉션이 상영되는 대형 스크린 앞을 지나 윤이 반짝반짝 나는 아르데코 테이블까지 늘어서 있다. 그 테이블 뒤에 있는 옥좌 같은 의자에는 대니가 앉아 있고 그 머리 위에는 '단독 사인회 - 대니 코비츠와 함께!' 라고 씌어 있는 현수막이 걸려 있다. 대니가 흰색 무지 티셔츠에 사인을 해주는 테이블 앞에는 위장무늬 군복 재킷을 입고 말꼬랑지 스타일로 머리를 묶은 십대 여자애 셋이서 압도당한 눈초리로 아무 말도 못하고 가만히 보고만 있을 뿐이다. 대니는 나하고 시선이 마주치자 눈을 찡긋해 보인다.

"고마워." 난 소리를 내지 않고 입만 움직여 말하고는 손으로 키스를 불어 날린다. 지금 대니는 그 누구도 토를 달지 못할 만큼 진짜 스타다.

내가 잘 알지만 대니는 지금 이런 상황이 전부 다 엄청 좋아 죽을 지경일 거다.

조금 떨어진 곳에서 에릭이 다른 TV 프로그램 리포터와 인터뷰를 하고 있는데 가까이 다가가니 여기까지 말소리가 다 들린다.

"전 처음부터 우리 룩 백화점이 패션계의 무서운 신예들과 제휴해야 한다고 굳게 믿었습니다……." 에릭은 꽤나 뻐기며 말한다. 그러다가 내가 보고 있는 것을 알아채고는 조금 홍당무가 되더니 말을 끊는다. "에헴, 처음에 그 아이디어를 냈던 저희 백화점의 퍼스널 쇼핑 팀장 레베카 브랜던을 소개합니다……."

"안녕하세요!" 난 카메라 쪽을 향해 자신만만한 미소를 환하게 지어준다. "이 프로젝트는 저와 에릭 이사님이 한 팀이 되어 추진했답니다. 오늘은 룩 백화점에 새로운 역사가 시작되는 날이라고 믿습니다. 여태까지 저희들을 비웃었던 분들은 그 말을 취소하고 실수를 인정하셔야 할 겁니다."

난 뼈 있는 말을 몇 마디 더 해준 다음 양해를 구하고 마이크를 에릭에게 넘긴다. 놀랍게도 조금 전에 제스 언니가 평소처럼 청바지에 파카 차림으로 선글라스 매장 옆에 벌쭘하게 서 있는 모습이 보였기 때문이다. 오늘이 런칭 날이라고 말은 했지만 그렇다고 언니가 정말로 와줄 거라고는 생각하지 않았는데 웬일이냐.

"언니!" 난 가까이 가며 부른다. "와줬네!"

"정말 대단하다, 베키." 제스 언니는 밀려드는 인파를 둘러본다. "축하해."

"고마워!" 난 활짝 웃는다. "엄청나지? 방송사에서도 다들 몰려왔던데 봤어?"

"바깥엔 〈타임스〉 기자도 있더라." 제스 언니는 고개를 끄덕거린다. "〈이브닝 스탠다드〉에서도 왔어. 언론 전체가 이 기사로 들썩거리겠더라." 언니가 살짝 웃는다. "베키 브랜던이 또 해냈네."

"아, 뭐……." 난 약간 얼굴이 빨개져서 어깨를 으쓱한다.

"그런데 어떻게 지냈어? 칠레 갈 준비는 잘 돼가고?"

"아, 응." 언니가 크게 한숨을 쉰다.

언니한테 단점이 있다면 대체 겉보기만으로는 지금 기분이 어떤지 도무지 콕 집어 알 수가 없다는 거다. 언니는 기쁠 때도 약간은 우울한 분위기를 뭉글뭉글 내뿜는 사람이다. (이건 내가 험담을 하려는 게 아니라 언니가 원래 그런 사람인 걸 어쩌랴.) 하지만 지금은 언니 기분이 정말로 바닥인 것 같다.

"언니, 왜 그래?" 난 언니 팔을 살짝 잡는다. "일이 잘 안 풀리는구나?"

"응. 그래." 언니가 고개를 드는데 그 눈이 물기로 촉촉한 바람에 난 화들짝 놀란다. "톰이 행방불명이거든."

"행방불명?" 난 입을 떡 벌린다.

"원래는 아무 말도 안 할 생각이었어. 너한테 걱정 끼치기 싫었거든. 하지만 요 사흘 동안 아무도 톰을 본 사람이 없어. 아마 삐쳤나봐."

"언니가 떠나는 것 때문에?"

언니가 고개를 끄덕이자 난 톰에게 버럭 화가 난다. 그 자식은 꼭 이렇게 자기 세계에서만 허우적대는 바보 행세를 해야 속이 풀리나?

"자기 부모님한테만 문자메시지를 딱 한 번 보내 잘 있다고 했대. 그게 전부야. 어디에 있는지 감도 못 잡겠어. 이렇게 되

니 재니스 아주머니는 당연히 날 원망하시지."

"그게 왜 언니 잘못이야! 그건 다 톰이……." 난 문득 입을 다문다.

"혹시 톰이 갈 만한 데 짐작이라도 안 가니, 베키?" 언니의 미간이 잔뜩 일그러진다. "넌 꼬맹이 때부터 톰을 잘 알고 지냈잖아."

난 대답이 궁해서 어깨만 으쓱할 뿐이다. 내가 아는 한 톰은 정말 어디로 튈지 모르는 녀석이다. 아마 문신업소에 가서 '제스, 가지 마'라는 문구를 거시기에 새겨달라고 했을지도 모른다.

"걱정 마. 좀 있으면 돌아오겠지." 난 마침내 말한다. "톰도 그렇게까지 멍청이는 아니잖아. 그냥 어디서 술이나 퍼마시고 있을지도 몰라."

"팀장님 오셨어요?" 고개를 들어보니 재스민이 스카프며 모자를 한 아름 안고 얼굴까지 벌게서 낑낑거리며 다가오고 있다.

"안녕, 재스민! 엄청나게 사람 많지? 위층 매장은 어때?"

"난리 났죠, 뭐." 재스민은 눈을 또르륵 굴린다. "어딜 가나 다 고객들로 미어터져요. 직원을 더 채용했기에 망정이죠."

"기분 째지지 않아?" 난 활짝 웃지만 재스민은 김빠진 표정으로 인상만 팍 쓴다.

"차라리 예전이 더 나았어요. 오늘도 야근해야 한단 말이에요. 요즘은 개인 시간이 조금도 없어요."

"그래도 이젠 백화점이 문 닫을 일은 없잖아." 내가 이렇게 말해줘도 재스민은 별로 좋아하는 기색이 아니다.

"아, 몰라요……." 순간 재스민의 표정이 충격을 받았는지 싹 변한다. 순간 아무 말도 못 한다. "팀장님…… 그 눈썹 하신 거예요?"

아이고, 이제야 겨우 알아보셨습니까?

"아, 이거?" 난 태연하게 대답한다. "응, 했어. 괜찮지 않아?" 그러면서 한쪽 눈썹을 손가락으로 살살 쓸어 보이기까지 한다.

"어디에서 하셨는데요?" 재스민이 한 대 칠 듯이 묻는다.

"그게, 가르쳐줄 수가 없네." 난 아쉬운 척을 한다. "비밀이거든. 미안해."

재스민은 엄청 화가 났는지 턱에 힘을 불끈 준다. "어디서 했는지 말하세요!"

"싫어!"

"재스민!" 에스컬레이터에서 웬 아가씨가 부른다. "고객님이 찾으시던 스카프 거기 있지?"

"내가 간 데를 알아내셨죠? 그렇죠?" 재스민은 독이 바짝 올라서 대든다. "뒷조사 하신 게 분명해요."

"어머, 내가 어떻게 그런 짓을 해?" 난 천연덕스럽게 대꾸하면서 옆에 있는 거울을 슬쩍 훔쳐본다. 내 입으로 말하기는 좀 그렇지만 눈썹 하나는 정말 예술로 뽑아냈다. 크라우치 엔드에서 일하는 인도 여자의 작품인데 일단 가면 눈썹을 치고 다듬고 세월아 네월아 붙잡아두지만 그래도 하고 나면 전혀 시간이 아깝지 않다.

"재스민!" 아까 그 아가씨가 더 크게 부른다.

"그만 가볼게요." 재스민은 잔뜩 독이 오른 표정으로 날 흘겨보고는 자리를 뜬다.

"그럼 안녕!" 난 발랄하게 인사한다. "다음번엔 아기 데려올게!"

우리 둘이 하는 얘기를 처음부터 다 들었던 제스 언니는 뜨악하다는 표정을 짓고 있다. "대체 그 눈썹이 뭐가 어쨌기에 그 난리야?" 언니는 재스민이 가버리자 묻는다.

난 언니의 눈썹을 가만히 살핀다. 우중충한 갈색에다 송충이가 따로 없는 모양새로 보아 족집게나 아이펜슬이나 아이브러시라고는 평생 구경도 못 해본 눈썹이 분명하다.

"다음에 기회 있으면 내가 보여줄게." 그때 내 휴대전화기가 울리기 시작한다. "여보세요?"

"안녕." 루크의 목소리다. "나야. 런칭이 대성공이라면서? 지금 막 뉴스에 떴어. 잘했어, 자기!"

"고마워! 손님이 진짜 구름처럼 몰려드네……." 난 언니에게

서 몇 걸음 떨어져 시폰 비즈 슈러그가 걸린 옷걸이 뒤로 들어간다. "지금 그쪽은 어때?" 난 목소리를 더 낮춘다.

"여태까지 회의중이었어. 지금 막 나왔지."

"허억, 그랬구나." 난 전화기를 부서져라 움켜쥔다. "그래서 어떻게 됐어?"

"최악이야."

"그렇게 잘됐어? 응?" 난 농담을 하려고 하지만…… 심장이 쿵 내려앉는다. 루크가 상황을 무사히 풀어내기를 그렇게도 빌었는데 다 허사였구나.

"여태까지는 아무도 이언한테 감히 뭐라고 하는 사람이 없었나봐. 불쾌하다고 펄펄 뛰고 난리도 아니던걸. 나 참, 아코다스 놈들 전체가 다 인간쓰레기야." 루크의 목소리에서 분노가 묻어난다. "자기들이 세상에서 왕인 줄 알아."

"사실 왕이긴 하지." 난 대답한다.

"나한테는 아니야." 루크가 딱 부러지게 말한다. "우리 회사한테도 그렇고."

"그래서 이제 어떻게 할 거야?"

"오늘 오후에 전 직원을 모아놓고 얘기를 해봐야지." 루크가 잠시 말을 끊는 동안 셔츠 소매를 걷어 올리고 넥타이를 느슨하게 잡아당기는 광경이 내 머릿속에 그려진다. "하지만 아마 아코다스하고는 이제 안녕일 것 같아. 이런 작자들하고는 도무지 일을 같이 못 하겠어."

그럼 이걸로 끝이구나. 아코다스와 제휴해서 세상을 손에 넣는다는 꿈은 이제 끝이다. 루크의 희망이며 계획이며 모든 게 다 물거품이 된 거다. 난 감당할 수 없을 만큼 커지는 분노를 이언 윌러에게 느끼기 시작한다. 사람들을 그렇게 막돼먹게 부려먹고는 어떻게 이렇게 손을 싹 털 수가 있을까? 누가 그 작자의 정체를 폭로해서 따끔한 맛을 보여줘야 한다.

"루크, 나 이만 끊어야겠어." 난 불현듯 결심을 하고는 말한다. "나중에 봐. 오늘 밤에 마저 얘기해."

난 통화를 끊고는 잽싸게 전화번호부를 검색해서 단축번호를 누른다. 신호가 네 번 간 뒤에 상대가 받는다.

"데이브 샤프니스입니다."

"저기, 안녕하세요, 샤프니스 씨. 저 베키 브랜던이에요."

"브랜던 부인!" 탐정의 걸걸한 목소리가 확 밝아진다. "이렇게 다시 연락 주시다니 정말 반갑습니다그려! 별일 없으셨는지요?"

"어…… 뭐 그렇죠. 고마워요." 두 여자가 지나가기에 난 가발 진열대 뒤 빈구석으로 슬금슬금 자리를 옮긴다.

"혹시 저희가 도와드릴 일이 더 있습니까?" 데이브 샤프니스는 계속 지껄이는 중이다. "부인께서 들으시면 기뻐하시겠지만, 저희 사무실의 미행전문 탐정들이 이번에 새로 재교육을 받았답니다. 앞으로 부인께서 의뢰하시는 모든 조사는 20퍼센트 할인을 해드릴 수……."

"됐어요!" 난 탐정의 말을 뚝 자른다. "고마운 말씀이긴 하네요. 그런데 지금 저에게 필요한 건 그때 주신 자료예요. 다 찢어버렸는데…… 지금 다시 필요해졌거든요. 혹시 복사본 남은 게 있으면 주실 수 없나요?"

데이브 샤프니스가 특유의 걸걸한 소리로 크크 웃는다.

"브랜던 부인, 순간의 변덕에 휩쓸려서 핵심 증거가 될 서류나 사진을 다 없애버린 고객분이 어디 한두 분인 줄 아십니까? 그런 분들도 정작 이혼법정에 가야 할 때가 되면 연락을 해서 혹시 복사본이 있느냐 애걸복걸을……."

"저 이혼하는 거 아니거든요?" 난 애써 참아가며 말한다. "다른 이유 때문에 필요한 거예요. 복사본 있어요, 없어요?"

"흐음, 그게 말입니다, 통상적으로는 한 시간 이내에 복사본을 마련해드리는 게 저희 규정입니다. 하지만……."

"하지만 뭔데요?" 난 걱정이 된다.

"유감스럽게도 최근 고객용 보안 보관소 시설에 다소 불미스러운 일이 있었습니다." 데이브 샤프니스가 한숨을 푸우 내쉰다. "저희 총무인 웬디와 커피포트의 합작품이랄까요. 어쨌든 자세한 말씀은 드리기 뭐하지만 결론은 저희 기록 보관소의 문서 일부가…… 흐음, 까놓고 말씀드리자면 완전 엉망이 됐습니다. 그래서 상당 서류를 폐기해야만 했지요."

"그치만 꼭 필요하단 말이에요! 이언 월러에 대해 조사했던 내용이 전부 다 필요해요! 기억하시죠? 우리 신랑으로 착각하셨던 그 남자 말이에요. 그때 그 쉬쉬 묻혔던 사건들에 대한 사진이든 증거든 뭐든 하나라도…… 수상한 꼬투리가 조금이라도 있는 거라면 뭐든 다 필요해요."

"브랜던 부인, 최선을 다해보겠습니다. 남은 게 있는지 하나하나 일일이 찾아보지요."

"찾으면 가능한 한 빨리 택배로 보내주실 수 있죠?"

"그렇게 하지요."

"감사합니다. 정말 고마워요."

전화를 끊는데 심장이 마구 두방망이질을 한다. 이제 증거가 내 손에 들어오게 됐다. 만약 전부 다 훼손됐다면…… 또 조사를 맡겨야겠다. 어떻게든 이언 월러를 추락시키고 말겠다.

제스 언니가 대니 코비츠 풍선을 쥔 채 인파를 뚫고 다가온다. 내가 가발 매장 뒤에 도사리고 있는 모습을 보고는 좀 놀란 표정을 짓는다.

"얘, 베키." 언니는 내가 구석에서 나와 다시 인파 사이에 섞이자 부른다. "좀 전에 수지를 봤는데 옷 입어보느라 정신이 없더라. 우린 차 한잔 안 할래?"

"나 사실 좀 피곤하거든." 지나가던 손님의 팔꿈치가 하마터면 내 배에 맞을 뻔한다. "빨리 집에 가서 좀 쉬어야겠어. 그만 인사하고 갈래."

"그래, 그게 좋지." 제스 언니가 고개를 열심히 끄덕거린다. "힘을 아껴둬야 내일……." 언니가 입을 딱 다문다.

"내일?" 난 어리둥절해서 묻는다. "내일 무슨 일 있는데?"

"아, 내 말은…… 아기 얘기야." 언니의 눈이 내 눈을 슬쩍 피한다. "출산 말이야. 언제 태어날지 모르는 거잖니."

아니, 대체 이게 무슨 귀신 씨나락 까먹는 소…….

다음 순간 퍼뜩 생각이 난다. 언니도 비밀에 동참하고 있는 거다. 그러다가 무심결에 말을 흘린 거다!

내 베이비 샤워 깜짝 파티는 내일이구나!

베이비 샤워 깜짝 파티 - 후보 의상 목록

1. 파티 전용 분홍색 반짝이 티셔츠, 임산부용 진바지, 은색 신발
   장점: 맵시 짱
   단점: 미리 알고 있었다는 티가 팍팍

2. 잠옷에 가운, 맨 얼굴, 폭탄 머리
   장점: 놀란 티는 완벽
   단점: 몰골 끝장

3. 주시 쿠튀르 트레이닝복
   장점: 힘준 티가 안 나면서도 세련. 할리우드 연예인 홈패션처럼 보임
   단점: 입다가 찢어질 듯

4. 여름 세일에서 90% 할인가로 산 임산부용 '진저 스파이스' 스타일 유니언잭 미니원피스와 가발 세트
   장점: 이번에야말로 입어볼 수 있다는 것
   단점: 나만 혼자 엄청 튈 듯

케네스 프렌더가스트

프렌더가스트 데 비트 코넬
재정자문 전문 회사

포워드 하우스
하이 홀본 394번지 런던 WC1V 7EX

R. 브랜던 부인
마이다 베일 맨션 37호 마이다 베일 런던 NW6 0YF

2003년 12월 5일

브랜던 부인께

편지 주셔서 감사합니다.

부인께서 지적하신 사항에는 전혀 동의할 수 없으며 이 대답밖에는 드릴 수 없습니다. 투자는 재미를 위해 하는 것이 아닙니다.

설령 부인께서 하신 말씀대로 소장하신 오드리 헵번 냉장고 자석 컬렉션을 직접 제 눈으로 본다 해도 제 의견은 달라지지 않을 것임을 확실히 말씀드립니다. 그리고 자석이나 부인의 투자 품목 중 어느 하나도 부인의 의견대로 '떼돈을 벌 수 있는 아이템'이라고 보기에는 상당히 회의적이라는 점 역시 알려드립니다.

케네스 프렌더가스트
가족 투자 전문가

깜짝 파티를 열어주다니!

 깜짝 파티가 몇 시인지만 알면 완벽한데 아쉬울 뿐이다.

지금은 아침 여덟 시다. 난 옷을 다 차려입고 꽃단장도 하고 준비를 모두 끝낸 상태다. 결국은 분홍색 랩 원피스와 세무 부츠로 낙착을 봤다. 거기다가 어젯밤엔 매니큐어도 받았고 꽃도 좀 사와서 꽂은 데다 집 정리도 찔끔 해놓았다.

그중 최고는 결혼할 때 가져온 옛날 짐을 뒤져서 뉴욕에서 산 근사한 카드를 찾아낸 일이었다. 아기 침대 주위에 앙증맞은 선물들이 흩어진 그림에다 반짝이 글씨로 '친구들아, 베이비 샤워 깜짝 파티 열어줘서 고마워!' 라고 씌어 있다. 내 분명 언젠가는 이 카드가 쓸모가 있을 줄 알았다니까, 에헴.

그 뿐이랴. '사업이 잘 안 풀린다니 안됐네'라고 씌어 있는 우중충한 회색 카드 하나도 나오기에 다짜고짜 쭉 찢어버렸다. 재수 없는 카드도 다 있지.

아직 데이브 샤프니스한테서는 연락이 없다. 입이 간지러워서 미칠 지경이지만 루크에게도 아직 입도 뻥긋하지 않았다. 증거가 확실하게 손에 들어오기 전까지는 루크에게 섣불리 희망을 안겨주고 싶지 않다.

루크는 출근 준비로 주방에서 진한 블랙커피를 마시고 있다. 난 주방으로 들어가 그런 루크를 잠시 지켜본다. 턱에 힘을 불끈 준 채 루크는 에스프레소 잔에 설탕을 넣어 젓는다. 루크가 커피에 설탕을 넣는 것은 5천 볼트 정도는 에너지를 충전해야 할 때뿐이다.

루크는 날 보고 맞은편 자리에 앉으라고 손짓으로 가리킨다. 난 낑낑거리며 기어 올라가 화강암 카운터 식탁에 팔꿈치를 괸다.

"베키, 할 얘기가 있어."

"자기는 지금 옳게 하고 있는 거야." 난 곧바로 말한다. "자기도 잘 알잖아."

루크는 고개를 끄덕인다. "맞아. 벌써부터 자유의 몸이 된 기분이야. 아코다스는 그동안 내내 날 압박하고 부담을 줬거든. 우리 회사 전체를 압박했지."

"맞아, 맞아. 그러니까 그런 작자들 따위는 이제 필요 없잖아, 루크! 세상이 자기 것인 줄로만 착각하는 거만한 인간들 비위나 맞추면서 굽실거릴 필요가 어디 있냐고."

루크가 손을 들어 내 말을 막는다. "그런데 문제가 그렇게 간단하지만은 않아서 그래. 그래서 자기한테 할 말이 있다는 거야." 루크는 잠시 사이를 두고는 심각한 표정으로 커피를 젓고 또 젓는다. "아코다스에서 아직 돈을 못 받았어."

"뭐라고?" 난 이해가 가지 않아 루크를 가만히 바라본다. "자기 말은…… 하나도 못 받았다는 거야?"

"처음 시작할 때부터 땡전 한 푼도 못 받았어. 지금까지도 여전하고. 그쪽이 우리한테 진 빚이…… 그래, 상당한 셈이지."

"하지만 어떻게 돈을 안 줄 수가 있어? 청구서를 받으면 돈을 내야지! 그런 건 위법 행위 아냐……?"

난 얼굴을 붉히면서 말을 끊는다. 그러고 보니 나도 화장대 서랍에 카드 청구서 몇 장을 그냥 쑤셔넣어둔 기억이 퍼뜩 난다. 아마 그 청구서도 백 퍼센트 결제가 끝나지는 않았던 것 같기도 하다.

하지만 이건 문제가 다르다, 암. 이 몸은 거대 다국적 기업이 아니라고! 아무렴.

"아코다스는 원래 그런 쪽으로 악명이 높대. 우리 쪽에서도 계속 쪼고 으름장도 놓고 했는데……." 루크가 미간을 문지른다. "우리가 계속 제휴를 할 경우에는 어떻게든 결국 받아낼 자신이 있었거든. 하지만 이제 이렇게 됐으니 어쩌면 고소를 해야 할지도 몰라."

"그럼 고소해, 까짓 거!" 난 어디 한 번 해보자는 심정으로 말한다. "아코다스도 이번에는 요리조리 빠져나가지 못할걸!"

"하지만 고소한다 해도 다른 문제는 남는데……." 루크가 잔을 들었다가 다시 내려놓는다. "베키, 솔직히 말해서 상황이 별로 좋지가 않아. 지금 와서 생각해보니까 우리가 사세 확장을 너무 서둘렀던 것 같아. 지나치게 서둘렀지. 그래서 직원들 월급이며 기타 등등 경비가 필요해서 대출을 받았거든……. 지금도 자금 출혈이 계속되는 중이야. 회사가 다시 정상 궤도에 오르기 전까지는 아무래도 자금 흐름이 좀 문제가 될 거야."

"알았어." 난 마른침을 꿀꺽 삼킨다. 자금 출혈이라. 내가 들은 표현 중 최악의 말이다. 갑자기 엄청나게 큰 구멍에서 날이면 날마다 돈이 줄줄 새어 나오는 무시무시한 광경이 머릿속에 펼쳐진다.

"집 살 돈도 원래 계획했던 것보다 더 많이 대출을 받아야겠어." 루크는 약간 움찔하면서 커피를 한 모금 들이켠다. "그래서 몇 주 정도는 입주가 늦어질 것 같아. 오늘 부동산 소개소에 전화할 거야. 솔직하게 사정을 설명하면 다 이해해주겠지."

루크는 커피 잔을 비운다. 그러고 보니 전에는 없던 깊은 주름이 루크의 미간에 나 있다. 죽일 놈들. 저것도 다 아코다스 놈들 짓이다.

"그래도 자기가 옳은 일을 한다는 데에는 변함이 없어, 루크." 난 루크의 손을 꼭 잡아준다. "그 바람에 돈을 좀 손해 본다면…… 그럼 뭐 좀 어때?"

어디 두고 보자. 정말로 두고 보자, 썩을 놈의 이언 윌러.

충동에 못 이겨 난 의자에서 엉금엉금 내려와 루크의 옆으로 돌아가서 내가 할 수 있는 한 루크를 안아준다. 이제는 아기가 많이 자라서 뱃속에서 뛰고 찰 공간이 그리 많이 남지 않았지만 그래도 시시때때로 꿈틀꿈틀한다.

얘, 아가야. 난 말없이 교신을 한다. 엄마가 베이비 샤워 파티를 할 때까지는 나오지 말아라. 알았지?

며칠 전에 어디에서 봤는데 뱃속의 아기와 의사소통이 정말로 가능했다는 엄마들이 꽤 많다고 한다. 그래서 나도 지금 좀 요상한 지령을 아기에게 보내보는 중이다.

내일이면 괜찮겠다. 점심때쯤 어떨까?

진통이 시작되고 여섯 시간 안에 숨풍 나오면 이 엄마가 상을 줄게!

"자기 말을 듣는 건데 그랬어, 베키." 루크가 씁쓸한 목소리로 말하는 바람에 난 화들짝 놀란다. "자기는 애초부터 아코다스한테 반감을 갖고 있었잖아. 처음부터 이언도 싫어했고."

"싫은 정도가 아니라 경멸했지." 난 고개를 끄덕인다.

아니, 상이 뭔지는 지금 안 가르쳐주지롱. 기대해봐!

1층 입구 초인종이 울리기에 루크가 인터폰을 받는다. "아, 네. 올라오시죠. 택배래." 마지막 말은 내게 하는 말이다.

난 긴장한다. "택배래?"

"그렇겠지." 루크는 코트를 입는다. "뭐 올 거 있어?"

"어, 좀." 난 마른침을 꿀꺽 삼킨다. "루크…… 자기가 흥미 있어 할지도 모르는 물건이야. 중요한 물건일지도 몰라."

"침대보 또 산 건 아니지?" 루크는 별로 귀담아 듣는 눈치가 아니다.

"아니야! 침대보는 무슨! 그게……." 현관문 초인종이 울려서 난 말을 끊는다. "일단 보면 알아." 난 서둘러 나간다.

"택배입니다. 서명 부탁드립니다." 문을 열자 택배기사가 말한다. 전자서명판에 대충 휘갈겨주고 뽁뽁이 봉투를 받아든 다음 돌아보니 때마침 루크가 복도로 나온다.

"루크, 이거 꽤 중요한 물건이야." 난 헛기침을 한다. "경우에 따라서는…… 상황을 뒤엎을 수도 있는 거거든. 그런데 내가 이걸 어디에서 입수했는지는 신경 쓰지 말아야 해……."

"그거 제스한테 줘야 하는 거 아니야?" 루크가 실눈을 뜨고 봉투를 보면서 묻는다.

"제스 언니?" 루크의 시선이 향하는 곳을 처음으로 보았더니

만 아닌 게 아니라 거기에는 '제시카 버트람 양'이라고 타이프로 친 라벨이 붙어 있다.

실망한 나머지 기분이 축 처진다. 결국은 데이브 샤프니스가 보낸 게 아니라 제스 언니한테 온 뭔지도 모를 물건이었다.

"언니는 자기가 받을 택배를 왜 여기다가 배달을 시킨대?" 난 짜증을 숨기지 못하고 내뱉는다. "자기 집도 아니면서!"

"그거야 모르지." 루크가 어깨를 으쓱한다. "자기, 나 이제 출근해야겠어." 루크는 불룩 솟아오른 내 배를 한 번 훑어본다. "휴대전화기도, 호출기도 계속 켜놓을 테니까 혹시 조금이라도 징조가 보이면……."

"응, 전화할게." 난 봉투를 빙글빙글 돌리면서 고개를 끄덕인다. "그럼 이걸 어떻게 하지?"

"이따가 제스한테 직접……." 루크가 입을 다물어버린다. "언제 때가 되면 줘. 다음번에 만날 일이 있을 것 아냐."

어랏, 잠깐만. 지나치게 자연스러운 저 말투는 곧…….

"루크, 자기도 알지, 그렇지?" 난 외친다.

"뭘 말야?" 루크는 입가를 수상하게 실룩거리면서 서류가방을 든다.

"자기도 아는구나! 그거…… 말야, 알지?!"

"대체 무슨 말인지 하나도 모르겠는걸." 루크는 푸하하 웃고 싶다는 표정이다. "그런데 베키, 정말로 진짜 상관없는 얘기이긴 한데…… 이따가 열한 시경에 집에 있을 거지? 그때 가스 검침원이 오기로 했거든."

"가스 검침원은 무슨!" 난 루크를 손가락질하면서 꾸짖지만 입으로는 킥킥 웃는다. "아예 시간까지 다 가르쳐주는구나!"

"재미있게 놀아." 루크가 키스를 해주고는 출근하자 난 혼자가 된다.

난 현관문을 멍하니 보면서 잠시 복도에서 미적거린다. 오늘은 출근하는 루크를 회사까지 따라가서 나도 루크의 도의적인 결정을 지지한다는 것을 사람들에게 보여줄 걸 그랬나 싶다. 루크는 스트레스가 엄청나게 많이 쌓여 보인다. 그런 데다 오늘은 전 직원들을 상대로 어려운 얘기를 해야만 한다. 그뿐이랴, 투자자들도 설득해야 한다.

자금 출혈. 그 말을 생각만 해도 뱃속이 불길하게 내려앉는다. 아니다. 그만 하자. 생각하지 말자.

열한 시가 되려면 아직 두 시간은 더 있어야 해서 난 잡생각을 떨치기 위해 해리 포터 DVD를 플레이어에 넣고 순전히 명절 시즌이라는 이유만으로 네슬레 퀄리티 스트리트도 한 깡통 준비한다. 해리가 죽은 부모님의 모습을 거울로 보는 부분에서 티슈를 찾다가 우연히 창 밖으로 힐끗 시선이 간다……. 순간 수지가 시야에 들어온다! 수지는 우리 아파트 건물 앞에 예쁘게 꾸며놓은 정원 옆 작은 주차장에 서서 우리 집 창문을 똑바로 올려다보고 있다.

난 수지의 눈에 띄지 않게 고개를 쏙 움츠린다. 수지가 날 보지 못했어야 할 텐데.

잠시 후 조심조심 다시 목을 빼고 살펴보니 수지는 아직도 그 자리에 있다. 이제는 옆에 제스 언니도 같이 있다! 난 조금씩 설레는 심정으로 손목시계를 본다. 10시 40분. 이제 얼마 안 남았다!

유일한 문제는 둘 다 꽤 난감한 표정이라는 거다. 수지는 인상을 쓰고서 뭐라고 손짓을 하는 중이고 제스 언니는 고개를 끄덕인다. 분명 무슨 문제가 있나보다. 대체 뭘까. 난 도와줄 수 있는 입장도 아니니 거 참.

내가 보고 있으려니 수지가 전화기를 꺼낸다. 수지가 번호를 누르자 우리 집 전화가 울리기 시작한다. 난 찔리는 데가 없지 않아 깜짝 놀라면서 창가에서 떨어진다.

괜찮다. 자연스럽게 받자. 난 심호흡을 한 번 하고는 전화를 받는다.

"어, 안녕, 수지!" 난 최대한 자연스럽게 말한다. "잘 지냈어? 지금 아마 햄프셔에 있겠네. 아니면 어디 다른 데서 말이라도 타는 중이야?"

"내 전화인 줄은 어떻게 알았어?" 수지가 수상하다는 어조로 묻는다.

허걱, 망했다.

"응…… 발신자 표시에 뜨더라." 난 둘러댄다. "그래서 어떻게 지내?"

"나야 엄청 잘 지내지!" 어디를 어떻게 들어도 연기라고밖에 할 수 없는 허풍 떠는 목소리다. "사실 말야, 벡스, 방금 전에 임산부 관련 기사를 읽었는데 거기에서 그러더라. 애를 가지면 매일매일 건강을 위해서 20분씩은 산책을 해야 한다는 거야. 그래서 너도 한 번 해보는 게 좋겠다 싶어서 전화했어. 그러니까…… 지금 당장 해보라고. 집 근처라도 한 바퀴 돌고 오지 그러니?"

아하, 내가 자리를 비켜주기를 바라는 거구나! 좋았어. 장단을 맞춰주되 너무 티나게는 굴지 말아야겠다.

"20분이라고?" 난 생각해보는 척 말한다. "그거 괜찮겠다. 한번 해볼게."

"20분 이상은 안 된다!" 수지가 급하게 덧붙인다. "정확히 딱 20분이어야 해."

"알았어! 지금 당장 나가볼게."

"그래, 잘하는 거야!" 마음을 턱 놓은 목소리다. "저기…… 그럼…… 조만간 보자!"

"응, 그때 보자!"

난 서둘러 코트를 걸치고는 엘리베이터를 타고 내려간다. 아파트 밖으로 나와 보니 수지와 제스 언니는 어느새 자취를 감춘 상태다. 분명 숨었구나!

난 20분짜리 산책을 나온 평범한 임산부인 척 아파트 입구로 다가가면서 눈으로는 계속 좌우를 바쁘게 살핀다.

아이고, 지금 수지가 저 차 뒤에 있는 게 보였다! 제스 언니는 벽 뒤에 쪼그리고 앉아 있네!

내가 봤다는 걸 둘에게 알리면 안 된다. 키득키득 웃어서도 안 된다. 난 시종일관 태연한 척 입구까지 걸어온다······. 그러다가 순간 진달래 덤불 뒤에서 어디서 많이 본 갈색 곱슬머리를 떡 보고 만다.

설마. 믿어지지가 않는다. 저건 엄마?

난 입구를 나온 뒤에야 두 손으로 입을 틀어막고 우하하 웃음을 터뜨린다. 잰 걸음으로 그 자리를 떠나 다음 거리까지 가니 벤치 하나가 있기에 거기 앉아서 수지 몰래 코트 속에 숨겨 가지고 나온 〈히트〉지를 대충 훑어본다. 그러다가 정확히 20분이 지나자 일어나 다시 집으로 간다.

아파트 정문을 통과하는데 이번에는 전혀 인기척이 없다. 건물 안으로 들어가 엘리베이터를 타고 꼭대기층으로 올라가는데 엄청나게 기대가 되고 마음이 들뜬다. 우리 집 앞에 닿자 난 열쇠를 꺼내 문을 연다.

"짜잔!" 현관문을 활짝 여는데 여러 사람의 목소리가 날 반긴다. 참 묘한 일이다. 분명 미리 예상하고 있었는데도 아는 얼굴들이 이렇게 많이 모여 있는 것을 보니 진짜 깜짝 놀라게 된다. 수지에 제스 언니, 엄마, 재니스 아주머니, 대니…… 어럿, 저건 켈리 아냐?

"우와!" 난 정말로 무의식중에 잡지를 떨어뜨리고 만다. "이게 대체 뭔 일이래……."

"널 위한 샤워 파티야!" 수지는 꽤나 기쁜지 얼굴까지 발그레해서 신이 났다. "깜짝 파티! 벡스 너 우리한테 깜박 속았지? 들어와. 미모사 한 잔 마셔……."

수지가 날 거실로 데리고 들어간다……. 아까와는 180도 달라진 거실의 모습을 보니 도무지 내 눈을 믿을 수가 없다. 사방에 분홍색과 파란색 풍선이 장식되어 있고 은색 받침대 위에는 특대 케이크가 놓여 있으며 선물이 가득 쌓여 있고 얼음에 쟁여놓은 샴페인 병도 여러 개나 마련되어 있다…….

"이건 완전……." 내 목소리가 갑자기 떨린다. "진짜……."

"울지 마, 벡스!" 수지가 말린다.

"마셔라, 우리 딸!" 엄마가 내 손에 잔을 들려주신다.

"애를 놀라게 하는 게 아니었다니까 그러네!" 재니스 아주머니는 불안해하신다. "지금 애 상태로는 너무 충격이 클 수도 있다고 했잖아!"

"나 보고 놀랐죠, 언니?" 켈리가 폴짝폴짝 뛰어온다. 스틸라 펄 파우더의 힘을 빌린 데다 흥분까지 해서 반짝반짝 광채가 나는 얼굴이다.

"켈리!" 난 비어 있는 쪽 팔로 켈리를 얼싸안는다. 켈리는 내가 제스 언니를 찾으러 컴브리아에 갔을 때 만난 사이다. 그때는 임신 초창기라서 내가 아기를 가졌다는 사실조차 모르던 때였다. 이제 와서 생각하니 까마득한 옛날 일 같다.

"진짜로 놀랐니, 벡스?" 수지가 기뻐 어쩔 줄 모르는 기색을 억지로 참으면서 날 본다.

"놀라서 쓰러지는 줄 알았어!"

그 말은 사실이다. 아, 그래, 사전에 미리 알기는 했다만 그래도 다들 이렇게 수고를 해줄 줄은 생각도 못했다! 주위를 둘러볼 때마다 새로운 것들이 눈에 쏙쏙 들어온다. 은박지로 싼 아기용 사탕이 테이블 위에 널려 있지 않나, 그림이란 그림에는 죄다 앙증맞은 털실 아기 신발이 매달려 있지 않나…….

"아직은 약과야." 대니가 샴페인을 벌컥벌컥 마신다. "좋아요, 여러분. 다들 나란히 서서 하나 둘 셋에 맞춰 상의를 벗는 겁니다……."

내가 뭔 일인가 싶어서 지켜보는 가운데 웬 잡다한 코러스 라인처럼 다들 한 줄로 선다.

"하나…… 둘…… 셋!"

엄마부터 제스 언니, 켈리에 이르기까지 하나도 빼놓지 않고 전부 상의 앞자락을 열어 보인다. 그 밑에는 다들 대니 코비츠 티셔츠를 입고 있다. 대니가 룩 백화점 매장에 디자인해준 바로 그 제품이다. 딱 하나 다른 점이 있다면 한가운데에 있는 그림이 임산부 비슷하게 생긴 인형이고 그 밑에 들어간 문구도 이렇다.

멋쟁이 미시족, 우리 모두 사랑하는 그녀

입이 떨어지지가 않는다.
"애가 감정이 너무 벅찬가봐!" 엄마가 수선을 떨면서 다가오신다. "앉아라, 얘. 좀 먹어봐." 그러면서 북경오리 밀전병 쌈 접시를 내미신다. "웨이트로즈 직영 제품이야. 얼마나 맛있는지 몰라!"
"선물도 풀어봐야지!" 수지가 손뼉을 치면서 말한다. "그러고 나서 게임을 하는 거야. 자, 다들 앉으세요. 선물 개봉 시간입니다……." 수지는 포장지로 예쁘게 싼 선물더미를 들어 내 앞에 내려놓고는 자기 잔에 포크를 넣어서 챙강챙강 흔든다. "자, 이제부터 선물에 대해서 한마디 하겠습니다. 다들 주목!"
다들 잔뜩 기대하는 눈빛으로 바라보자 수지가 살짝 절을 한다.

"감사합니다! 자, 처음에 이 파티를 계획했을 때 베키한테 뭘 사주는 게 좋겠느냐고 제스 언니한테 물어본 적이 있어요. 그랬더니 제스 언니는 이렇게 대답하더라고요. '사줄 게 이젠 없지. 걔가 벌써 런던을 통째로 샀는걸, 뭐'."

방 안이 떠나가라 와 하고 웃음이 터지는 바람에 내 얼굴은 홍당무도 아니라 아예 비트가 된다. 아, 그래, 내가 좀 과하게 쇼핑을 했다고 치자. 하지만 그건 다 불가피한 일이었다 이거다. 그러니까 내 말은, 이제 앞으로 아기가 태어나면 쇼핑을 할 시간이고 뭐고 정신없이 바쁠 거라는 소리다. 아마 일 년 동안은 쇼핑의 쇼 자도 구경조차 못 할지도 모른다.

"그래서!" 수지가 눈을 반짝거리면서 말을 잇는다. "제스 언니는 손수 만든 선물이 좋겠다는 의견을 내놓았습니다. 그 결과가 이거랍니다."

다들 손수 만들었다고?

허억, 설마 이 사람들이 전부 아기 턱받이를 만든 건 아니겠지?

"내 것부터 열어봐." 수지가 길쭉한 사각형 물건을 내 눈앞에 털썩 내려놓는다. 난 조금 불안해하면서 은색 포장지를 벗긴다.

"이야, 우와." 난 내용물을 보고 헉헉거린다. "죽인다."

아기 턱받이가 아니다. 끝내주는 액자다. 크림색으로 칠한 나무틀에 자잘한 거울 조각이며 자개 장식이 붙어 있다. 안에는 사진 대신 작대기 인간이 집 앞에서 아기를 공중으로 들어 올리고 서 있는 만화체 그림이 들어 있다.

"나중에 거기다가 아기 사진 넣어놔." 수지가 설명한다. "지금 그건 내가 그린 거야. 네가 이사 간 집 앞에 서 있는 그림이거든."

난 그림을 자세히 보다가 그만 참지 못하고 우하하 웃고 만다. 만화체로 그린 집은 수많은 방으로 나뉘어 있는데 그 하나하나에 꼬리표가 붙어 있다. 유모차 보관실부터 시작해서 기저귀, 립스틱, 비자카드 청구서(이건 다락방), 미래의 골동품까지 죄다 보관실이 마련되어 있다.

미래의 골동품 보관실! 이야, 이건 정말 명안이다, 명안!

다른 선물들도 풀어보니 감동이 너무 벅차 가슴이 메어진다. 켈리는 조그만 패치워크 퀼트를 만들어 왔는데 패치워크 하나하나가 전부 내가 스컬리에서 알고 지냈던 친구들이 만들어준 거란다. 재니스 아주머니는 앞판에 '첫 크리스마스'라는 글씨가 들어간 조그만 빨간색 점퍼를 직접 짜서 선물해주셨다. 엄마가 주신 선물은 거기에 어울리는 산타클로스 모자와 뜨개 신발이다. 대니는 덤핑으로 나왔지만 너무너무 예쁜 명품 아기 놀이옷 세트를 선물로 주었다.

"이제 내 걸 봐야지." 제스 언니는 선물 상자 중에서 제일 컸던 물건을 내 앞에 내려놓는다. 오래되고 구겨진 포장지를 얼기설기 이어 붙여 포장을 했는데 그중에는 '2000년 새해 축하!'라고 찍힌 부분도 있다.

"포장 뜯을 때 조심해!" 언니는 내가 포장지를 벗기기 시작하자 주의를 준다. "재활용해야 하거든."

"어…… 걱정 마!" 난 조심조심 포장지를 벗겨서 깔끔하게 접는다. 그 밑에 또 있는 얇은 흰색 종이까지 벗겨내자 높이가 60센티미터 정도 되고 니스칠을 한 연한 색 나무상자 하나가 나온다. 난 무엇에 쓰는 물건인지 몰라 상자를 내 쪽으로 돌려본다……. 그제야 난 그 물건이 무엇인지 알아챈다. 상자가 아니라 작은 수납장인데 양쪽으로 문이 달리고 조그만 도자기 손잡이까지 달려 있다. 정면에는 '아기 신발'이라고 새겨져 있다.

"이런……." 난 고개를 든다.

"열어봐." 언니의 얼굴이 환하다. "어서!"

난 문을 당겨 연다……. 안에는 하얀 세무로 가장자리를 댄 작은 선반이 약간 기운 채로 층층이 들어차 있다. 그중 하나에는 내가 여태껏 본 것 중 제일 작고 앙증맞은 빨간색 비비화 한 켤레가 얌전히 놓여 있다.

이건 아기용 신발 미니 보관실이다.

"언니……." 난 눈물을 글썽거린다. "이걸 다 언니가 만들었어?"

"톰이 도와줬어." 언니는 자기는 한 것도 없다는 듯 어깨를 으쓱한다. "같이 만들었지."

"생각은 제스 언니가 한 거야." 수지가 끼어든다. "정말 예쁘고 끝내주지? 내가 어째 이 생각을 못 했나 몰라."

"완벽하다." 난 정말로 기절하게 놀란 상태다. "이 문 딱 맞는 것 봐…… 선반에 새긴 장식 하며……."

"톰은 원래부터 손재주가 좋았지." 재니스 아주머니가 손수건으로 눈물을 찍으신다. "이게 그 애 유품이 되겠구나. 무덤 하나도 마련 못 해줄지 모르니까……."

난 이제는 익숙해진 '재니스 아주머니가 또 잠깐 헤가닥하신다'는 의미의 눈짓을 엄마와 교환한다.

"아주머니, 톰은 절대 죽지 않았어요……." 제스 언니가 말문을 연다.

"뒤판에다가 톰의 생년월일을 새겨 넣어도 되겠어." 재니스 아주머니는 막무가내시다. "베키, 너만 좋다면 그렇게 하고 싶구나."

"어…… 네, 저야 뭐." 난 어물어물 대답한다. "괜찮아요."

"톰은 죽은 게 아니라니까요, 아주머니!" 언니는 고함을 치다시피 한다. "전 알아요!"

"그럼 걔가 어디 있는데 그러니?" 아주머니가 손수건을 떼시자 자주색 아이섀도가 번진 눈매가 드러난다. "네가 그 애를 차

서 그런 거잖니!"

"잠깐만요!" 난 퍼뜩 기억해낸다. "언니, 오늘 아침에 언니 이름으로 택배가 하나 왔거든. 어쩌면 톰이 보냈는지도 몰라."

난 서둘러 복도로 나가 봉투를 가지고 돌아온다. 언니가 봉투를 뜯자 CD 하나가 굴러 나온다. 위에는 아무것도 없고 단지 '톰이 보냄'이라고만 씌어 있다.

다들 잠시 그 물건을 뚫어져라 바라보기만 한다.

"DVD네." 대니가 집어들면서 말한다. "틀어봐."

"톰이 마지막으로 남긴 유언이구나!" 재니스 아주머니가 거의 발작을 일으키신다. "저세상에서 온 메시지야!"

"저세상에서 온 게 아니에요." 언니는 딱 부러지는 말투로 대답하지만 그래도 내 눈에는 DVD 플레이어로 다가가는 언니의 얼굴이 창백해진 게 보인다.

언니는 재생 버튼을 누르고는 바닥에 웅크리고 앉는다. 화면이 깜박거리자 다들 잠잠한 가운데 무엇이 나올지 기다린다. 그러더니 별안간 톰이 파란 하늘을 등지고서 카메라를 정면으로 바라보는 모습이 나온다. 오래된 초록색 폴로셔츠를 입었는데 꽤 후줄근한 행색이다.

"안녕, 제스." 톰이 꽤나 엄숙하게 말한다. "네가 이걸 볼 때쯤에 난 칠레에 있을 거야. 왜냐하면…… 지금 여기가 칠레거든."

제스 언니가 긴장한다. "칠레?"

"칠레?" 재니스 아주머니가 꽥 소리를 지르신다. "대체 칠레에서 뭘 한다고?"

"널 사랑해." 톰의 말은 계속 이어진다. "그러니까 난 널 따라서라면 지구의 반대편까지라도 갈 거야. 더 멀리라도 상관없어."

"이야, 너무너무 로맨틱하다." 켈리가 한숨을 쉰다.

"진짜 바보 멍청이라니까." 언니가 이마를 짚는다. "칠레에는 3개월 후에나 갈 예정인데!"

하지만 언니의 눈에 물기가 비치는 것을 난 보고 만다.

"널 위해서 찾아낸 거야." 톰이 카메라 쪽으로 번들거리는 검은색 돌덩이를 들어 보인다. "넌 이 나라를 사랑하게 될 거야, 제스."

"우리 톰이 콜레라에 걸릴지도 몰라!" 재니스 아주머니가 정신없이 소리치신다. "말라리아도 위험하잖아! 톰은 원래부터 몸이 허약했는데……."

"난 여기에서 목수 일자리를 얻을 수 있을 거야." 톰은 말을 잇는다. "책도 쓸 수 있고. 우리 둘은 여기에서라면 행복하게 살 수 있어. 혹시 엄마가 뭐라고 원망하시거든 신경 쓰지 말고 내가 엄마에 대해서 너한테 했던 말만 기억해줘."

"너한테 말을 했다고?" 재니스 아주머니가 고개를 홱 드신

다. "톰이 너한테 뭐라고 했니?"

"어…… 별로요." 제스 언니는 황급히 정지 버튼을 누르고 DVD를 플레이어에서 냉큼 꺼낸다. "나머지는 나중에 볼게요."

"그것 봐!" 엄마가 발랄하게 말씀하신다. "톰은 멀쩡하게 살아 있잖아, 재니스. 좋은 소식이네!"

"살아 있어?" 재니스 아주머니는 아직도 발작 상태에서 벗어나지 못하고 계신다. "칠레에 있는데 살아 있는 게 무슨 소용이라고!"

"그래도 이제 톰은 세상으로 나온 거잖아요!" 갑자기 제스 언니가 열변을 토한다. "이제 톰도 뭔가 열심히 살려고 한다고요! 그동안은 완전히 세상 살 맛을 잃고 있었잖아요, 아주머니. 톰한텐 바로 이런 계기가 필요했던 거예요."

"우리 아들한테 뭐가 필요한지는 엄마인 내가 잘 알아!" 재니스 아주머니가 발끈해서 팩 쏘아붙이시는데 초인종이 울린다. 난 이 십자포화에서 벗어날 핑계가 생기자 반가운 나머지 낑낑대며 일어난다.

"내가 나가볼게……." 난 복도로 나가 인터폰을 받는다. "누구세요?"

"택배 왔는데요." 쉰 목소리가 말한다.

심장이 두근거린다. 택배가 왔다고. 분명 그 물건일 거다. 그래야만 한다. 난 숨도 제대로 쉬지 못한 채 버튼을 눌러 1층 입구 문을 열어준다. 혹시 이번에도 언니한테 온 택배이거나 홈쇼핑 카탈로그, 아니면 루크가 주문한 컴퓨터 부품일지도 모르니까 괜히 희망 갖지 말자고 나 자신을 엄하게 다잡는다…….

하지만 현관문을 열자 가죽옷으로 빼 입은 퀵서비스 택배기사가 큼직하고 푹신푹신한 봉투 하나를 건네준다. 슬쩍 보기만 해도 검정 마커펜으로 굵직굵직하게 쓴 글씨가 데이브 샤프니스의 필적임을 알 수 있다.

난 화장실에 틀어박혀 정신없이 봉투를 뜯는다. '브랜던'이라고 씌어 있는 마닐라지 파일이 나온다. 맨 앞에는 대충 휘갈겨 쓴 포스트잇 메모가 붙어 있다. '도움이 되기를 바랍니다. 그 외에 더 필요하신 게 있으시면 언제든 연락 주십시오. 데이브 S.'

난 파일을 연다……. 전부 다 들어 있다. 메모 복사본이며 대화 녹취록, 사진…… 난 쿵쿵거리는 심장을 안고 내용물을 뒤적인다. 그동안 잊고 있었는데 데이브 샤프니스가 이언 윌러에 대한 자료를 이렇게까지 많이 모은 줄은 몰랐다. 웨스트 러슬립의 사이비 사설탐정 사무소치고는 일처리 솜씨가 진짜 특A급이다.

난 다시 자료를 죄다 급하게 쓸어 담고 아무도 없는 시원한 주방으로 간다. 루크에게 전화를 하기 위해 막 수화기를 들려는 찰나 전화벨이 울리기에 화들짝 놀란다.

"여보세요."

"여보세요, 브랜던 부인이십니까?" 들어본 적 없는 남자 목소리다. "전 기자협회의 마이크 언라이트라고 합니다."

"아, 네." 난 어리둥절해서 전화기를 가만히 응시한다.

"남편 되시는 분 회사가 망할 거라는 소문에 대해 혹시 한 말씀 해주실 수 있을까 해서요."

난 하도 놀라 진저리를 친다.

"망하긴 왜 망해요!" 난 입에서 나오는 대로 내뱉는다. "대체 무슨 말씀인지 모르겠네요."

"아코다스가 브랜던 커뮤니케이션스를 버렸다는 소식이 들어왔습니다. 그리고 방금 전에는 포어랜드 투자회사도 그 뒤를 따를 거라는 소문도 돌더군요."

"아코다스가 버린 게 아니에요!" 난 머리끝까지 화가 나서 외친다. "밝힐 수 없는 이유 때문에 각자 다른 길을 가기로 한 거라고요. 그리고 한 가지 알려드리자면 우리 신랑 회사는 여전히 탄탄하고 견실해요. 아니, 앞으로도 더욱더 커나갈걸요! 루크 브랜던은 이 업계에 뛰어든 이래 최고 고객들의 러브콜을 받아왔고 앞으로도 계속 그럴 거예요. 도덕관념이 강하고 재능 있고 똑똑하고 잘생겼고…… 또…… 옷 입는 센스도 뛰어난 남자라고요!"

난 헉헉 숨을 몰아쉬면서 말을 끊는다.

"네, 알겠습니다!" 마이크 언라이트가 킥킥 웃는다. "대강 윤곽은 잡히는군요."

"제 말 전부 다 실으실 건가요?"

"글쎄요." 남자는 여전히 키득키득 웃는다. "하지만 부인께서 보여주신 태도 하나는 마음에 드는군요. 시간 내주셔서 감사합니다, 브랜던 부인."

남자가 전화를 끊자 난 허둥지둥 물을 한 잔 따른다. 루크하고 통화를 해야 한다. 루크의 직통 전화번호를 누르자 세 번 만에 받는다.

"베키!" 걱정스러운 목소리다. "무슨 일이라도……."

"아니, 그게 아니야." 난 주방문 밖을 살피고는 목소리를 낮춘다. "루크, 기자협회에서 방금 전화했어. 소문에 대해서 한마디 해달라고……." 난 침을 꿀꺽 삼킨다. "자기 회사가 망할 거래. 포어랜드하고도 거래가 끝날 거라면서……."

"새빨간 거짓말이야!" 루크가 화를 내며 벌컥 언성을 높인다. "그놈의 아코다스 자식들이 언론에 거짓 정보를 흘리는 거라고!"

"아코다스가 그런다고 자기한테 타격을 입히지는 못하겠지? 응?" 난 겁이 나서 묻는다.

"이 내가 상대인 한은 어림도 없어." 루크는 딱 부러지는 말투로 대답한다. "이제 싸움은 시작됐어. 그쪽에서 싸우고 싶다면 우리도 같이 싸울 거야. 필요하다면 그 자식들을 법정에라도 끌어내겠어. 우리를 괴롭힌 일과 폭력 미수죄로 고소할 거야. 놈들의 더러운 실체를 낱낱이 까발려주겠어."

루크의 말을 듣고 있으니 우리 신랑이 엄청나게 자랑스럽고 뿌듯하다. 내가 예전에 처음 만났을 때의 루크 브랜던다운 말투다. 자신만만하고 상황을 주도할 줄 아는 말투다. 하인처럼 굽실굽실하면서 이언 윌러의 뒤나 종종거리며 따라다니는 남자가 아니다.

"루크, 자기한테 보여줄 게 있어." 말이 불쑥 튀어나온다. "지금 나한테…… 이언 윌러에 대한…… 자료가 좀 있거든."

"무슨 소리야?" 루크가 잠시 사이를 두었다가 묻는다.

"옛날에도 그 인간이 직원들이나 협력업체를 협박하고 못살게 굴어서 법정에 설 뻔하다가 묻힌 사건들이 있대. 내가 거기에 대한 자료 일체를 갖고 있어. 바로 내 손에 있다고."

"뭘 갖고 있다고?" 루크는 기절초풍하겠다는 말투다. "베키…… 대체 그게 무슨 말이야?"

어쩌면 지금 당장은 웨스트 러슬립의 사설탐정 서비스에 대해 깊이 파고들 때가 아닐지도 모른다.

"지금은 묻지 말아줘." 난 냉큼 말한다. "어쨌든 내가 갖고 있는 건 사실이야."

"하지만 어떻게……."

"묻지 말아달라고 했잖아! 하지만 내 말은 다 사실이야. 지금 당장 퀵서비스를 불러서 자기 사무실로 보낼게. 지금 당장 변호사를 소집했다가 물건이 도착하면 다 같이 보는 게 좋을 거야. 루크, 솔직히 말해서 이 자료들이 왕창 공개되면 그 인간은 끝장이야."

"베키." 도무지 믿어지지 않는다는 목소리다. "자기는 정말 끊임없이 날 놀라게 하네."

"사랑해." 난 충동적으로 불쑥 말한다. "그럼 그 자료 잘 받아봐." 난 전화를 끊고는 땀 때문에 축축한 손으로 머리카락을 넘긴다. 물을 꿀꺽꿀꺽 마신 다음 루크가 거래하는 택배회사에 단축번호로 전화를 걸어 퀵서비스를 부른다.

30분쯤 뒤면 서류는 루크의 손에 넘어갈 거다. 루크가 파일을 펼치는 순간 어떤 표정을 지을지 이 두 눈으로 꼭 봐야 하는데 아쉬울 뿐이다.

"얘, 벡스!" 수지가 주방 안으로 태평하게 들어오는 바람에 난 기절하게 놀란다. 날 보더니 수지의 표정이 변한다. "벡스, 너 괜찮니?"

"어…… 그럼!" 난 허둥지둥 밝은 표정을 짓는다. "그냥 좀 쉬는 거야."

"이제부터 게임 할 거야!" 수지가 냉장고를 열더니 종이팩에 든 오렌지 주스를 꺼낸다. "이유식 이름 맞히기…… 기저귀 핀

찾기…… 연예인 아기들 이름……."

수지가 이 모든 걸 다 계획하는 수고를 하느라 얼마나 힘들었을지는 차마 상상도 되지 않는다.

"수지…… 정말 너무너무 고맙다. 진짜 끝내주는 파티야. 네가 준 액자도 최고야, 최고!"

"그 액자 잘 빠졌지, 그치?" 수지도 기분 좋은 표정이다. "그걸 만드는데 아이디어가 팍팍 솟아나더라. 액자 만들기를 다시 시작할까 해."

"그래, 꼭 해봐!" 나도 신이 나서 거든다. 수지는 임신하기 전에는 진짜 예쁜 액자를 만들곤 했다. 그때는 리버티를 위시해서 매장이란 매장에 죄다 납품도 했었는데!

"루루가 요리책을 내는데 나라고 액자 못 만들 것 있어?" 수지는 계속 말한다. "하루에 몇 시간쯤 일한다고 해서 애들이 어떻게 되는 건 아니겠지? 그래도 난 여전히 좋은 엄마로 남을 건데 뭐!"

수지의 눈에서 불안해하는 기색이 엿보인다. 이게 다 그 얄미운 루루 년 때문이다. 수지는 루루 따위와 알고 지내기 전에는 한 번도 좋은 엄마가 되지 못할까 봐 걱정한 적이 없었단 말이다.

그래. 이제 받은 만큼 돌려줄 때가 왔다.

"수지…… 너한테 줄 게 있거든." 난 주방 서랍을 열면서 말한다. "그런데 루루한테는 절대 보여주면 안 된다. 말도 하면 안 돼. 아니, 누구한테도 입도 뻥긋해선 안 돼."

"당연하지!" 수지도 호기심이 동하는 눈치다. "뭔데 그래?"

"이거야."

난 수지에게 망원렌즈로 포착해 찍은 사진을 준다. 내가 처음에 받았던 원본 파일에서 유일하게 챙겨두었던 자료다. 거리에서 찍힌 루루와 아이들의 사진이다. 루루는 행색이 피곤해서 완전히 뻗기 직전처럼 보이고 안 그래도 자기 애들한테 소리를 빽빽 지르는 중에 사진을 찍힌 것 같다. 손에는 마스 초코바 네 개를 들고 애들한테 아까워하면서 조금씩 먹이고 있으며 코카콜라 캔도 두 개나 들고 있다. 겨드랑이에는 치즈 워싯 특대 사이즈 봉지도 하나 끼고 있다.

"어머어머!" 수지는 기가 차서 말도 거의 안 나오는 모양이다. "설마. 이게……."

"마스 바 맞아." 난 고개를 끄덕인다. "그건 치즈 워싯이고."

"콜라까지!" 수지는 미친 듯이 웃더니 입을 가린다. "벡스, 이거 진짜 최고다. 그런데 어떻게……."

"묻지 마." 나도 킥킥 나오는 웃음을 참을 수가 없다.

"뭐 이런 위선적인 년이 다 있니?"

"그러게나 말이다." 난 세상 다 달관해 득도한 사람처럼 어깨를 으쓱한다. 전부터 루루가 나쁜 년이라고 입이 닳도록 말한 사람은 나지만 지금 와서 굳이 그 얘기를 꺼내지는 않으련다, 아암.

그리고 잇몸이 다 보인다는 말도 말아야지. 그럼 나도 나쁜 년 되는 거니까.

"내가 루루 때문에 얼마나 마음고생을 했는지 몰라." 수지는 아직도 믿지 못하겠는지 사진을 뚫어져라 본다. "내 자신이 루루보다 못한…… 못난이 같았거든."

"이 참에 루루가 진행한다는 TV 프로그램에 나가지 그러냐." 난 한마디 한다. "그 사진 들고서."

"벡스!" 수지가 키득키득 웃는다. "너도 참! 이 사진 잘 모셔 놨다가 기분이 울적할 때면 한 번씩 봐야겠어."

주방 안에 전화벨 소리가 날카롭게 울리는 바람에 웃던 내 얼굴이 그대로 굳는다. 또 그 기자가 전화했으면 어쩌지? 아니면 루크가 나한테 전해줄 다른 소식이 있는 거라면?

"저기, 수지." 난 자연스럽게 말한다. "먼저 거실에 가서 다들 별일 없는지 확인해봐. 나도 금방 따라갈게."

난 수지가 나갈 때까지 기다렸다가 주방문이 굳게 닫히자 그제야 마음을 다잡고 전화를 받는다. "여보세요."

"나예요, 베키." 전에도 들어본 졸린 목소리가 전화기에서 들려온다. "파비아요."

"아, 파비아!" 난 마음이 놓여서 축 늘어진다. "잘 지냈어요?

그날 집 빌려줘서 정말 고마웠어요. 〈보그〉 촬영팀도 집 칭찬을 침이 마르게 하더라구요! 내가 보낸 꽃 선물 받았어요?"

"그래요, 잘됐네요." 파비아는 어물어물 말한다. "네, 꽃은 받았죠. 그런데 베키, 지금 막 들었는데 집 대금을 예정일에 낼 수 없다면서요?"

루크가 부동산 사무실에 전화해서 얘기를 했나보다. 소식 한 번 빠르기도 하지.

"맞아요." 난 통통 튀는 목소리를 유지하려고 애쓴다. "저희 사정에 조금 변동이 있어서요. 하지만 길어봤자 2주 정도만 있으면 될 거예요."

"그래요." 파비아는 딴 생각이 있는지 내 말을 제대로 듣지 않는 목소리다. "왜 전화했냐 하면 집을 다른 사람한테 팔기로 했거든요."

순간 난 잘못 들은 줄로만 알았다. "다른 사람요?"

"사고 싶어 하는 사람이 또 있다고 그때 말 안 했나요? 미국인들인데 베키랑 똑같은 조건을 제시했거든요. 그것도 엄밀하게 말하면 베키보다 더 먼저……." 파비아가 말꼬리를 흐린다.

"하지만…… 하지만 결국은 우리랑 계약하기로 결정했던 거잖아요! 우리한테 판다고 말했잖아요."

"그야 그런데, 미국 사람들이 더 빨리 돈을 낼 수 있다니까 뭐……."

충격이 하도 커서 내 머릿속이 멍해진다. 우린 완전히 뒤통수 맞은 거다.

"처음부터 우리를 속일 작정이었군요?" 난 자제심을 찾으려고 안간힘을 쓴다.

"내가 아니라……." 파비아가 안됐다는 척을 한다. "남편이 그러자고 하더라구요. 그이는 워낙에 유비무환이 최고라는 사람이라서요. 어쨌든 그럼 이사 갈 집 잘 찾아보세요……."

안 된다. 파비아가 이럴 수는 없다. 우릴 이렇게 못 본 척 내팽개치고 갈 수는 없다고!

"파비아, 잠깐만요." 난 식은땀이 맺힌 얼굴을 닦는다. "제발요. 이제 금방 아기도 태어날 텐데 우린 이제 갈 데가 없어요. 지금 사는 아파트는 팔렸고……."

"어머…… 그렇군요. 잘 풀리길 빌게요. 안녕, 베키."

"하지만 아치 스완 부츠는 어쩔 건데?" 난 화가 나서 거의 고함을 친다. "그때 엄연히 거래를 한 거잖아! 너 내 부츠 그냥 날름 먹을 거야?" 순간 내가 먹통 전화에 대고 말하고 있다는 사실을 깨닫는다. 파비아는 이미 전화를 끊었다. 자기가 알 바가 아니라 이거다.

나도 전화를 끊는다. 그러고는 천천히 냉장고로 다가가 현기증이 나는 머리를 차가운 금속제 문에 갖다 댄다. 우리 둘이 꿈꾸던 마이 홈은 이제 없다. 어느 집이건 간에 우

리 집이라고는 한 채도 없다.

난 루크에게 전화를 하려고 수화기를 들었다가…… 중간에 멈춘다. 안 그래도 루크 쪽도 문제가 산더미 같은데 이것까지 떠안길 수는 없다.

몇 주 뒤면 우린 아파트를 비워줘야 한다. 그럼 그때는 어디로 가나?

"베키 언니!" 켈리가 키득키득 웃으면서 주방으로 뛰쳐들어온다. "언니 케이크에 초 다 꽂았어요. 언니 생일은 아니지만 어쨌든 언니가 촛불 꺼야 한대요!"

"그래!" 난 생기를 되찾는다. "가자."

난 어찌어찌 정신을 수습해서 켈리를 따라 거실로 간다. 대니와 재니스 아주머니는 이유식 이름 맞히기를 하느라 종이에 답을 적고 있으며 엄마와 제스 언니는 연예인 아기 이름 맞히기를 하느라 사진을 가만히 들여다보는 중이다.

"앤 루르드야!" 엄마가 말씀하신다. "얘, 제스, 너 세상 돌아가는 것도 좀 알아야겠다."

"비트를 삶아서 거른 거네." 대니가 자주색 풀 같은 것을 한 숟가락 맛보면서 아는 체를 한다. "여기다가 보드카 한 잔만 섞으면 딱인데."

"베키!" 엄마가 고개를 드신다. "별일 없는 거지, 얘? 어째 전화가 계속 오더라."

"그러게요. 벡스, 무슨 일 있어?" 수지의 미간에 주름이 잡힌다.

"그게……."

난 침착한 태도를 무너뜨리지 않으려고 애쓰면서 땀이 맺힌 코밑을 닦는다. 어디서부터 말을 꺼내야 할지 그것조차 모르겠다.

루크가 지금 회사를 구하려고 용감하게 싸우고 있어요. 자금 출혈이 있대요. 우리가 살 집을 잃었어요.

말할 수 없다. 다들 이렇게 즐겁고 신나게 노는데 파티를 망칠 수는 없다.

말을 하긴 할 거다…… 나중에. 내일.

"일은 무슨 일?" 난 최대한 밝고 환하고 행복한 미소를 쥐어짠다. "더 바랄 것도 없이 지금이 최고인데!" 그러고는 촛불을 후 불어 끈다.

마침내 차도 샴페인도 동이 나자 손님들은 슬슬 떠날 채비를 한다. 정말로 최고의 베이비 샤워 파티였다. 그리고 다들 엄청 친해졌다! 재니스 아주머니와 제스 언니도 막판에는 화해를 했고 제스 언니는 칠레에 가면 톰을 잘 챙길 테니 반군 게릴라에게 유괴되는 일은 절대 없게 하겠다고 아주머니에게 약속했다. 수지는 이유식 이름 맞히기 놀이 중에 켈리하고 오랫동안 얘기를 나누더니 결국은 켈리에게 대학 입학 전 1년 동안 자기네 집에 오페어로 오는 게 어떻겠냐고 권했다. 하지만 무엇보다도 압권은 제스 언니와 대니가 손을 잡기로 한 일이다! 대니가 제스 언니한테 새 콜렉션에 돌 조각을 활용하고 싶다는 얘기를 꺼낸 게 발단이 되어…… 지금 언니는 대니한테 암석 표본을 보여주러 박물관에 같이 갈 예정이다!

퀵서비스 기사는 다들 케이크를 먹을 때 왔고 파일은 문제없이 보냈다. 아직 루크한테서는 연락이 없지만 아마 지금쯤 변호사나 그런 사람들과 의논 중이 아닐까 싶다. 집 문제에 대해서는 아직 하나도 모르고 있을 거다.

"괜찮겠니, 베키?" 엄마가 현관문 앞에서 날 안으면서 말씀하신다. "루크가 퇴근할 때까지 엄마가 있어줄까?"

"아니요. 괜찮아요. 걱정 마세요."

"그래, 그럼 잘 쉬어라. 힘을 아껴둬야지."

"그럴게요." 난 고개를 끄덕인다. "안녕히 가세요, 엄마."

다들 가버리자 분위기가 싹 가라앉으면서 적막해진다. 지금 이 집에 있는 건 나하고 사방에 널린 물건들뿐이다. 난 아기방으로 터덜터덜 들어가 수공품 아기 침대와 하얀 흔들의자식 요람을 다정하게 쓰다듬는다. 뻑적지근한 리넨 캐노피가 달린 모세 아기바구니도. (이렇게 사들인 건 아기에게 선택의 기회를 폭넓게 제공하고 싶었기 때문이다.)

마치 무대장치 같다. 이제는 다들 주인공이 등장하기만을 기다리는 거다.

난 아기가 깨어 있나 궁금해서 배를 쿡쿡 찔러본다. 음악을 들려주면 아기가 음악 천재로 태어나지 않을까? 난 〈똑똑한 아기〉 카탈로그에서 주문했던 모빌 오르골 태엽을 감아서 배에다 갖다 댄다.

아가야, 들어봐! 모차르트야.

모차르트일걸.

아니면 베토벤, 아니면…… 어쨌든 클래식.

아이고, 이젠 내가 헷갈린다. 모차르트 음악이 맞는지 오르골이 들어 있던 박스를 찾아보려는데 바로 그 순간 현관문 쪽에서 뭔가 떨어지는 작은 소리가 난다.

크리스마스 카드가 온 거다. 카드를 보면 기분이 좀 나아질 것 같다. 난 〈똑똑한 아기〉 오르골을 내팽개치고는 현관으로 가서 도어매트 위에 산더미처럼 쌓여 있는 우편물 더미를 하나하나 대충 넘겨보며 소파로 뒤뚱뒤뚱 나른다.

그러던 중 난 손놀림을 딱 멈춘다. 특유의 유려한 필치로 주소며 이름이 적힌 작은 소포가 있다.

베니셔가 보낸 물건이다.

수취인은 루크로 되어 있지만 상관없다. 떨리는 손으로 소포를 뜯었더니 안에서 나온 것은 듀샹 마크가 찍힌 조그만 가죽

상자다. 홱 열자 윤 나는 투명 코팅을 한 은제 커프스 단추 한 쌍이 들어 있다. 그 년이 루크한테 이런 걸 보내서 또 무슨 수작을 부리려고?

작은 크림색 카드가 떨어지기에 보니 소포 겉포장에 있는 것과 똑같은 글씨로 이렇게 씌어 있다.

L
한동안 얼굴 못 봤네. Nunc est bibendum?
V

카드 내용을 가만히 응시하고 있자니 피가 일제히 머리로 웅웅 몰린다. 오늘 하루 동안 받았던 스트레스 전부가 눈이 뒤집힐 것 같은 분노 때문에 작은 점 하나로 응축되는 느낌이다. 이젠 더 이상 참을 수 없다. 이젠 진짜 못 참는다. 이 소포를 곧바로 돌려보내야겠다. 반송을…….

아니다. 베니셔한테 돌려주는 거다. 내 손으로 직접. 멍한 상태에서 정신을 차려 보니 난 어느새 일어나 코트를 찾고 있다. 베니셔를 만나서 매듭을 짓겠다. 더 이상은 어림도 없게 확실히.

레베카, 넌 할 수 있어!

이 내가 막판 폭로극을 이렇게 못 견디게 기다린 적은 난생 처음이다.

베니셔가 어디에 있는지를 알아내는 것은 의외로 금방이었다. 난 일단 홀리스틱 출산 센터에 전화를 해서 정말로 다급한 환자인 척하고 베니셔가 어디 있는지 물었다. 접수대 직원은 베니셔가 전화를 받을 수 없다고 하더니 지금 회의 때문에 캐번디시 병원에 있다는 말을 무심결에 흘렸다. 내가 자기네 환자인 줄 알고 베니셔의 호출기로 연락을 해줄까 하고 묻기에 내가 그 즉시 괜찮다고, 웬일인지 갑자기 상태가 싹 좋아졌다고 둘러댔더니 직원은 내 말을 그대로 믿었다. 환자가 전화를 해서 피곤하게 난리를 쳐댔다 말았다 하는 일 정도는 거기 사람들한테 아예 일상다반사인 모양이다.

그래서 난 지금 캐번디시 병원의 맞춤분만 클리닉 건물 앞에 서 있다. 심장이 벌렁벌렁 뛰고 손에는 룩 백화점 쇼핑백이 들려 있다. 커프스 단추뿐만이 아니라 보정 스타킹, 힙색, 베니셔가 루크한테 보냈던 작은 메모 하나에 이르기까지 전부 다, 그놈의 한심한 홀리스틱 센터에서 준 팸플릿이며 진료기록…… 심지어 사은품으로 받은 화장품까지 싹 챙겨 가져왔다. (그런데 크림 드 라 메르 제품을 원래 용기에 다시 넣으려니 머리에 쥐나게 어려웠다. 그래서 결국은 왕창 퍼서 랑콤 통에 담아야 했다. 하지만 베니셔한테 그런 것까지 시시콜콜 말을 해야 하나, 뭐?)

왠지 애인들이 사귀다가 깨져서 결별할 때 물건 돌려주는 상자 같다. 베니셔한테 주면서 이렇게 말해야지. 아주 침착하게. "우리한테 더 이상 상관 말아요, 베니셔. 루크나 나나 우리 아기나 앞으로 베니셔하고는 두 번 다시 엮이고 싶지 않네요." 그러면 베니셔도 이제는 게임 끝이라는 사실을 알아챌 거다.

거기다가 여기 오는 길에 사람 좋으신 우리 교수님한테도 전화를 넣어서 기똥찬 라틴어 욕도 하나 배워 머릿속에 달달 외워뒀다. 'Utinam barbari provinciam tuam invadant!'라는 외계어인데 야만족한테 네 땅이나 먹히라는 뜻이란다.

훗. 이러면 그 년도 이제 정신을 좀 차리겠지.

"네, 누구십니까?" 인터컴에서 작은 목소리가 들린다.

"안녕하세요!" 난 인터컴에 대고 말한다. "베키 브랜던이라고 하는데요. 환자예요." 거기까지만 말하고 끝이다. 일단 들어가기만 하면 그때 다시 계속하면 된다.

문이 윙 소리를 내기에 난 열고 들어간다. 평소에는 아주 조용한 곳이었는데 오늘은 정신없이 바빠 보인다. 임신 초기부터 말기까지 온갖 임산부들이 소파에 앉아 남편이며 일행과 떠들어대거나 '캐번디시 병원을 선택하신 이유는?'이라는 팸플릿을 뒤적거리고 있다. 조산사 둘이서 '수술'이니 '끼어서 나오지 않는다' 느니 상당히 어감이 불길한 소리를 하면서 바삐 복도를 지나간다. 그리고 저 멀리 어딘가에서 여자의 비명소리도 들린다. 간담이 서늘해지면서 귀를 막고 싶지만 꾹 참는다.

사실 꼭 아파서 지르는 비명소리는 아닐 수도 있지 않나. 단순히 TV를 못 본다거나 그런 이유 때문에 슬퍼서 지르는 고함소리일 수도 있지.

난 숨을 색색 몰아쉬면서 접수대로 다가간다.

"안녕하세요. 레베카 브랜던이라고 하는데요, 베니셔 카터 선생님 좀 뵈러 왔어요. 지금 당장요."

"예약을 하신 건가요?" 접수대 직원이 묻는다. 지난번 입원했을 때에는 못 보던 여자다. 곱슬머리는 회색이고 은사슬이 달린 안경을 끼고 있다. 하루 종일 임산부들을 상대하는 사람치고는 말투며 태도가 꽤 무뚝뚝하다.

"어…… 아뇨. 하지만 정말 중요한 일이라서요."

"카터 선생님은 지금 바쁘십니다."

"기다려도 상관없어요. 제가 기다리고 있다고 전해만 주시면 돼요."

"미리 전화로 예약을 하고 오셔야 합니다." 접수대 직원은 날 이 자리에 없는 사람 취급하는지 키보드만 토도독 두드린다.

이 여자의 어이없는 일처리 때문에 난 스트레스가 팍팍 쌓인다. 베니셔는 지금 겨우 시시껄렁한 회의에 들어간 것뿐이고 이 몸은 지금 거의 임신 9개월이 된 배를 끌어안고 찾아오셨는데…….

"호출기로 연락 못 하나요?" 난 침착하려고 애쓴다.

"그건 환자분께서 진통이 오셨을 때에만 가능해요." 여자는 전혀 자기 알 바 아니라는 투로 어깨를 으쓱한다.

난 하도 화가 나서 눈앞까지 흐려진 상태로 여자를 뚫어져라 쏘아본다. 베니셔한테 따끔한 맛을 보여주고 끝내려고 왔는데 자색 카디건을 껴입은 여자 하나 때문에 포기할 수야 없다.

"어머…… 저 지금 진통중이거든요!" 어느새 내 목소리가 들린다.

"진통중이시라고요?" 여자는 영 못 미덥다는 눈치로 날 가만히 본다.

이 여자가 내 말을 안 믿는다 이건가? 사람 참 너무하네. 내가 뭣 때문에 그런 거짓말을 하겠어?

"그래요." 난 허리에 두 손을 척 올린다. "진통 맞아요."

"일정 간격을 두고요?" 시비를 거는 말투다.

"어제부터 3분 간격으로 와요." 나도 맞받아친다. "등도 아파요. 청소기를 쉬지 않고 돌렸고…… 또…… 양수도 어제 터졌어요."

할 말은 이제 다 했다. 이제 어디 내가 진통중이 아니라고 우겨보시지.

"그래요?" 여자는 조금 놀란 눈치다. "저기……."

"그래서 카터 선생님을 만나러 왔단 말이에요. 다른 사람은 안 돼요." 난 나만의 이점을 활용해 여자를 더욱 압박한다. "지금 당장 선생님한테 호출기로 연락해주실 거죠?"

여자는 실눈을 뜨고 날 가만히 살펴보는 중이다.

"진통이 3분 간격으로 온다고요?"

"그렇죠, 뭐." 갑자기 내가 이 자리에 족히 3분은 넘게 서 있었다는 생각이 머릿속에 퍼뜩 떠오른다.

"아픈 티 안 내고 참는 중이에요." 난 잔뜩 의젓한 척 말해준다. "난 사이언톨로지 신자거든요."

"사이언톨로지요?" 여자는 펜을 내려놓더니 날 멍하니 바라보기만 한다.

"네." 난 태연하게 여자의 시선을 받아넘긴다. "그래서 카터 선생님을 빨리 뵈어야 해요. 양수는 벌써 어제 터졌고 지금은 죽을 것같이 아파도 소리 안 내고 참는 중인데 이런 환자의 부탁을 거절한다면……." 내가 언성을 조금 높이자 대기실에 있던 임산부 전원이 그 소리를 듣는다.

"알았어요!" 직원은 자기가 졌다는 사실을 똑똑히 깨닫고 말한다. "잠시만 기다리셔야겠는데……." 여자는 환자들로 우글거리는 소파 쪽을 가만히 살핀다. "저 방에서 기다리세요." 그러고는 3번 분만실이라는 방에서 기다리라고 손짓으로 일러준다.

"고맙습니다!" 난 휙 방향을 바꿔 3번 분만실로 향한다. 꽤 넓다. 무시무시해 보이는 철제 침대와 샤워실, 심지어 DVD 플레이어까지 있다. 하지만 미니바는 없다.

난 침대에 앉아서 잽싸게 화장품 가방을 꺼낸다. 다들 알겠지만 비즈니스의 제1규칙은 뭐니 뭐니 해도 '싸울 때엔 차림새에서 꿀리면 안 된다'는 거다. 그게 아닌가? 그래도 어쨌든 꾸미는 건 중요하다. 난 볼터치를 좀 바르고 립스틱을 새로 덧칠한다……. 그리고 거울을 보면서 최고로 살벌한 표정을 연습하고 있는데 문에서 노크 소리가 난다.

베니셔다. 신경이 머리끝까지 엄청나게 곤두서는 느낌을 안고서 난 '결별' 쇼핑백을 들고 일어난다.

"들어와요." 내가 되도록 침착하게 말하자 잠시 후 문이 활짝 열린다.

"안녕하세요, 환자님!" 성격 좋아 보이는 아프리카계 카리브인 조산사가 바삐 들어선다. "전 에스터라고 해요. 그래, 지금은 좀 어떠세요? 진통이 점점 더 강하고 간격이 짧아지나요?"

"엥?" 난 여자를 멍청히 응시한다. "저기…… 아뇨. 아니다, 그러니까…… 네." 난 어쩌면 좋을지 몰라 말을 끊는다. "저기요, 전 꼭 카터 선생님한테 진료 받아야 하거든요."

"선생님은 지금 오시는 길이에요." 조산사가 날 달랜다. "그동안에는 저한테 맡겨주세요."

난 슬쩍 의심이 든다. 이것들이 베니셔한테 호출을 하긴 뭘 해. 날 속이고 대충 넘어가려고 하는 거다.

"필요 없거든요." 난 예의바르게 말한다. "고맙지만 괜찮아요."

"환자님, 이제 금방 아기 낳으실 텐데 괜찮긴 뭐가요!" 조산사가 호호호호 웃는다. "환자복도 갈아입으셔야죠. 혹시 티셔츠 가져오셨으면 그걸 입으셔도 되고요. 그러고 나서 어느 정도까지 진행이 됐는지 검진을 해봐야 해요."

이 여자를 쫓아내야겠다. 지금 당장. 여자가 내 배를 지그시 누르기에 난 몸을 뺀다.

"저기요, 사실 검진은 벌써 받았거든요!" 난 밝게 말해준다.

"다른 조산사분이 해주고 가셨어요. 그래서 이젠 카터 선생님만 오시면 되는데……."

"다른 조산사요? 누군데요? 사라였나?"

"어…… 글쎄요, 사라 같기도 하고…… 기억이 잘 안 나네요. 급하게 후닥닥 나갔거든요. 극장인지 뭔지 가야 한다고 하던데." 난 시치미를 뚝 떼고 눈까지 껌벅거린다.

"차트를 작성해놓지 않아서 어차피 소용이 없거든요." 에스터가 한숨을 쉬면서 고개를 흔든다. "제가 다시 검진을 해드려야겠네요."

"싫어요!" 얼결에 난 쇳소리를 지른다. "아니, 그러니까…… 난 검진받는 걸 무서워하거든요. 그래서 최소한의 검진만 받아야 됐댔어요. 카터 선생님도 그 점을 잘 아세요. 그래서 지금 제가 다른 사람은 안 되고 카터 선생님만 찾는 거예요. 카터 선생님 오실 때까지 그냥 이대로 있으면 안 되나요? 그게…… 그러니까…… 내 내면의 여성성…… 에 집중하고 싶거든요."

에스터가 눈을 또르륵 굴리더니 문을 열고 고개를 밖으로 내민다.

"팸, 카터 선생님 담당이라는 요상한 환자가 여기 하나 또 오셨네. 카터 선생님한테 호출 좀 해줄 수 있어?"

에스터는 다시 고개를 거두더니 말한다. "네, 알겠어요. 지금 카터 선생님 호출기로 연락을 했으니까 일단 이 서류만 작성할게요. 집에서 양수가 터졌나요?"

"대충요."

"아까 그 조산사가 와서 환자님의 진행 상태가 어느 정도라고 하던가요?"

"음…… 4센티미터 정도요." 난 얼추 때려맞혀 대답한다.

"그리고 지금 진통이 오는데 참고 있는 거고요?"

"네, 아직까지는요." 난 의젓한 척 대답한다.

노크 소리가 들리고 웬 여자가 고개만 빼꼼 들이민다. "에스터, 잠깐만."

"오늘은 바쁘네." 에스터는 차트를 침대 발치에 대롱대롱 매단다. "이따 다시 올게요. 죄송해요."

"괜찮아요! 수고하셨어요!"

문이 닫히자 난 침대에 털썩 주저앉는다. 잠시 동안은 아무 일도 없기에 TV나 이리저리 돌려본다. 혹시 이 병원에서 DVD 대여는 해주지 않나 궁금해지는데 그 순간 또 노크 소리가 난다.

이번엔 분명 베니셔다. 난 결별 쇼핑백을 다시 챙겨들고 엉금엉금 일어나 마음의 준비를 위해 심호흡을 한다.

"들어와요!"

문이 열리더니 이번에는 조산사 제복을 입은 스물 남짓한 아가씨가 들어온다. 숱이 적은 금발을 뒤로 묶었는데 꽤나 겁을 먹고 불안해하는 눈치다.

"저기, 안녕하세요. 전 폴라라고 조산사 실습생이에요. 진통 초기 상태를 관찰하고 싶어서 그러는데 잠시 들어와 있어도 될까요? 허락해주신다면 정말로 진짜 감사할게요."

아이고, 내가 미치고 팔짝 뛴다. 난 당장이라도 "됐어요. 나가요."라고 말하려고 한다. 하지만 너무나도 수줍어하고 안절부절못하는 아가씨를 보니 도저히 내칠 수가 없다. 어차피 베니셔가 오면 그때 언제든지 내보낼 수 있으니 뭐 상관없으려나.

"그러세요." 난 허락하는 손짓을 한다. "들어오세요. 난 베키라고 해요."

"안녕하세요." 아가씨는 수줍게 웃으면서 살금살금 들어와 구석 자리에 앉는다.

잠시 둘 다 아무 말도 없다. 난 베개를 베고 누워 천장만 물끄러미 바라보면서 치받는 짜증을 숨기려고 안간힘을 쓴다. 맞짱 한판 뜨려고 만반의 준비를 갖추고 이렇게 왔는데 그 상대가 지금 눈앞에 없다니. 앞으로 5분 안에 베니셔가 오지 않으면 그냥 가야겠다.

"아주…… 침착해 보이시네요." 폴라가 수첩에 뭐라고 쓰다가 고개를 든다. "진통을 줄이기 위해 무슨 특별한 방법을 쓰고 계세요?"

아, 맞다. 나 지금 진통중이었지. 연기라도 좀 해야지 안 그랬다간 폴라가 수첩에 쓸 거리가 하나도 없겠다.

"그럼요." 난 고개를 끄덕인다. "좀 걸어다니면 돼요. 그렇게 하니까 상당히 아픔이 줄더라고요." 난 일어나서 침대 주위를 돌면서 팔을 앞뒤로 씩씩하게 흔들어 보인다. 골반도 몇 번 돌려주고 요가라테스 강좌에서 배운 스트레칭도 한 번 해준다.

"이야." 폴라는 감탄한다. "이리저리 참 잘 움직이시네요."

"난 요가를 했거든요." 난 겸손하게 살짝 웃는다. "이젠 키캣을 좀 먹을래요. 그래야 힘을 비축해두죠."

"그거 좋은 생각이네요." 폴라가 고개를 끄덕인다. 가방을 찾으면서 보니 폴라가 수첩에 '진통을 줄이기 위해 요가를 활용' 밑에 '키캣 섭취'라 쓰고 있다. 폴라는 수첩을 펄럭펄럭 넘기더니 가엾다는 표정으로 날 본다. "진통이 올 때 어느 부분이 제일 아프신가요?"

"어…… 그냥…… 여기저기요." 난 키캣을 우적우적 먹으면서 대충 둘러댄다. "요 부근이랑…… 여기랑……." 난 내 몸을 손짓으로 가리킨다. "콕 집어서 말하기가 어렵네요."

"이렇게 침착하다니 정말 대단하세요." 내가 잇새에 낀 키캣 부스러기라도 없나 손거울을 보고 있으려니 폴라가 빤히 바라본다. "이렇게까지 진통을 참고 자제하는 임산부는 정말 처음이에요!"

"그게요, 난 사이언톨로지 신자라서요." 입이 간지러워서 결국 말하고 만다. "그래서 가능한 한 조용히 있으려고 노력중이거든요."

"사이언톨로지 신자요?" 폴라의 눈이 휘둥그레진다. "정말 놀랍네요." 그러더니 걱정스러운 표정으로 인상을 쓴다. "그런데 사이언톨로지 신자면 말도 전혀 않고 백 퍼센트 침묵을 지켜야 하는 거 아니에요?"

"그중에도 여러 가지 종류가 있는데 난 말을 해도 괜찮은 신자예요. 비명이나 시끄러운 행위는 안 되지만요."

"어머나, 어머나. 우리 병원에 사이언톨로지 환자가 온 건 처음일 거예요!" 폴라는 갑자기 활기를 되찾은 눈치다. "다른 실습생들 몇 명한테만 살짝 얘기해도 돼요?"

"그러세요!" 난 별 생각 없이 고개를 끄덕인다.

폴라가 급하게 나가자 난 짜증이 버럭 치솟아 키캣 포장지를 와락 구겨 쓰레기통에 던진다. 내 꼴이 한심하다. 베니셔는 오지 않는다. 여기 직원들은 절대 베니셔를 불러주지 않을 거다. 거기다 나도 이젠 베니셔 따위를 보고 싶은 심정이 아니다. 이만 집에 가자는 생각이 든다.

"이 환자분이야!" 문이 벌컥 열리면서 폴라를 필두로 한 젊은 조산사들이 우르르 분만실 안으로 쏟아져 들어온다. "이분 성함은 레베카 브랜던이야." 폴라는 낮은 목소리로 동료들에게 일러준다. "지금 자궁이 4센티미터 정도 열렸고 진통을 줄이기 위해서 요가의 힘을 빌리고 있으시대. 왜냐하면 사이언톨로지 신자라서 차분하고 고요한 분위기를 유지해야만 하거든. 다들 그냥 보면 이분이 진통중인지 아닌지 거의 알지도 못할 거야!"

모두 날 외계 생물 보듯 입을 떡 벌리고 바라본다. 이 사람들을 실망시켜야 한다니 왠지 미안할 지경이다.

"저기요, 지금 보니까 진짜 진통이 아니었나봐요." 난 가방을 들고 코트를 입기 시작한다. "이제 그만 집에 갈래요. 정말 감사……"

"안 돼요, 집에 가시다뇨!" 폴라가 작게 호호 웃더니 내 차트를 보면서 고개를 끄덕끄덕한다. "역시 짐작대로야. 브랜던 부인, 양수가 이미 터졌으니까 세균감염 위험이 있어요!" 폴라는 내 코트를 다시 벗기고 가방을 빼앗는다. "아기가 나올 때까지 나가시면 안 돼요!"

"아, 네." 이게 웬 장애물이냐.

이제 어떻게 하나? 양수가 터졌다는 말은 뻥이라고 털어놔야 하나?

안 된다. 그랬다가는 다들 내가 미친 줄 알고 그 말을 믿어주지도 않을 거다. 다들 여기에서 나갈 때까지 기다렸다가 틈을 봐서 빠져나가야겠다. 그래, 그거 명안이겠다.

"어쩌면 진통이 더 심해지기 직전 단계일지도 몰라." 실습생 중 하나가 뭘 좀 안다는 듯이 옆사람에게 말한다. "그럴 때면 집에 가고 싶다는 산모들이 많대. 거의 제정신이 아닌 거지."

"브랜던 부인, 환자복은 꼭 입으셔야 해요." 폴라가 걱정스럽다는 표정으로 날 찬찬히 살펴본다. "그래야 아기가 더 쉽게 나올 수 있죠. 진통은 좀 어떠세요? 간격이 더 빨라졌나요? 제가 좀 봐드려도 될까요?"

"최소한도의 검진과 측정이 요구된다는데." 다른 실습생이 내 차트를 보고 끼어든다. "이 환자분은 처음부터 끝까지 자연주의를 원하시나봐. 경험 많으신 선배님이 오셔야 할 것 같아, 폴라."

"아니에요, 됐어요!" 난 헐레벌떡 말린다. "그게…… 괜찮다면 잠시 동안 혼자 있고 싶네요."

"너무나 냉철하고 금욕적이시네요." 폴라가 가엾다는 듯이 내 어깨를 살짝 만진다. "그래도 어떻게 환자분을 혼자 둘 수 있겠어요! 지금 보니까 출산 파트너도 없으시면서!"

"아유, 괜찮아요." 난 어떻게든 태연하게 말해본다. "진짜 몇 분 동안만요. 그…… 그게 내가 믿는 종교 때문에 그래요. 진통 중인 여자들은 한 시간마다 혼자서 특정 성가를 불러야 하거든요."

제발 가라. 난 속으로 빈다. 나 좀 혼자 있게 내버려둬…….

"그래요? 그럼 우리도 환자분의 신앙을 존중해드려야죠." 폴라는 좀 석연치 않다는 말투다. "그럼 잠깐만 나가 있을게요.

하지만 조금이라도 아기가 나오는 기척이 보이면 이 호출 버튼을 누르시기만 하면 돼요."

"그럴게요! 고마워요!"

문이 닫히자 난 마음이 놓여 축 늘어진다. 아이고, 죽겠다. 이 틈을 타서 냉큼 나가는 거다. 난 짐이며 코트를 챙겨서 문을 살짝 열어본다……. 하지만 아직까지도 조산사 둘이 바로 문 앞에 버티고 서 있다. 난 소리없이 급하게 문을 닫는다. 몇 분 더 기다려야겠다. 어차피 저 사람들도 바빠서 조만간 자리를 뜰 테니 그때 후다닥 나가면 된다.

내가 이런 상황에 처해 있다니 믿어지지가 않는다. 그러게 왜 처음부터 진통중이란 말을 했을꼬. 양수가 터졌다는 소리는 또 왜 했고. 젠장, 이게 다 하늘이 주신 교훈이다. 내 다시는 죽어도 이런 짓 하나 봐라.

잠깐 더 기다린 다음 난 손목시계를 본다. 그 사이 3분이 지났다. 다시 한 번 밖을 살짝 내다볼까나. 난 코트를 집어들고 살금살금 문으로 다가가려 한다……. 하지만 미처 한 걸음도 옮기기 전에 문이 벌컥 열린다.

"세상에, 어쩜 좋니, 벡스!" 수지가 금발과 미우미우 자수 코트자락을 휘날리면서 뛰쳐 들어온다. "괜찮니? 소식 듣자마자 달려왔어!"

"수지?" 난 얼떨떨해서 수지를 가만히 보기만 한다. "어떻게……."

"너희 어머니도 지금 오시는 중이야." 수지가 헥헥거리면서 코트를 벗자 대니의 작품인 미시족 티셔츠가 나온다. "다 같이 택시 타고 가는데 소식을 들었지 뭐. 재니스 아주머니는 지금 잡지랑 마실 걸 사고 계시고 켈리는 아래층 대기실에서 기다리겠대……."

"하지만 어떻게……."

어떻게 된 상황인지 모르겠다. 수지한테 신이라도 내렸나?

"너한테 전화를 했더니 웬 여자가 대신 받아서 캐번디시 병원 간호사실이라는 거야." 수지는 흥분해서 정신없이 떠들어댄다. "네가 접수대에 휴대전화기를 두고 갔다면서 지금 진통중이라네! 우리 다들 난리가 났지! 그래서 택시기사한테 당장 유턴해서 돌아가자고 해서 온 거야. 오늘 저녁에 디너파티가 있었는데 그것도 취소했어……." 수지는 이제야 내 모습이 제대로 눈에 들어오는지 문득 입을 다문다. "얘, 벡스, 그런데 코트는 왜 들고 있니? 아무 일 없는 거지?"

"브랜던 부인께선 아주 훌륭하게 해내고 계세요!" 폴라가 분만실로 들어오더니 내 손에서 살짝 코트를 빼앗는다. "벌써 4센티미터나 자궁이 열렸는데 아직까지 진통제 하나 안 쓰셨거든요!"

"진통제를 안 써?" 수지는 믿지 못하겠다는 표정이다. "벡스, 너 무통분만 주사 맞는 것 아니었어?"

"어어……." 난 마른침을 꿀꺽 삼킨다.

"환자복도 입지 않겠다고 하시고." 폴라가 잔소리하는 말투로 덧붙인다.

"당연히 안 입죠!" 수지가 울컥해서 말한다. "그런 역겨운 옷을 왜 입어요! 벡스, 너 짐 안 챙겨 왔구나. 걱정 마. 내가 티셔츠 하나 사다줄게. 보니까 여긴 음악이랑 촛불도 좀 있어야겠다……." 수지가 주위를 둘러보면서 트집을 잡는다.

"저기…… 수지……." 걱정과 불안 때문에 뱃속이 꽉 뭉친다. "사실 말이지……."

"똑똑!" 상큼한 목소리가 문간에서 들린다. "저 왔어요, 루이자요! 들어가도 될까요?"

루이자? 이게 웬일이냐. 루이자라면 출산 때 도와달라고 고용한 아로마 테라피스트 아니더냐. 대체 어떻게 알고 왔는지 정말 미치고 팔짝 뛰겠다…….

"너희 어머니께서 혹시나 싶어서 네가 만들어둔 명단에 확인전화를 좍 돌리셨거든!" 수지가 활짝 웃는다. "어머니 일처리 솜씨 정말 똑 부러지더라! 그래서 지금 다들 이리 오고 있어."

도무지 감당이 안 된다. 만사가 지나치게 휙휙 진행되고 있다. 루이자는 벌써 오일 병을 꺼내서 오렌지 향 나는 정체불명의 뭔가를 내 목덜미에 발라주고 있다. "자, 어때요? 기분 좋죠?"

"좋다 못해 째지네요!" 난 겨우 대꾸해준다.

"베키!" 엄마의 찢어지는 비명소리가 바깥에서 들려온다. "우리 딸!" 후닥닥 뛰어드시는 엄마의 손에는 꽃다발과 크루아상이 가득 든 종이봉투가 들려 있다. "앉아라! 편하게 있어! 무통분만 주사는 언제 맞니?"

"그런 것 안 맞고 계속 견디고 있대요!" 수지가 대답한다. "정말 대단하죠?"

"안 맞아?" 엄마가 질겁을 하신다.

"브랜던 부인께선 요가와 호흡법을 적절히 이용해서 진통을 견디고 계시거든요." 폴라가 자기 일인 것처럼 뻐긴다. "그렇죠, 환자님? 벌써 자궁도 4센티미터나 열리셨는걸요!"

"뭐 하러 이런 생고생을 하니!" 엄마가 울먹울먹하면서 내 팔을 덥석 잡으신다. "진통제 맞아라, 얘! 약도 먹고!"

혀가 목구멍에 딱 달라붙은 것처럼 말이 나오지 않는다.

"자, 이번엔 재스민 오일입니다." 루이자의 나긋나긋한 목소리가 귓전에 들린다. "관자놀이에다 마사지할게요……."

"베키?" 엄마가 걱정스러워하며 부르신다. "엄마 말 들리니?"

"지금 진통이 오나봐요!" 수지가 내 손을 와락 움켜쥔다. "벡스, 숨을 쉬어……."

"하면 된다, 우리 딸!" 엄마의 얼굴이 점점 일그러지는 게 어째 꼭 지금 애 낳을 사람이 엄마인 것 같다.

"아기 생각만 하세요." 폴라가 내 눈을 뚫어져라 들여다본다. "귀여운 아기가 이 세상에 나온다는 생각만 하시는 거예요."

"저기요." 난 간신히 목소리를 낸다. "그게…… 사실은…… 지금 아기가 나오는 게 아니거든요……."

"환자님, 아기는 지금 열심히 나오고 있어요." 폴라가 내 어깨에 손을 얹는다.

"벡스, 지금 힘을 모아둬야 해!" 수지가 내 입에 빨대를 푹 꽂아준다. "루코자드 좀 마셔. 그럼 좀 괜찮아질 거야!" 난 할 수 없이 그 역겨운 물체를 빨아들이지만…… 다음 순간 급하게 다가오는 발소리를 듣고 못이라도 박힌 듯 움직임을 딱 멈춘다. 저건 아는 발소리다. 문이 활짝 열리면서 이번에는 루크가 들어온다. 창백하게 질린 얼굴에다 걱정을 못 이겨 굳어진 눈으로 분만실 안을 가만히 바라본다.

"다행이네. 정말 다행이야. 너무 늦은 줄 알고……." 루크는 제대로 말도 나오지 않는지 휘적휘적 침대 곁으로 다가온다. "베키, 자기를 너무너무 사랑해…… 자기가 얼마나 자랑스러운지 몰라……."

"자기 왔어?" 난 기어들어가는 목소리로 말한다.

아이고, 돌아가시겠네. 이제 어째야 하나.

그래, 사실 어떻게 보면 완벽하게 준비된 출산의 현장이긴 하다.

20분이 흐르자 분만실은 사람들로 미어터질 지경이 된다. 발 마사지사 필리시티도 도착해서 내 발을 이것저것 봐주고 있다. 동종요법사 마리아는 내가 먹을 약을 조제하고 있다. 루이자는 방 안 구석구석에 에센셜 오일 버너를 갖다놓고 있다.

내 옆에는 엄마랑 수지가 있고 그 반대편에는 루크가 앉아 있다. 지금 난 물수건을 이마에 얹고서 물 스프레이를 들고 있다. 입고 있는 헐렁한 원피스형 티셔츠는 수지랑 엄마가 거의 우격다짐으로 입힌 옷이다. 난 편안히 누워 있고 음악도 은은하게 흘러나오고 무통분만 주사 없이도 잘 버티고 있다…….

하지만 딱 하나 사소한 문제가 옥에 티다. 그리고 아직까지는 그 얘기를 모두에게 할 만큼 용기가 나지 않는다.

"브랜던 부인, 가스 흡입 좀 해보실래요?" 폴라가 얼굴에 쓰는 튜브 달린 가스 마스크를 가져온다. "진통이 조금은 덜할 거예요."

"어어……." 난 망설인다. 싫다고 하면 싸가지 없어 보이겠지. "네, 써볼게요. 감사합니다!"

"진통이 시작된다 싶으면 그때 바로 쓰세요." 폴라가 마우스피스를 내게 건네주면서 사용법을 가르쳐준다. "너무 늦게 쓰시면 안 돼요!"

"알았어요!" 난 마스크를 코와 입에 뒤집어쓰고 가스를 깊이 들이마신다. 이야, 이거 환상이다! 지금 막 샴페인 한 병을 나 발 분 기분이네!

"저기, 루크." 난 마스크를 떼고 너무 좋아 빙글빙글 웃으면서 루크를 본다. "이거 진짜 괜찮다. 자기도 한 번 써봐."

"베키, 자기 정말 놀랄 정도로 잘 하고 있어." 루크가 내 손을 꼭 잡고서 뚫어져라 날 본다. "다 괜찮은 거지? 어긋나는 것 하나 없이 자기가 미리 계획했던 대로 굴러가고 있는 거지?"

"어…… 뭐 대부분은!" 난 루크의 시선을 피하면서 냉큼 마스크를 다시 쓴다. 아, 난 몰라. 루크한테 말해야 한다. 하지 않으면 안 된다.

"루크……." 난 가스를 쐰 탓에 조금 비틀거리면서 상체를 내민다. "들어봐." 난 루크의 귀에 대고 속삭인다. "지금 아기 나오는 거 아니거든."

"자기, 걱정 마." 루크가 내 이마를 쓰다듬는다. "다들 아무도 급하게 생각하지 않아. 그냥 시간이 걸리면 걸리는 대로 낳으면 돼."

까놓고 말해서…… 묘안이 하나 떠오르긴 했다. 어차피 아기야 언젠가는 나올 테지. 안 그래? 그럼 루코자드도 마시고 텔레비전도 보면서 아무 말 않고 그냥 여기 퍼질러 누워 있어도 될 것 같다. 그러다 보면 결국엔 올 게 올 테고 사람들도 이렇게만 말할 테니까. "세상에, 베키는 2주 동안이나 진통을 했지 뭐야. 불쌍도 하지!"

"브레인 선생님한테도 연락을 드렸어." 루크가 말한다. "그래서 지금 포틀랜드에서 오시는 중이야."

"헉!" 난 당황하지만 애써 기색을 숨긴다. "잘됐네!"

난 정신없이 마스크를 다시 쓰고는 새로운 계획을 짜내려고 머리를 굴린다. 욕실에 들어가면 창문이 있을 테니까 거기로 빠져나가면 되지 않을까. 아니면 복도에 나가고 싶다고 사람들을 구슬려놓고 살짝 빠져나가 신생아 하나를 어디에서 잠깐만 빌려오면 그걸로…….

"베니셔 카터 선생님이 봐주시는 것 맞죠?" 폴라가 내 차트에 뭐라고 쓰다가 중간에 멈춘다. "아직도 안 오시네요." 폴라는 손목시계를 슬쩍 본다. "계속 안 오시면 아마 조금 있다가 저희 선배 조산사분이 검진을 하실 거예요. 불편한 데는 없으세요, 브랜던 부인?"

"어…… 조금요! 불편하긴 하네요!"

얘는 아직도 전혀 눈치를 못 채고 있구만.

"자아, 맡아보세요." 루이자가 오일 향기를 맡아보라고 용기를 내민다. "스트레스 해소에 좋은 클레리 세이지예요."

"그런데 폴라, 혹시 아이가 나오다가 다시…… 들어가는 적은 없나요?" 난 순간 피어난 희망적인 생각을 애써 감추면서 아무렇지도 않은 척 물어본다.

"그럴 일은 절대 없어요." 폴라가 오호호 웃는다. "기분상 그렇게 느껴지는 적은 가끔 있지만요!"

"오호호호!" 나도 폴라를 따라 웃고는 다시 털썩 드러누워 스트레스를 풀어준다는 클레리 세이지 향기를 맡는다. 하지만 지금 나한테 필요한 건 클레리 세이지 따위가 아니다. 지금은 애를 낳는 게 아니니까 다들 그냥 집에 가라고 말할 용기를 줄 수 있는 에센셜 오일이다.

문에서 노크 소리가 나서 수지가 고개를 든다. "어머머, 제스 언니가 왔나보다. 아까 내가 연락을 하니까 이리 곧장 온다고 했거든."

"들어오세요!" 폴라가 말한다. 문이 열린다. 그리고 난 그 자리에 얼어붙는다.

베니셔다. 수술복을 입고 머리카락을 죄다 돌돌 말아 녹색 캡 안에 넣은 그 모습은 눈부시게 반짝반짝 빛난다. 여태까지 하루 종일 사람의 생명을 구하느라 바쁘셨다는 듯 꽤나 중요인사처럼 보인다.

나쁜 년.

순간 베니셔 역시 엄청나게 충격을 먹은 표정이 된다. 하지만 눈 깜짝할 새 프로다운 미소를 입가에 머금고 침대로 다가온다.

"베키! 환자가 있다고 호출을 받긴 했는데 베키일 줄은 전혀 몰랐네요. 어디까지 진행이 됐는지 어디 한번 볼까요……."

베니셔는 녹색 캡을 벗어 눈부신 머리카락을 등 뒤로 찰랑찰랑 늘어뜨린다. "루크, 언제부터 시작된 거야? 그동안의 경과가 어땠는지 설명해줘."

또 이런다. 날 무시하고 제쳐놓는다. 루크를 홀리려고 몸부림을 치는 거다.

"날 가만히 내버려둬요!" 난 잡아먹을 것처럼 빽 소리를 지른다. "이제 더 이상 내 주치의도 아니잖아요! 그러니까 살펴본답시고 쿵쿵대면서 들이댈 필요 없어요. 고맙지만 안됐네요."

문득 내가 진통중이라는 사실 따위 안중에서 사라진다. 아니, 진통중인 척해야 한다는 것도. 아니아니, 뭐든 간에 어쨌든. 아직 너무 늦은 것은 아니니 대혈투를 펼칠 수 있다. 다들 입을 떡 벌리는 가운데 난 마스크를 내팽개치고 낑낑대며 침대에서 일어난다.

"수지, 그 쇼핑백 좀 줄래?" 난 떨리는 목소리로 말한다. "침대 밑에 있거든."

"그래! 이거?" 수지가 쇼핑백을 건네준다. "쟤니?" 수지가 귓전에 대고 속삭인다.

"어어." 난 고개를 끄덕인다.

"얄미운 년 맞네."

"생각 잘하셨어요, 브랜던 부인!" 폴라가 자신은 없지만 그래도 밝은 목소리로 말한다. "자세를 똑바로 하면 아기도 빠져나오기가 쉽거든요……."

"베니셔, 돌려줄 게 있어요." 망할 놈의 가스 때문에 발음이 살짝 꼬인다. 미소를 계속 지으려고 하는데 이것도 좀 난감하다. 하지만 어쨌든 베니셔도 충분히 눈치를 챘을 거다.

"루크는 이런 거 다 필요 없어요." 난 쇼핑백 안에서 보정 스타킹을 꺼내 베니셔에게 내팽개친다. 바닥에 떨어진 스타킹에 모두의 시선이 향한다.

아이고야, 엉뚱한 걸 꺼냈네.

"저게 아니라…… 이거요." 내가 홱 던진 커프스 단추 상자가 베니셔의 이마에 퍽 맞는다.

"악, 이게 뭐야!" 베니셔가 이마를 감싼다.

"베키!" 루크가 날 야단친다.

"이 여자가 아직도 자기를 노리고 있더라고, 루크! 자기한테 크리스마스 선물을 보낸 거 있지!" 외워두었던 라틴어가 갑자기 생각이 난다. "Uti…… barberi……." 혀가 계속 꼬인다. "Nam…… 아니다, tui……."

망했다.

한심하고 아무짝에도 쓸모없는 이놈의 라틴어.

"우리 딸, 헛소리 하는 거냐?" 엄마가 걱정스러운 표정을 지으신다.

"베키, 무슨 소리를 하는지 난 영 못 알아듣겠네요." 베니셔가 안절부절못하는 폴라의 손에서 차트를 받아든다. "자, 그럼 아기가 어디까지 내려왔죠?"

"말 돌리지 말아요!" 난 고함을 빽 지른다. "루크하고 둘이서 바람을 피운다고 전에 나한테 그랬죠? 거짓말을 해서 날 힘들게 하려고 그런 거죠?"

"바람요?" 베니셔가 눈을 동그랗게 뜬다. "베키, 루크하고 난 그냥 옛친구 사이예요!" 베니셔는 특유의 은구슬 웃음소리를 오호호홋 낸다. "미안해, 루크. 베키가 나 때문에 힘들어하나보네. 그래도 네 와이프가 이렇게까지 질투가 심한 줄은 미처 몰랐어……."

의사의 권위가 철철 넘치는 녹색 수술복 차림의 베니셔는 이성의 화신으로 보인다. 반면 난 자루 같은 티셔츠나 껴입고서 정신이 반쯤 나가 가스에 취해 해롱거리는 임산부일 뿐이다.

"벤, 여기 일은 별 문제 없거든." 루크는 불편한 표정으로 말한다. "저기, 찰스 브레인 선생님이 봐주러 오시기로 했어. 그러니까 넌 그만…… 나가는 게 좋겠다."

"그래야 할 것 같네." 베니셔는 둘이서만 쿵짝이 맞는다는 표정으로 루크에게 고갯짓을 한다. 순간 난 하도 화가 나서 눈앞이 새하얘진다.

"루크, 베니셔는 지금 이 자리를 교묘하게 모면하려는 거니까 그냥 놔주면 안 돼! 베니셔는 자기랑 애인 사이라고 나한테 그랬단 말야! 자기가 베니셔 때문에 날 버리고 떠날 거라고 했다고!"

"베키……."

"이건 다 사실이야." 하도 복장이 터져서 눈물까지 줄줄 흐른다. "누구 하나 내 말을 안 믿지만 정말이라고! 둘이서 처음 다시 만난 그 순간부터 시간과 장소만이 문제였을 뿐이었다고 했단 말야! 학창시절에 서로한테 푹 빠져서 헤어나질 못했다면서 자기들이 페넬로페랑…… 뭐더라. 오셀로랬나."

"설마 페넬로페와 오디세우스?" 루크가 날 뚫어져라 바라본다.

"맞아! 그거야. 그러면서 둘이서 언젠가는 꼭 이뤄졌을 운명이었고 난 더 이상 자기랑 부부가 아니라면서……." 난 티셔츠 소매로 콧물을 닦는다. "그래놓고 이제 와서는 싹 안면 바꾸고서 날 헛소리나 하는 정신병자 취급을 해……."

루크의 눈이 어딘가 변했다. "페넬로페와 오디세우스?" 루크가 갑자기 목소리를 높인다. "벤, 무슨 소리야?"

긴장감 속에 침묵이 흐른다.

"무슨 소리인지 난 하나도 못 알아듣겠어." 베니셔가 천연덕스럽게 대답한다.

"페넬로페랑 오디세우스가 누구니?" 수지가 내게 속삭이지만 난 알 수가 없어 어깨만 으쓱한다.

"베니셔." 루크는 베니셔를 똑바로 보고 말한다. "우린 절대 그런 사이가 아니었잖아."

이제 처음으로 베니셔가 흔들리는 게 보인다. 아무 말도 없이 어딘가 대들 것 같은 눈매로 루크를 뚫어져라 응시하고 있다. 아니야, 맞잖아, 꼭 이렇게 말하고 싶은 것 같다.

됐다, 나도 이제는 궁금해서 더 이상 못 참겠다. "루크, 페넬로페랑 오디세우스가 누구야?"

제발 그 둘이 조강지처 내팽개치고 살림 차린 홍보업계 직원과 산부인과 의사는 아니기를 빌 따름이다.

"오디세우스는 페넬로페의 곁을 떠나 긴 여행길에 오른 사람이야." 루크는 여전히 베니셔의 눈에서 시선을 돌리지 않고 대답해준다. "서사시 〈오디세이아〉의 줄거리지. 그래서 페넬로페는 20년 동안 정절을 지키면서 오디세우스를 기다렸어."

"저 여자가 정절을 지키면서 기다리긴 무슨!" 수지가 발끈해서 베니셔를 손가락질한다. "그동안 여기저기에서 놀아나고 다녔다면서요!"

"베니셔, 내가 너랑 바람을 피운다고 베키한테 말한 게 정말이야?" 다들 간담이 서늘해질 만큼 벽력같은 목소리다. "내가 너 때문에 베키를 버리고 떠날 거라고 말했단 말이야? 베키의 자신감을 꺾어놓으려고 그런 짓을 한 거야?"

"당연히 아니지! 무슨 소리야!" 베니셔가 쌀쌀맞게 대꾸한다. 눈빛은 무시무시하게 냉정하지만 이렇게 보니 턱이 바들바들 떨리고 있다.

"좋아." 루크의 목소리는 여전히 가차없이 매섭다. "그럼 지금 이 자리에서 확실히 못박아두겠어. 난 절대 너하고는 바람 안 피워, 베니셔. 아니, 어느 누구하고도 그런 짓은 안 해." 루크는 날 보면서 내 두 손을 잡아준다. "베키, 나하고 베니셔 사이에는 절대 아무 일도 없어. 베니셔가 뭐라고 말했는지는 몰라도 정말 아니야. 우리가 일년 동안 사귄 건 맞아. 스무 살도 되기 전 얘기지. 하지만 그게 다야. 알지?"

"응, 알아." 난 속삭이는 소리로 대답한다.

"그런데 둘이서 어쩌다 깨졌어요?" 수지가 관심을 보이면서 묻다가 다들 고개를 돌려 자기를 보자 홍당무가 된다. "내가 괜히 궁금해하는 게 아니에요!" 수지는 변명조로 말한다. "부부끼리는 옛날 애인 얘기도 다 터놓고 해야 하는 거잖아요! 타르키랑 나도 각자 예전에 좀 잘나가던 시절에 대해서 샅샅이 아는걸요. 뭐 이미 벡스한테 말했다면야 모르지만……." 수지가 말꼬리를 흐린다.

"어쩌면 수지 말이 맞을지도 몰라요." 루크가 고개를 끄덕인다. "베키, 진작에 설명을 해둘걸 그랬어. 우리가 왜 깨졌느냐

하면……." 루크의 얼굴이 잠깐 일그러진다. "베니셔한테는 임신 공포증이 있었거든."

"임신을 시켰었어?" 그 생각만 해도 토할 것 같다.

"아냐! 그게 아니라." 루크가 고개를 황급히 젓는다. "임신한 것 같다고 잠깐 착각했을 뿐이야. 하지만 그것 때문에…… 만사가 확실해졌다고나 할까. 그래서 헤어진 거야."

"네가 겁을 먹은 거잖아." 베니셔가 갑자기 해묵은 분노를 더 이상 못 견디고 터뜨리는 것처럼 떨리는 목소리로 말한다. "네가 겁을 먹고 헤어지자고 한 거잖아, 루크. 그때의 우리 둘만큼 최고의 관계는 내 평생 여태까지 한 번도 없었는데 겨우 그것 때문에 깨진 거야. 케임브리지에서는 다들 우리를 부러워했지. 정말 모두가 우리 둘을 샘냈다고. 우리 둘이 같이 있으면 얼마나 완벽한 한 쌍……."

"우리가 언제 완벽했다고 그래?" 루크는 어이가 없다는 표정으로 베니셔를 바라본다. "그리고 난 겁먹은 적 없어……."

"왜 발뺌을 해! 넌 책임을 져야 한다는 사실을 감당 못 한 거잖아! 그래서 겁이 더럭 났던 거고!"

"난 겁을 낸 게 아냐!" 루크는 핏대를 세우면서 버럭 소리를 지른다. "그 일 때문에 너랑은 아이 낳고 결혼해서 살 수는 없겠다는 생각을 했던 거야! 평생을 같이 보낼 사람이 아니라는 걸 깨달았다고! 그래서 너랑 헤어진 거지!"

베니셔는 한 대 맞은 표정을 짓는다. 한순간 할 말을 잃은 것처럼 보이더니…… 다음 순간 내가 움찔할 만큼 잡아먹을 듯 독살스러운 눈초리로 날 째려본다.

"그럼 얘는 괜찮고?" 베니셔가 사납게 삿대질을 하며 따진다. "이렇게 생각도 없고 돈만 펑펑 쓸 줄 아는…… 싼티 나는 년하고는 평생을 같이 보내고 싶니? 루크, 얘는 깊이라고는 없는 애야! 골이 텅텅 비었다니까! 머릿속에 든 거라고는 옷 사고 쇼핑하고 친구들이랑 놀러 다닐 생각밖에는 없어……."

내 얼굴에서 핏기가 싹 가시면서 몸이 바들바들 떨린다. 평생 이런 욕지거리를 면전에서 들어본 적은 처음이다.

난 루크를 살짝 곁눈질로 본다. 루크의 콧구멍이 벌름거리고 이마에 힘줄이 빠직 솟아 있다.

"베키한테 어디서 감히 그런 말을 해." 무서울 정도로 차가운 목소리라 나조차 좀 겁이 난다. "어디서 감히 입을 놀리냐고."

"정신 좀 차려, 루크." 베니셔가 깔보듯 호호 웃는다. "그래, 얘가 얼굴 좀 반반하다는 건 나도 인정한다……."

"베니셔, 알지도 못하면서 지껄이지 마시지." 루크가 억양 없는 목소리로 말한다.

"얘한텐 천박하다는 말도 사치야!" 베니셔가 빽 소리를 지른다. "가치라곤 없는 인간이라고! 이런 애랑 결혼을 하다니 도대체 정신이 제대로 박혀 있었던 거야?"

 방 안에서 침을 꿀꺽 삼키는 소리가 난다. 30초 동안 누구 하나도 움직이지 않는다. 루크는 그런 뻔뻔스러운 질문을 받았다는 사실 자체만으로도 뒤통수라도 얻어맞은 듯 경악한 눈치다.

 어쩌냐. 루크가 무슨 대답을 하려나. 혹시…… 내 기막힌 요리 솜씨와 위트 있는 말재주 때문이라고 해주려나.

 아니다. 그럴 리는 없지.

 그렇다면 어쩌면…….

 까놓고 말해서 이 대목에서는 대답이 궁하다. 내가 대답이 궁한 판에 루크라고 절대 사정이 다를 리가 없다.

 "베키랑 왜 결혼을 했냐고?" 결국 루크가 입을 연다. 너무나도 야릇한 목소리라 혹시 루크가 갑자기 스스로도 의구심을 품었나 싶을 정도다. 이 결혼이 엄청난 실수였다고 마침내 깨닫기라도 했나.

 별안간 등골이 오싹해지면서 조금 무서워진다.

 루크는 아직 한 마디도 하지 않은 상태다.

 다들 초조해서 안절부절못하며 지켜보는 가운데 루크는 세면대로 가더니 물 한 잔을 따라 마신 다음 마침내 제자리로 돌아온다. "베키하고 한 번이라도 찬찬히 얘기를 해본 적 있어?"

 "나 있어요!" 수지가 잭팟이라도 터뜨렸다는 양 신이 나서 말하다가 다들 돌아보자 또 홍당무가 되면서 중얼거린다. "아,

미안해요."

 "내가 베키 블룸우드라는 여자를 처음 만났을 때는 말이지……." 루크는 입가에 보일락 말락 웃음을 머금고는 잠깐 말을 끊는다. "베키는 그때 어떤 은행의 마케팅 책임자한테 왜 수표책 표지를 한 가지 색깔로만 쓰냐고 물었어."

 "거 봐, 내 말대로잖아!" 베니셔가 짜증을 내면서 손사래를 치지만 루크는 들은 척도 하지 않는다.

 "그랬더니 이듬해에 그 은행은 정말로 수표책 표지를 색깔별로 발행했어. 베키의 본능적인 감각은 따를 사람이 없어. 베키는 어느 누구도 하지 못한 기발한 생각을 해. 베키의 생각은 남들이 미처 보지 못하는 부분까지 뻗곤 한다고. 가끔은 이런 베키와 함께할 수 있었던 내가 정말로 행운아 같다는 생각까지 들어." 내 눈을 마주보는 루크의 눈길은 상냥하고 다정하다. "그래, 베키가 쇼핑을 하는 건 맞아. 가끔 무분별한 짓을 저지르는 것도 맞아. 하지만 베키와 있으면 난 웃게 돼. 베키와 함께라면 사는 게 즐거워. 그래서 난 이 세상의 그 무엇보다도 베키를 사랑해."

 "나도 자기 사랑해." 난 목이 메어서 중얼거린다.

 "잘됐네." 베니셔가 하얗게 질린 얼굴로 쏘아붙인다. "잘됐네, 루크! 네가 이런 천박하고 골 빈 년이 좋다면야……."

 "쥐뿔도 아는 것도 없는 주제에 어디서 아가리를 나불거려!"

루크의 목소리가 갑자기 따발총처럼 다다다다 튀어나온다. 엄마가 루크에게 말조심 좀 하라고 잔소리를 하시려다가 루크가 완전히 물불 안 가릴 것처럼 보이기에 안절부절못하면서도 가만히 있으신다. "베키는 너란 인간에 비하면 훨씬 바른 사람이야." 루크는 송충이라도 보는 눈으로 베니셔를 본다. "베키는 용감해. 여차할 때면 남들을 지켜주는 사람이야. 요 며칠 동안 난 베키가 없었으면 제대로 견뎌내지 못했을 거야. 두 분은 지금 우리 회사가 안 좋은 상황이라는 걸 아마 아실 테지만……." 루크가 수지와 엄마를 곁눈질로 본다.

"안 좋은 상황?" 엄마가 불안한 표정을 지으신다. "대체 어떤 상황인데 그러나? 베키는 우리한테 아무 말도 안 했어!"

루크가 믿어지지 않는다는 눈으로 날 본다. "베키, 아무 말씀도 안 드렸단 말이야?"

"어쩐지 느낌이 그렇더라!" 수지가 헉 소리를 낸다. "그럴 것 같았어. 그렇게 전화통에 불이 나는데도 무슨 일인지 말을 안 하려고 하는 걸 보니……."

"파티를 망칠까 봐 그랬어." 다들 내 쪽을 보는 바람에 내 얼굴이 빨개진다. "다들 그렇게 재미있게 놀고 있는데 어떻게……." 그제야 난 루크에게 아직도 그 말을 하지 않았다는 사실을 알아챈다. "루크…… 할 얘기가 또 있어. 우리 그 집 못 사게 됐어."

그 말을 하자니 가눌 길 없는 실망감이 새삼 와르르 밀려든다. 우리 가족이 살 아름다운 집은 이제 사라져버렸다.

"설마." 루크의 얼굴이 충격을 받아 검푸르게 변한다.

"다른 사람한테 판대. 하지만…… 뭐 어때." 난 겨우겨우 밝은 웃음을 쥐어짜낸다. "월세 아파트로 들어가면 되지 뭐. 안 그래도 인터넷에서 매물 있나 찾아보고 있으니까 금방 구할 수 있을 거야……."

"베키." 루크의 눈에서도 엿보인다. 우리 둘의 꿈이 산산조각 났다는 슬픔이.

"나도 알아." 눈시울이 뜨거워지지만 애써 참는다. "괜찮을 거야, 루크. 걱정 마."

"어쩌니, 베키!" 건너다보자 수지도 눈물이 글썽글썽하다. "스코틀랜드에 있는 우리 성으로 와. 우린 거기 평생 쓸 일도 없어!"

"수지." 난 울다가도 키득키득 웃는다. "그게 말이 되냐."

"그럼 둘이서 우리 집에 오게나!" 엄마가 끼어드신다. "그런 형편없는 아파트 따위는 뭐 하러 빌리나! 그리고 아가씨, 한마디 하겠는데……." 엄마는 머리끝까지 화가 나서 벌게진 얼굴로 베니셔를 돌아보신다. "우리 딸은 지금 진통중인데 그런 애한테 이렇게 못되게 스트레스를 줘요?"

아이고야.

내가 지금 진통중이란 걸 여태 홀랑 까먹었네.

"어머, 맞다!" 수지가 손으로 입을 가린다. "벡스, 어쩌면 그동안 끙 소리 하나 안 내니! 정말 장하다!"

"베키, 자기는 정말 최고야." 루크도 날 완전 경외하는 표정이다. "이런 일을 겪으면서도 계속 진통을 했던 거잖아!"

"어…… 그거야 뭐…… 별거 아니지!" 난 겸손을 떨어본다. "그게 다……."

"별게 아니긴. 세상에 이런 일이 있을까 싶다니까. 그렇지요?" 루크가 조산사 실습생들한테 자랑을 한다.

"부인은 정말 특별 케이스세요." 그동안 입을 떡 벌리고 우리와 베니셔 사이의 공방전을 지켜보던 폴라가 루크의 말에 맞장구를 친다. "그래서 지금 저희가 이렇게 다 들어와서 경과를 관찰하는 거예요."

"특별 케이스 좋아하네." 베니셔가 갑자기 입을 연다. 그러더니 다가와서 험상궂게 실눈을 뜨고 날 위아래로 훑어본다. "베키, 마지막 진통이 온 게 정확히 언제였죠?"

"그게……." 난 헛기침을 에헴 한다. "저기…… 어…… 방금 전요."

"사이언톨로지 신자시래요." 폴라가 신이 나서 끼어든다. "그래서 아픈 티를 하나도 내지 않고 참고 계시는 거래요. 이렇게 옆에서 보기만 해도 진짜 신기하고 대단하네요."

"사이언톨로지 신자?" 루크가 멍하니 반문한다.

"새로 생긴 취미생활이야!" 난 발랄하게 대답한다. "내가 말 안 했나?"

"네가 사이언톨로지 신자라니 여태껏 까맣게 몰랐어, 벡스!" 수지도 놀라워한다.

"그거 통일교 아닌가?" 엄마가 부쩍 걱정하며 루크에게 물으신다. "베키가 통일교 신자가 된 거야?"

"흐음, 알았어요." 베니셔의 눈이 번득인다. "그럼 어디 한 번 보죠, 베키. 어쩌면 이제 곧 아기가 나올지도 모르잖아요!"

난 슬금슬금 피한다. 베니셔가 진찰을 하면 난 끝장이다.

"뭘 그렇게 빼고 그래요!" 베니셔가 다가오자 난 겁이 덜컥 나서 침대 반대편으로 쪼르르 달아난다.

"저것 봐, 동작도 진짜 잽싸!" 조산사 실습생이 감탄한다.

"이리 오라니까요, 베키……."

"저리 가요! 손대지 말아요!" 난 가스 마스크를 움켜쥐고 헐레벌떡 가스를 들이마신다. 기분이 좀 나아진다. 이야, 나중에 집에다가도 아예 탱크째로 가스를 장만해놔야겠다.

"우리 왔어!" 문이 활짝 열리기에 다들 그쪽을 보니 대니와 제스 언니가 연이어 구르듯 뛰어든다. "벌써 낳았어?"

제스 언니는 수지와 똑같이 '멋쟁이 미시족, 우리 모두 사랑하는 그녀' 티셔츠를 입었고 대니는 '빨강머리 못된 년, 재수없는 년'이 카키색으로 앞판에 프린트된 파란색 캐시미어 탱크톱을 입고 있다.

"아기는 어디 있나?" 대니가 눈을 반짝거리면서 주위를 둘러보다가 긴장된 분위기를 눈치 챈다. 대니의 눈이 베니셔를 발견한다. "어머, 크루엘라 드 베니셔를 누가 초대했대?"

루크는 대니의 티셔츠에 쓰인 문구를 뚫어져라 보고 있다. 그러다가 뜻이 머릿속에 접수됐는지 푸하하하 웃음을 터뜨린다.

"유치해 빠진 것들." 베니셔 역시 티셔츠를 보고는 잡아먹을 기세로 말을 내뱉는다. "전부 다 똑같은 것들이야. 자, 그럼 우리 베키 양께서 정말로 진통중이시라면 내가……."

"아앗!" 난 비명을 지른다. "어떡해! 오줌이 나와!"

허억, 이렇게 요상망측한 기분은 처음이다. 몸 안 어딘가에서 뭔가가 폭 터지는 것 같더니…… 내 발치에 물웅덩이가 생긴다. 내 힘으로는 막을 수가 없다.

"꺄아악! 어쩜 좋아!" 대니가 자기 눈을 가린다. "아아…… 한꺼번에 너무 충격이 심했어……." 그러고는 제스 언니의 팔을 잡는다. "같이 나가, 제스. 뭐라도 좀 마시자."

"양수가 터졌네요." 폴라가 어리둥절하다는 표정으로 당황해서 말한다. "어제 터진 줄 알았는데 어떻게 된 거죠?"

"일부만 터졌을 수도 있어." 공부벌레처럼 보이는 풋내기

실습생이 잔뜩 뻐기면서 설명한다. "지금 이건 나머지가 터진 거지."

난 충격에 빠진다. 양수가 터졌다니.

그건 곧…… 아기가 나오려고 한다는 소리다.

이제 정말로 진짜 백 퍼센트 진통이 오면서 분만을 하는 거다.

으아아아아악. 난 몰라. 이제 우리 아기가 세상에 태어나는 거다!

"루크." 난 겁이 덜컥 나서 정신없이 루크를 붙든다. "이제 시작이야!"

"그래, 알아, 자기." 루크가 내 눈썹을 가만히 쓸어준다. "자기는 지금도 기특하게 너무나 잘 하고 있어……."

"그게 아니야!" 난 우는 소리를 낸다. "자기는 하나도 몰라!" 난 갑자기 숨이 턱 막혀서 말을 끊는다. 이게 뭐래?

누가 내 배를 꽉 움켜쥐는 것 같더니 다음 순간 더 세게, 그 다음 순간에는 더더욱 세게 쥐어짜는 것 같은 느낌이 든다. 내가 그만두라고 부탁해도 도무지 들어줄 마음이 없는 것처럼 인정 사정도 없다.

이게 바로 진통인가?

"루크……." 갑자기 숨이 턱턱 목에 걸린다. "나 자신이 없어……."

이번엔 아픔이 더 심해져서 난 거의 숨이 넘어갈 지경이 되어 루크의 팔뚝에 사정없이 매달린다.

"괜찮을 거야. 자기는 멋지게 잘 해낼 거야." 루크가 내 등을 규칙적으로 쓸어준다. "브레인 선생님도 오고 계셔. 빨강머리 못된 년은 이제 갈 거고. 그렇지, 베니셔?" 루크는 내 눈에서 시선을 떼지 않은 채로 그렇게 말한다.

진통이 지나간 것 같다. 쥐어짜던 느낌은 싹 사라졌다. 하지만 다시 찾아온다는 걸 난 안다. 프레디인지 뭐시기인지 하는 섬뜩한 영화 주인공처럼.

"아무래도 무통분만 주사 맞는 게 낫겠어." 난 헉헉거린다. "지금 당장."

"그럼요, 그럼요!" 폴라가 허둥지둥 거든다. "마취과에다 호출 넣을게요. 이렇게까지 버틴 것만 해도 정말 잘 하신 거예요, 브랜던 부인."

"……놀고들 있네." 독기를 잔뜩 품은 베니셔의 욕지거리 중 마지막 부분만이 내 귀에 들어온다. 곧이어 베니셔는 문을 부셔져라 닫고 나가버린다.

"뭐 저런 얄미운 년이 다 있니!" 수지가 말한다. "주위에 임신한 친구들한테 저 년 소문 쫙 퍼뜨려야겠어."

"베니셔는 이제 갔어." 루크가 내 이마에 입맞춰준다. "다 끝난 거야. 미안해, 베키. 정말 미안해."

"괜찮아." 난 곧바로 기계적으로 대답한다.

사실…… 그 말은 내 진심이다.

벌써 내 마음속에서는 베니셔가 우리와 상관없는 존재가 되어 연기처럼 저 멀리 사라지는 것 같다. 중요한 것은 나와 루크다. 그리고 우리 아기도.

미치겠다. 또 진통이 온다. 숭고한 출산이란 말만 좋지 결국은 처음부터 끝까지 기절하게 아프다는 것밖에 없다. 조산사 실습생들이 전부 주위에 몰려들어 격려를 해주는 가운데 난 가스 마스크를 움켜쥐고 크게 들이마시기 시작한다.

"자기는 할 수 있어, 베키…… 긴장을 풀고…… 숨을 쉬고……."

어서 나와, 아가야. 엄마는 널 보고 싶단다.

"정말로 잘 하고 있어…… 계속 숨을 쉬어, 베키……."

그럼, 넌 할 수 있어. 어서 나오렴. 우리 둘 다 할 수 있어.

이렇게까지 행복할 줄은 미처 몰랐어

우리 아기는 딸이다.

귀여운 딸이다. 작게 오므린 입술은 꽃잎 같고 머리는 까만 데다 조그만 주먹을 얼굴 옆에서 잔뜩 움켜쥔 아기다. 만 아홉 달 동안 내내 내 뱃속에 있었던 게 이 아기다. 참 신기한 일이지만 아기를 본 순간 자연스럽게 이런 생각이 들었다. 너구나. 그래, 그럴 줄 알았어 하는.

지금 아기는 눈이 튀어나오게 예쁜 흰색 베이비 디오르 올인원을 입고 내 침대 옆에 있는 플라스틱 아기 침대에 누워 있다. (옷을 이것저것 입혀보고 그 중에서 제일 어울리는 걸로 고르고 싶었지만 조산사가 산모와 아기 둘 다 좀 자야 한다고 야단을 치기에 포기했다.) 난 정신없는 하룻밤을 보낸 끝에 머릿속이 멍한 채로 숨결에 따라 오르내리는 가슴이나 꼬물거리는 손가락의 움직임 하나라도 놓칠세라 아기를 뚫어져라 바라보고 있다.

내 출산은······.

글쎄다, 모두의 표현을 빌리면 '숨풍 순산했다'고 하더라만. 그 말을 들으니 난산을 한 사람들은 어땠을까 진짜 궁금하다. 나조차도 죽다 살아났나 싶을 정도로 힘들었단 말이다. 하지만 뭐 그러려니 하자. 세상에는 제대로 모르는 채 묻어두는 편이 더 나은 일도 있다. 출산과 비자카드 청구서처럼.

"아, 일어났네." 루크가 의자에서 꾸벅꾸벅 졸다가 눈을 비비면서 고개를 든다. 수염이 거뭇거뭇하고 머리카락은 흐트러졌으며 옷매무새도 말이 아니다.

"그러게."

"아기는 어때?"

"응, 잘 자네." 다시 아기를 보자니 입가에 슬금슬금 미소가 번진다. "완벽한 아기야."

"그럼, 누구 아기인데. 자기도 완벽해." 날 보는 루크의 얼굴은 너무너무 좋아서 자꾸 히죽거리려고 한달까, 그 비슷하다. 그 표정을 보니 루크는 지금 어젯밤 일을 생각하고 있는 거다.

결국 진통이 시작되자 루크만 남고 다들 밖에서 기다리기로 했다. 그러다가 브레인 선생님이 이 상태만 한참 동안 지속될 수도 있다고 말씀하셨더니 다들 집에 갔다. 하지만 실제로는 정반대였다! 아기는 새벽 한 시 반에 태어났고 세상에 나오자마자 눈을 반짝거리면서 두리번두리번 난리도 아니었다. 애는 크면 파티 걸이 되겠다. 엄마인 내가 척 보면 안다.

그런데 아직 아기에겐 이름이 없다. 내가 미리 만들어뒀던 명단은 지금 침대 옆 바닥에 널브러져 있다. 아기가 태어났을 때 조산사가 이름은 뭘로 할 거냐고 묻기에 그때 꺼낸 명단이 었는데…… 여태까지 생각해뒀던 이름은 하나같이 아니었다. 어디가 어떻고를 떠나서 그냥…… 진짜 아니다. 돌체란 이름도 아니다. 털룰라-피비도 아니다.

나직한 노크소리가 난다. 문이 천천히 열리더니 수지가 살짝 안을 들여다본다. 초특대형 백합 꽃다발과 분홍색 풍선을 들고 있다.

"안녕." 수지는 인사하더니 아기 침대를 보고 손으로 입을 가린다. "어머어머, 벡스, 낳았구나! 아기 진짜 예쁘다!"

"알아." 뜬금없이 눈물이 샘솟는다. "정말 예뻐."

"벡스, 왜 그래?" 수지가 걱정스러운지 꽃다발을 들고 황망히 옆으로 다가온다. "괜찮니?"

"응. 아무것도 아냐. 그냥……." 난 코를 풀면서 눈물을 꿀꺽 삼킨다. "이럴 줄 몰랐거든."

"뭘?" 수지가 잔뜩 겁에 질린 표정을 지으면서 침대 모서리에 앉는다. "벡스…… 그렇게 힘이 들었니?"

"아니, 그게 아니야." 난 고개를 저으면서 힘겹게 말을 고른다. "이렇게까지…… 행복할 줄은 미처 몰랐다고."

"아, 그렇구나. 그거였어?" 기억을 더듬는지 수지의 표정이 환해진다. "당연히 행복하지. 하지만 평생 가지는 않으니까 지금 즐겨둬……." 수지는 다시 생각에 잠기는 것 같더니 날 꼭 껴안는다. "정말 잘했다. 축하해. 축하해요, 루크!"

"고마워요." 루크가 빙긋 웃는다. 겉모습은 후줄근할지언정 기쁜 나머지 루크의 온몸에서는 반짝반짝 빛이 난다. 루크와 눈이 마주치자 순간 내 가슴속이 꽉 멘다. 다른 사람들은 절대 알지 못하는 우리 둘만의 비밀이 생긴 것만 같다.

"저 손가락 조그만 것 좀 봐!" 수지가 상체를 숙이고 아기를 들여다본다. "안녕, 아가야!" 수지가 고개를 든다. "이름은 지었니?"

"아직." 난 자세를 고쳐 눕다가 살짝 움찔한다. 새벽 이후로 온몸이 걸레짝이 된 느낌이다. 하지만 그래도 하나 다행인 게 있다면 아직 무통 주사 기운이 완전히 가시지 않았는데 거기다가 간호사들이 또 진통제를 바리바리 챙겨줬다는 점이다.

문이 다시 열리더니 엄마가 들어오신다. 엄마는 이미 아침 여덟 시에 보온병 커피랑 브리오슈 빵을 챙겨 오셨다가 아기를 보고 가셨다. 지금 엄마는 쇼핑백을 한 아름 들고 계시고 그 뒤를 따라 아빠가 들어오신다.

"아빠…… 얼른 와서 아빠 손녀딸 보세요!" 난 말한다.

"이야, 베키, 우리 딸. 축하한다." 아빠는 그 이상 없을 만큼 포근하고도 힘차게 날 안아주신다. 그러고는 평소보다 조금 더 세차게 눈을 깜박이면서 아기 침대 안을 가만히 들여다보신다. "그래, 너로구나. 안녕, 꼬맹아."

"여기 네 옷 좀 챙겨 왔다, 베키." 엄마가 옷으로 미어터질 것처럼 불룩한 소형 여행가방을 낑낑대며 의자 위에 내려놓으신다. "뭐가 좋을지 몰라서 그냥 잡히는 대로 가져왔지……."

"고마워요, 엄마." 난 가방 지퍼를 연다. 맨 먼저 나온 것은 족히 5년은 입은 적이 없는 굵은 실로 짠 두꺼운 카디건이다. 그런데 곧이어 가방 안에서 뭔가가 눈에 언뜻 들어온다. 은은한 파란색 실키 벨벳에 진주구슬이 영롱한 낯익은 스카프.

내 스카프다. 내가 애지중지하는 데니 앤드 조지 스카프. 처음 이 스카프를 봤던 그 순간은 아직도 머릿속에 생생히 남아 있다.

"야, 이거 봐!" 난 진주구슬이 걸리지 않게 조심조심 스카프를 꺼낸다. 이것도 벌써 몇 년 동안 한 번도 두른 적이 없는 물건이다. "이거 기억 나, 루크?"

"당연하지!" 스카프를 본 루크가 부드러운 표정을 짓는다. 그런데 다음 순간 싹 무표정한 얼굴이 되어서는 이렇게 말한다. "그때 자기가 어민트루드 고모님한테 드리려고 산 스카프 잖아."

"맞아." 난 고개를 끄덕인다.

"한 번 둘러보기도 전에 그렇게 돌아가시다니 참 안된 일이었어. 팔을 잘라내셨던가?"

"다리였지." 난 정정한다.

엄마는 우리 얘기를 계속 듣고 계시지만 당최 무슨 소리인지 알아듣지 못하시는 눈치다.

"고모님이라니, 무슨 고모님?" 엄마가 물으시자 난 참지 못하고 키들키들 웃고 만다.

"저희 옛친구 얘기예요." 루크가 내 목에 스카프를 둘러준다. 그러고는 일종의 경이롭다는 표정으로 잠시 스카프를 보더니 곧이어 아기에게 시선을 돌린다. "누가 생각이나 했겠어……."

"나도 알아." 난 스카프 가장자리를 만지작거린다. "정말이지 누가 생각이나 했을까."

아빠는 아직도 아기한테 홀딱 넋이 나가 계신다. 아빠가 살며시 내미신 손가락을 어느새 아기는 앙증맞은 손으로 붙들고 있다.

"자, 꼬맹아. 널 뭐라고 불러야 하지?" 아빠가 물으신다.

"아직 못 정했어요. 너무 어렵더라고요!"

"안 그래도 책 사 왔단다! 엄마가 큼직한 잡낭 속을 뒤지신다. "그리자벨라 어떠니?"

"그리자벨라는 또 뭐야?" 아빠가 반문하신다.

"예쁘잖아요!" 엄마는 변명조로 말하면서 『1천 가지 딸 이름』이란 제목의 책을 침대 위에 꺼내놓으신다. "흔하지도 않고."

"학교 가면 다들 그리즐(반백머리, 울보, 불평쟁이라는 뜻)이라고 놀릴걸!" 아빠가 핀잔을 주신다.

"설마 꼭 그렇기야 하겠어요? 벨라나 그리지도 될 수 있죠……"

"그리지? 제인, 당신 진짜 맛이 갔구만!"

"아이고, 그럼 당신은 어떤 이름이 좋은데요?" 엄마는 무안한지 반격을 하신다.

"생각해봤는데…… 이게 어떨까……." 아빠가 에헴 하고 목청을 가다듬으신다. "랩소디."

슬쩍 곁눈질로 보자 루크가 소리를 내지 않고 입 모양으로만 '랩소디?'라고 기겁을 하며 묻는데 그만 푸하하 웃음이 나올 것 같다.

"저기요, 저도 생각해봤거든요." 수지가 끼어든다. "열매는 곧 식물의 죽음을 상징하기도 하니까 좀 그렇지만…… 허브는 아니잖아요. 그러니까 태러곤이란 이름도 괜찮을 것 같아요!"

"태러곤?" 엄마는 아예 질겁을 하신다. "얘, 차라리 칠리 파우더가 낫겠다! 어디 보자, 내가 우리 손녀 머리 좀 적셔주려고 샴페인을 가져왔는데…… 너무 이른 건 아니겠지, 응?" 엄마는 샴페인 병과 종이 한 장을 꺼내신다. "아, 맞다. 부동산 사무실에서 전화가 왔더라. 내가 마침 너희 아파트에 있을 때 그 젊은이가 전화를 했기에 내가 따끔하게 말 좀 해줬지. '이제 곧 크리스마스인데 갓난아기가 젊은이 당신 때문에 집도 없이 나앉게 생겼어요. 어쩔 거예요?' 이랬더니 곧바로 꿀먹은 벙어리가 되는 거야! 사과하고 싶다면서 바베이도스인지 뭔지에 있는 별장 얘기를 주절주절 하더구나. 나 참, 기가 막혀서!" 엄마는 고개를 설레설레 저으신다. "자, 누구 샴페인 마실 사람? 샴페인 잔은 어디 있나?" 엄마는 병을 내려놓고 텔레비전 밑에 있는 정리함을 뒤적이신다.

"그런 건 없을걸요." 내가 말한다.

"아이고, 어째 이러니!" 엄마는 혀를 끌끌 차면서 다시 일어나신다. "여기 지배인한테 말 좀 해둬야겠네."

"엄마, 여긴 지배인 없어요."

환자식 메뉴가 호화롭고 텔레비전이 있다는 이유만으로 엄마는 여기를 리츠-칼튼급 호텔로 착각하시는 모양이다.

"어쨌든 쓸 만한 다른 거라도 찾아봐야겠다." 엄마는 힘주어 말씀하시더니 나가려고 하신다.

"제가 좀 도와드려요?" 수지가 일어난다. "어차피 타르키한테 전화도 해야 하거든요."

"고맙다, 수지!" 엄마가 활짝 웃으신다. "그리고 그레이엄, 차에서 카메라 좀 갖다줘요. 내가 가져오는 걸 깜박했지 뭐유."

아빠가 나가시고…… 다시 루크와 나 둘만 남는다. 우리 딸아이와 함께.

이야, 정말 기분이 이상하다. 우리한테 딸이 생겼다니 아직도 제대로 실감이 나지 않는다.

얘가 우리 딸이에요. 이름은 태러곤 파슬리 세이지 앤드 어니언이죠.

이건 아니다.

"자, 그럼……." 루크가 헝클어진 머리카락을 쓸어 넘긴다. "2주만 있으면 우린 집이 없는 신세가 돼."

"노숙자 되는 거네!" 난 발랄하게 말한다. "그것도 뭐 괜찮지."

"그래도 결혼 전에는 적어도 머리 위에 지붕은 이고 살게 해줄 신랑감을 바라지 않았어?"

루크는 농담을 하는 거다……. 하지만 목소리에는 씁쓸한 기운이 감돌고 있다.

"그거야 뭐." 난 작은 불가사리처럼 삐죽삐죽 솟구친 아기의 머리카락을 가만히 보면서 어깨를 으쓱한다. "다음번엔 좀 더 나은 신랑감을 만나면 되는 거고."

잠잠하기에 난 무심코 올려다본다. 루크는 진심으로 괴로워하는 얼굴이다.

"루크, 나 농담한 거야!" 난 허둥지둥 말해준다. "난 사실 그런 거 상관 안 해!"

"자기는 이제 갓난아기가 있는 몸이잖아. 집도 있어야 하는데. 이런 상황에 처하게 만드는 게 아니었어. 내가 처음부터……"

"자기 잘못이 아니잖아!" 난 루크의 손을 잡는다. "루크, 이제 다 괜찮아질 거야. 앞으로 우리가 살 데가 우리 집이지 뭐."

"꼭 집 장만을 할게." 루크는 격하기까지 한 어조로 말한다. "베키, 멋있는 집을 사줄게. 내가 꼭 약속해……"

"그래, 분명 그렇게 될 거야. 내가 알아." 난 루크의 손을 힘주어 꼭 잡아준다. "그렇지만 그런 건 중요하지 않다니까. 정말이야."

루크를 돕고 이해하는 아내인 척하려고 그냥 한 말은 아니다. (물론 이 몸은 루크를 돕고 이해하는 아내가 맞다만.) 내겐 정말로 전혀 중요하지 않아 보였기 때문이다. 지금 당장은 거품 속에 보글보글 파묻혀 있는 것 같은 느낌이다. 현실 세계는 몇 킬로미터나 떨어진 저 반대편에 있다. 중요한 것은 그저 우리 아기뿐이다.

"이것 봐!" 아기가 갑자기 하품을 하기에 난 말한다. "태어난

지 여덟 시간밖에 안 됐는데 벌써 하품도 할 줄 아네! 하이고, 똑똑한 것!"

우리 둘은 한동안 경배라도 하듯 아기 침대 안을 뚫어져라 들여다보면서 아기가 뭔가 다른 행동도 해주기를 기다린다.

"저기, 얘는 자라면 총리가 될지도 몰라!" 난 나직하게 말한다. "멋지지 않아? 그때 되면 우리가 그동안 하고 싶었던 일을 다 얘한테 부탁할 수 있겠네!"

"아닐걸." 루크가 고개를 휘휘 젓는다. "우리가 시키면 아마 청개구리처럼 정반대로 할 거야."

"얼마나 반항아가 되려고!" 난 작디작은 아기의 이마를 손가락으로 살살 쓸어준다.

"자기 생각이 있는 거지." 루크가 내 말을 고쳐준다. "벌써 우리를 싹 무시하는 것부터 봐." 루크는 침대 모서리에 다시 앉는다. "자, 그런데 이름은 정말 뭐라고 지을 거야? 그리자벨라는 탈락이야."

"랩소디도 탈락."

"파슬리도 탈락." 루크는 『1천 가지 딸 이름』 책을 집어들어 이리저리 뒤적거리기 시작한다.

그동안 난 아기의 자는 얼굴을 뚫어져라 바라보기만 한다. 아기를 볼 때마다 머릿속에서 이름 하나가 계속 생각이 난다. 마치 아기가 나한테 직접 말해준 이름처럼 느껴진다.

"미니." 난 그 이름을 입 밖에 내어본다.

"미니." 루크도 시험 삼아 이름을 혀 끝에 굴려본다. "미니 브랜던. 괜찮네. 마음에 드는데." 루크가 미소를 지으면서 고개를 든다. "진짜 마음에 들어."

"미니 브랜던." 나도 어느새 같이 활짝 웃고 만다. "어감이 좋지, 응? 미스 미니 브랜던."

"어민트루드 고모님 이름을 딴 거 맞지?" 루크가 두 눈썹을 치키며 묻는다.

어머머머, 세상에! 그런 생각은 하지도 못했는데!

"당연하지!" 난 참지 못하고 키득키득 웃는다. "그렇지만 우리 둘 말고는 아무도 모를걸."

왕실 변호사 대영제국 훈작사 미니 브랜던 각하.

발렌티노가 제작한 무도회 드레스를 입고 왕자님과 춤을 추는 미스 미니 브랜던의 모습은 눈이 부셨다.

전 세계를 사로잡은 미니 브랜던……

"좋아." 난 고개를 끄덕인다. "그게 애 이름이야." 난 아기 침대 위로 상체를 내밀고는 숨결에 맞춰 아기의 가슴이 오르내리는 광경을 바라본다. 난 한 줌 정도 되는 아기의 머리칼을 쓸어 넘겨주고 앙증맞은 뺨에 뽀뽀를 한다. "태어난 걸 환영한다, 미니 브랜던."

세상에서 제일 끝내주는 아기

그래서 결국은 이렇게 되었다. 칼슨 부부는 우리 아파트로 이사를 왔다. 우리 집 가구는 전부 포장해서 집에서 들어냈다. 우린 이제 공식적으로 홈리스가 된 거다. 하지만 진짜 홈리스는 아니다. 우리 부모님 댁에서 한동안 같이 살기로 했기 때문이다. 엄마 말씀에 따르면 부모님 댁엔 널린 게 방이고 루크도 옥스샷 역에서 런던까지 출퇴근할 수 있으며 미니를 키우는 데 엄마 손을 빌 수 있는 데다 저녁 먹고 나서 매일 밤마다 브리지 게임도 할 수 있다는 거다. 전부 다 맞는 말씀이긴 하지만 브리지 게임 부분은 전혀 아니올시다. 내 눈에 흙이 들어가기 전까지는 절대 안 한다. 심지어 엄마는 날 꾀려고 뇌물로 티파니 제품 브리지 카드까지 사 주셨지만 어림없다.

엄마는 툭하면 "브리지가 얼마나 재미있는데." 나 "요즘 젊은 사람들은 다 브리지 놀이를 한다더라."는 말씀을 하신다. 아이고, 그러십니까요.

어쨌든 요즘은 미니를 키우느라 정신없이 바빠서 브리지를 하러 자리에 앉을 틈조차 없다. 엄마가 된다는 건 눈이 돌아가게 바쁜 일이다.

미니는 이제 생후 1개월째인데 벌써부터 백 퍼센트 파티 걸다운 면모를 보여준다. 내가 예상한 그대로다. 미니가 제일 좋아하는 때는 새벽 한 시로 그때부터 응애응애 하기 시작하면 난 눈을 붙인 지 몇 초밖에 안 됐는데 또냐 하는 심정으로 용을 쓰며 일어나야 한다.

그뿐이랴, 미니는 새벽 세 시라는 시각도 꽤 마음에 들어 한다. 다섯 시도 예외가 아니다. 아니, 사실은 그 사이사이에도 몇 번씩 그럴 때가 있다. 까놓고 말하면 요즘의 나는 아침마다 광란의 밤이라도 보낸 듯한 상태가 된다.

하지만 좋은 점도 있는데, 유선방송이 24시간 내내 나온다는 사실이 바로 그거다. 루크도 종종 그때마다 자지 않고 내 상대를 해준다. 루크가 업무상 이메일을 작성하는 동안 나는 볼륨을 죽여놓고 〈프렌즈〉를 보고 미니는 바로 한 시간 전에 젖을 먹은 건 누구였냐는 듯 한동안 굶주린 아기처럼 열심히 젖을

빤다.

　아기들의 특징이라면 일단 좋고 싫은 것이 실로 분명하다는 점이다. 그 점은 나도 꽤 감탄스럽다. 예를 들어 미니는 수공품 침대에 누워 보고는 마음에 들어 하지 않았다. 가격이 자그마치 500파운드나 되는 물건임을 감안하면 미니가 거기에 누울 때마다 싫어하고 몸부림을 치는 것은 좀 속이 쓰린 일이었다. 미니는 흔들의자 요람에도 그다지 감탄한 눈치가 아니었고 모세 아기바구니도, 심지어는 홀리스 프랭클린 4백 수 리넨 시트까지도 마찬가지였다.

　미니가 제일 좋아하는 것은 누가 밤낮으로 안아주는 것이다. 그리고 두 번째로 총애하는 것은 엄마가 다락방에서 갖고 내려오신 물건으로 내가 어릴 때 쓰던 아기용 침대다. 어디를 눌러 봐도 털렁털렁하고 딱 보기에도 낡은 티가 나지만 굉장히 편안한 것만은 사실이다. 그래서 그동안 샀던 물건들은 다 반품하고 환불받았다.

　서커스 텐트 모양에다 꼭두각시 인형까지 달려 있는 초호화판 기저귀 갈이 테이블도 반품했다. 부가부 유모차에 워리어 유모차도 같은 전철을 밟았다. 솔직히 말해 거의 이삿짐 한 트럭 정도는 되는 양이었다. 이제 우리한테는 그런 물건이 필요가 없다. 어차피 물건이 들어갈 집도 없다. 환불받은 돈은 전부 다 루크에게 주었다. 왜냐하면…… 나도 도움이 되고 싶었기 때문이다. 눈곱만큼이라도 어쨌든.

좋은 소식이 있다면 상황이 조금씩 루크에게 좋은 쪽으로 흐르고 있다는 거다. 그리고 최고의 희소식이라면 이언 윌러가 일자리를 잃었다는 거다! 루크는 그 일에 있어서는 시간을 질질 끌지 않았다. 미니가 태어난 다음날 곧바로 변호사를 대동하고 이언의 상사를 만나 루크의 표현에 의하면 '길지 않은 대화'를 나눴던 것이다.

그 다음에 들려온 소식에 따르면 이언 윌러는 다른 회사로 이직을 하기 위해서 아코다스를 그만둔다고 발표를 했다고 한다. 그때가 벌써 한 달 전인데 이 모든 상황을 다 알고 있는 개리의 말에 따르면 이언은 아직까지도 오라는 데가 없어 노는 중이란다. 다들 이언 윌러를 뒷조사한 서류의 존재를 소문으로 들은 게 분명하다. 훗.

하지만 이언이 잘렸어도 루크는 아코다스와 일하지 않을 작정이란다. 그쪽의 일하는 태도가 전혀 개선된 바 없이 여전히 아니꼽다는 게 이유다. 게다가 아직도 아코다스 쪽에서는 동전 한 푼 토해내지 않았다. 최근에 루크는 유럽 지사 세 군데를 닫았으며 회사 상황은 여전히 꽤 조마조마하다. 하지만…… 그래도 루크는 멀쩡하다. 루크의 생각은 여전히 긍정적이라 벌써 다른 회사와 제휴를 하거나 새로운 전략을 준비하려는 노력을 게을리 하지 않는다.

요즘 우리 둘은 가끔 밤마다 대화를 나누곤 하는데 그때마다 난 루크에게 내 생각을 죄다 솔직하게 말해준다. 하지만 그럴 때마다 대화는 항상 어느새 옆길로 빠져 우리 미니가 얼마나 신통방통하고 예쁘고 끝내주는 아기인지 하는 얘기가 되고 만다.

지금 난 미니에게 둥기둥기를 해주면서 부모님 댁의 차고길에 서서 이삿짐 센터 직원들이 우리 짐을 내리는 광경을 감독하고 있다. 짐은 대부분 다 창고로 직행시켰지만 그래도 지금 당장 식구들이 써야 할 물건들이 몇 가지 있기 때문이다.

"베키!" 엄마가 오래 묵은 잡지 더미를 위태위태하게 안고서 차고길을 걸어오신다. "이거 어디다 둘까, 얘? 버릴까?"

"버리는 거 아니에요!" 난 항변한다. "나중에 읽고 싶을지도 모르잖아요! 저희가 쓸 침실에다 두면 안 돼요?"

"지금도 벌써 꽉 찼는데……." 엄마는 잡지를 보더니 중대한 결심을 한 표정을 지으신다. "파란 침실도 너희가 써야겠다."

"그럼 되겠네요." 난 고개를 끄덕인다. "고마워요, 엄마."

우리도 파비아의 집을 얌전히 포기하지만은 않았다. 루크는 제발 마음을 돌려달라고 파비아에게 전화를 했고 나도 하고 부동산 소개소에서도 했다. 하지만 파비아는 미니가 태어난 지 이틀 만에 결국 다른 사람에게 집을 팔았다. 유일하게 다행인 점이 있다면 그나마 내가 아치 스완 부츠를 돌려받았다는 거다. 하긴 그것도 내가 협박성 이메일을 다섯 통이나 날린 끝에 이룬 성과다. 파비아도 그 정도에서 돌려줬기에 망정이지 아니었다면 나중에 매운맛 좀 꽤나 봤을 거다.

"이것도 신발이네요." 이삿짐센터 직원이 골판지 포장용 상자를 들고 지나간다. "그런데 붙박이장이 꽉 찼던데 어쩌지요?"

"괜찮아요!" 엄마가 시원시원하게 말씀하신다. "파란 침실에다 차곡차곡 갖다 넣으세요. 어디냐 하면 내가 같이 가드릴게……."

"어떻게 돼가고 있어?" 소매를 걷어붙인 루크가 내 필라테스 공과 모자상자 두 개를 들고 다가오면서 묻는다.

"응, 잘돼가." 난 고개를 끄덕이면서 휴대용 화장품 케이스를 들고 가는 다른 직원을 지켜본다. "기분이 묘하네. 그렇지?"

"진짜 그래." 루크가 살짝 안아주자 난 그이의 어깨에 편안히 기댄다. 어젯밤에는 기분이 진짜 이상야릇했다. 가구를 전부 밴에 싣고 나니 텅 빈 널따란 아파트 안에 상자만 쌓여 있는 거다. 새벽 네 시쯤에 미니가 도대체 잠을 자지 않으려고 하기에 난 브람스 자장가가 나오는 모빌 오르골을 틀어놓고 미니에게 아기 멜빵을 채워 내 품에 안았다. 루크가 그런 우리 둘을 살짝 안아주었고 우리 셋은 그 상태로 달빛이 비치는 방 안에서 춤을 추듯 천천히 왔다갔다했다.

그 자장가가 왈츠인 줄은 그때 처음 알았다.

"루크!" 아빠가 우편물 한 무더기를 들고 오신다. "자네한테 편지가 하나 왔는데."

"누구인진 모르지만 정말 빠르네요." 루크가 놀라서 말한다. "이 주소는 몇몇 사람밖에 모르거든요." 루크는 봉투 뒷면의 로고를 본다. "아하, 케네스 프렌더가스트에서 왔네."

"잘됐네!" 난 억지로 기쁜 척을 하며 미니에게 인상을 써 보인다.

루크는 봉투를 뜯더니 내용을 훑어본다. 그러더니 잠시 후 더 뚫어져라 자세히 읽는다. "믿을 수가 없어." 루크는 천천히 말한다. 마침내 고개를 들고 나를 물끄러미 바라보는 눈에는 믿어지지 않는다는 빛이 감돈다. "자기에 관한 소식인데."

"내 소식?"

"자기한테도 똑같은 편지가 왔어. 케네스 말로는 굉장히 중요한 문제라서 우리 둘 모두에게 알리고 싶었다는 거야."

아이고, 이 정도만 들어도 딱 감이 온다. 케네스가 불평불만을 늘어놓는 편지를 보낸 거다.

"그 사람 날 엄청 싫어해!" 난 변명해본다. "내 잘못 아냐. 난 그저 그 사람이 편협하다는 말만 했을 뿐인데……."

"그런 게 아냐." 루크의 입가가 실룩거리더니 미소가 번진다. "베키…… 자기가 날 이겼나봐."

"뭐어?" 난 기절초풍하게 놀라서 묻는다.

"자기가 한 투자 중에서 초고수익을 낸 품목이 있대. 솔직히 말해서 케네스도 그 사실을 감당하기 꽤 힘든 모양이야."

그것 봐라. 그것 봐, 내가 이길 줄 알았다니까!

"뭔데?" 난 신이 나서 캐묻는다. "어느 품목이 그렇게 잘 나갔어? 바비 인형이야? 아니다, 디오르 코트겠구나."

"패비스트핸드백스온라인 닷컴이 주식 상장을 한다는데. 덕분에 자기 짭짤하게 벌었어."

난 편지를 빼앗다시피 해서 여기저기 눈에 띄는 단어를 훑어본다. 3천 퍼센트의 이익…… 엄청난 대박…… 전혀 예기치 못했던…….

신난다! 내가 루크를 이긴 거다!

"그럼 이제 내가 우리 집에서 투자 감각도 최고고 제일 똑똑한 사람이지?" 난 의기양양한 표정으로 고개를 든다.

"하지만 자기가 말하는 '미래의 골동품'은 아직도 땡전 한 푼 안 되는 쪽박인걸." 그렇게 말하면서도 루크는 빙그레 웃고 있다.

"어쨌든 간에 내가 자기를 이긴 건 기정사실이잖아! 우리 딸 돈 많이 벌었네, 우리 귀염둥이!" 난 미니의 이마에 뽀뽀를 해준다.

"스물한 살 때까지는 어차피 그 돈에 손 못 대." 루크가 참견을 한다.

아이고, 정말 루크는 생각하는 게 영감탱이 같다니까. 대체 스물한 살까지 얌전히 기다릴 사람이 세상에 어디 있다고?

"어디 나중에 보자꾸나." 난 미니의 머리 위로 담요자락을 끌어오며 루크에게 들리지 않게 미니의 귀에 대고 속닥거린다.

"됐다!" 엄마가 차 한 잔을 들고 현관으로 나오신다. "짐은 이제 거의 다 내렸구나. 하지만 이제부터 정리정돈 할 일이 태산이야. 아주 정신이 없겠어."

난 정리라면 질색이다. 정돈도 별로 나을 건 없다. 어떻게 빠져나간다?

"저기 말야, 난 미니랑 좀 산책을 하는 게 좋겠어." 난 천연덕스럽게 말한다. "미니도 신선한 공기를 좀 쐬어야 하잖아. 요즘 계속 하루 종일 집 안에만 콕 박혀 있었으니까……."

"그래, 잘 생각했네." 루크가 고개를 끄덕인다. "그럼 이따가 봐."

"나중에 봐! 아빠, 바이바이!" 루크가 집 안으로 들어가는 동안 난 미니의 고사리손을 잡고 인사로 흔들어준다.

이제야 비로소 알게 된 일이지만 아기가 있다는 건 최고의 핑계거리다. 핑계치고는 정말 백 퍼센트 효과 만점짜리다!

난 미니를 유모차에 태우고 담요로 따뜻하게 꽁꽁 싸준 다음 친구 하라고 옆에다가 매듭이를 놓아준다. 미니는 매듭이를 엄청 좋아하는 것 같다. 제스 언니가 만들어준 쌍둥이 매듭이도 마찬가지다.

우리가 지금 사용하는 유모차는 아기용품 박람회에서 장만한 구형 회색 유모차다. 왜 이렇게 되었느냐 하면 일단은 내가 물건들을 반품할 때 좀 과하게 했던 탓에 나머지 유모차도 싹 반품해버린 것이 이유이고, 겉모양만 번지르르한 유모차들보다는 이 회색 유모차가 미니의 등을 제일 편하게 받쳐준다는 엄마의 말씀 때문이기도 했다. 나중에 틈만 나면 핫핑크로 칠을 싹 해버릴 계획이지만 문제는 지금 같은 연말연시에는 유모차용 커스텀 페인트 스프레이를 더더욱 구하기 쉽지 않다는 데 있다.

난 루크의 부모님이 크리스마스 때 선물로 주신 예쁜 분홍과 흰색 고급 담요를 미니에게 꼼꼼하게 덮어준다. 두 분은 정말 좋으신 분들이다. 나한테는 머핀 한 바구니를 선물로 주시면서 집 문제가 해결될 때까지 같이 살면 어떻겠냐고 말씀해주셨고(데번은 좀 멀어서 아무래도 무리였지만) 미니를 보시고는 이렇게 예쁜 아기는 이제껏 본 적이 없다고 칭찬을 해주셨다. 이것만 봐도 두 분이 얼마나 품위 있고 고상한 분들인지 알 수 있다. 얼굴 한 번 비치지 않은 엘리노어하고는 그야말로 딴판이다. 엘리노어는 딴에는 선물이랍시고 보기도 흉한 앤티크 도자기 인형을 보내주긴 했는데 곱슬머리에 유령

같은 눈이 꼭 무슨 공포영화에나 나올 법하게 생겼다. 나중에 이베이에다 팔아치우고 그 돈은 미니의 통장에다 넣어줄 생각이다.

난 루크가 크리스마스 선물로 준 마크 제이콥스 코트를 입고 데니 앤드 조지 스카프를 두른다. 퇴원한 이후로 스카프는 항상 이걸로만 한다. 왠지 지금은 다른 스카프를 할 생각이 나지 않는다.

내 처음부터 이 스카프가 꽤 짭짤한 투자가 될 줄 알고 있었지, 에헴.

부모님 집 근처엔 규모는 크지 않지만 그래도 꽤 이것저것 갖춰진 상점가가 있다. 딱히 거기로 갈 생각은 없었지만 자연스레 발길이 그쪽으로 향한다. 꼭 쇼핑을 하거나 뭘 사려는 의도가 있는 건 아니다. 산책길로는 그만이라서 그런 것뿐이다.

신문판매소 앞까지 갔는데 그 안이 너무나 따뜻하고 밝고 누구든 들어오라는 분위기라서 난 어느새 유모차를 끌고 스르륵 들어가고 만다. 미니는 새근새근 잠이 들었고 난 잡지 진열대로 향한다. 엄마가 좋아하실 잡지라도 하나 살까. 〈알뜰한 살림〉 잡지를 막 집으려는데 그 순간 내 손이 얼어붙는다. 〈보그〉가 있다.

이번 호 〈보그〉다. 표지에는 커다란 하늘색 글씨로 '런던의 최고 멋쟁이 미시족 임산부'라고 씌어 있다.

하도 흥분한 나머지 난 헛손질까지 해가면서 잡지를 집어들고 부록 여행정보지를 빼낸 다음 휘리릭 넘겨본다.

어머나어머나! 내 사진이 대문짝만 하게 실렸다! 내가 미소니 원피스를 입고 나선형 계단 위에 서 있는 사진으로 밑에는 이런 설명이 달려 있다. '홍보사를 경영하는 루크 브랜던의 부인으로 쇼핑 전문가이기도 한 레베카 브랜던은 현재 첫 아이의 출산을 앞두고 있다.'

전직 TV 프로그램 진행자이기도 한 베키 브랜던의 집은 마이다 베일에 있다. 침실이 여섯 개 있는 호화로운 집에는 집주인의 고상하고 우아한 취향이 그대로 반영되어 있다. 남녀용 아기방이 따로따로 있으며 베키가 돈을 아끼지 않고 손수 했다는 실내장식은 놀랄 만큼 수준급이다. "우리 아기에겐 최고의 것만 해주고 싶어서요." 베키의 말이다. "가구는 예술 수공업을 전문으로 하는 몽골의 한 부족에다 특별 주문 했죠."

페이지를 넘기자 내 사진이 하나 더 있다. 공주님 방처럼 꾸며놓은 아기방에서 배 위에 두 손을 올려놓고 환하게 웃는 모습이다. 내가 한 말이 커다란 글씨로 사진 한쪽에 박혀 있다. '유모차는 다섯 대예요. 하지만 많은 건 아니죠.'

> 베키는 연꽃을 띄운 물에서 자연분만을 할 예정으로 요새 최고로 잘 나가는 유명 산부인과 의사 베니셔 카터의 진료를 받고 있다. "베니셔하고는 친한 친구예요." 베키는 몹시 기뻐하며 말한다. "굉장히 공고한 유대감으로 맺어져 있는 사이죠. 베니셔에게는 아기의 대모도 부탁할 생각이에요."

죄다 전생의 일처럼 느껴진다. 마치 딴 세상에서 겪었던 일 같다.

아름다운 명품 아기방 사진을 가만히 보고 있으려니 저도 모르게 마음이 아프다. 미니가 이 방을 얼마나 좋아했을까. 엄마인 나는 안다.

어쨌든 다 지나간 일이다. 그리고 언젠가는 미니도 예쁜 아기방을 갖게 될 거다. 이것보다 훨씬 더 훌륭하고 근사한 방으로 말이다.

내가 〈보그〉를 들고 카운터로 가자 잡지를 읽고 있던 점원이 고개를 든다.

"안녕하세요. 이거 사려고요."

가게 구석에 전에는 못 보던 진열대가 생기고 '선물'이란 안내판이 붙어 있기에 점원이 현금출납기를 여는 동안 난 어디 구경이나 할까 싶어 그쪽으로 간다. 대부분은 사진 액자에다 조그만 꽃병, 30년대 스타일 브로치 등속이다.

"저희 가게에 처음 오시는 거 아니죠?" 점원이 잡지의 바코드를 스캐너로 읽어들이며 묻는다. "크리스마스 즈음에는 내내 살다시피 하셨던 것 같은데."

내내 살다시피? 나 참, 허풍도 세긴.

"예전에 여기에 살았는데 얼마 전에 다시 이사를 왔거든요." 난 서글서글하게 웃어 보인다. "베키라고 해요."

"저희 가게에선 다들 손님을 알아요." 점원은 보그를 비닐봉투에 넣어준다. "그래서 따로 부르는 이름도 있잖아요……." 점원이 중간에 말을 끊자 난 긴장한다. 무슨 소리를 하려고 했던 걸까?

"쉬잇!" 다른 점원이 홍당무가 되어서 이름 어쩌고 한 점원을 팔꿈치로 쿡쿡 찌른다.

"괜찮아요. 말해봐요!" 난 별로 신경 쓰지 않는 척 머리카락을 뒤로 홱 넘긴다. "뭐라고들 불렀는데요? 데니 앤드 조지 스카프 아가씨?"

"아뇨." 점원이 어리둥절한 표정을 짓는다. "후진 유모차 아가씨요."

으음, 그랬냐.

쳇, 뭐 그렇게까지 후진 것도 아니구만. 어디 핫핑크로 칠하고 나면 그때 가서 보자. 기절하게 예쁜 유모차로 변신할 테니까.

"3파운드입니다." 점원이 손을 내민다. 지갑을 열려고 한 순간…… 선물 코너에 있던 물건들 중 장미석 목걸이가 내 눈에 들어온다.

이야. 난 장미석 진짜 좋아하는데.

"지금 세일이에요." 점원이 내 시선이 향하는 곳을 보고는 말한다. "물건 진짜 괜찮죠."

"네, 그러네요." 난 생각에 잠겨서 고개를 끄덕인다.

사실 요즘은 긴축재정을 펼치는 중이다. 퇴원하고 나서 루크와 둘이서 자금 유통 문제와 은행빚과 기타 등등에 대해 오래오래 얘기를 한 끝에 루크의 사업이 좀 더 안정적인 궤도에 오르기 전까지는 불필요한 물건은 절대 사지 말자고 합의를 봤기 때문이다.

하지만 장미석 목걸이는 정말 오래전부터 내가 노래를 하던 물건이다. 게다가 딸랑 15파운드면 살 수 있으니 진짜 거저다. 투자 내기에서도 이겼는데 조금은 상을 받아도 좋지 않나?

루크 몰래 이번에 새로 만든 인도네시아 은행의 마이너스 통장 계좌도 있으니까 말이다.

"하나 할게요." 난 충동에 못 이겨 불쑥 말하고는 광채가 영롱한 분홍색 원석을 줄줄이 꿰어 만든 목걸이로 손을 뻗는다.

루크가 보게 되면 교육용 완구라고 둘러대야겠다. 엄마가 목에 차야 효과가 나는 완구라고 해야지.

난 비자카드를 건네고 입력기에 비밀번호를 쳐 넣은 다음 잡지가 든 비닐봉투를 유모차의 선반에 얹는다. 소중한 목걸이는 아무도 보지 못하도록 미니의 담요 아래에 숨긴다.

"아빠한텐 말하기 없기다." 난 미니의 귀에 대고 속삭인다.

미니는 입도 뻥긋하지 않을 거다.

그래, 아기가 말을 못 하는 건 사실이다. 하지만 만약 할 수 있다고 해도 우리 딸은 입을 다물어줄 거다. 우리 모녀는 벌써부터 특별한 유대감으로 이어져 있다.

난 유모차를 끌고 가게에서 나와 손목시계를 본다. 빨리 돌아갈 필요는 없다. 아직도 정리정돈을 하고 있을 테니까 더더욱. 미니도 좀 있으면 배가 고프다고 보챌 테니 아기를 데려가도 되는 이탈리안 카페에나 가야겠다.

"저기 가서 맛있는 커피 한 잔 마실까?" 난 그렇게 말하고는 카페 쪽으로 발길을 돌린다. "우리 민하고 엄마 둘이서만."

골동품 가게를 지나가던 중 쇼윈도에 비친 내 모습을 언뜻 보고 난 저도 모르게 살짝 놀란다. 이제 난 유모차를 끄는 엄마다. 나, 베키 브랜던(처녀 적 성 블룸우드)이 진짜 엄마가 된 거다.

난 카페로 들어가 자리를 잡고 앉아서 디카페인 카푸치노를 주문한다. 미니를 유모차에서 살짝 들어내 솜털이 보송보송한 머리를 받치고 품에 안는다. 분홍색과 흰색 담요를 젖히는데 옆자리에 앉아 있던 나이 지긋한 아주머니 두 분이서 이쪽을 건너다보면서 하시는 말씀을 듣자 가슴이 뿌듯해진다.

"아이고, 귀여워라!"

"담요며 옷이며 세련됐네!"

"저 아기 엄마가 입은 카디건, 백 퍼센트 캐시미어 맞지?"

미니가 '맘마 어딨어'라는 특유의 징징거리는 소리를 내기 시작하자 난 그 작디작은 뺨에 뽀뽀를 해준다. 난 세상에서 제일 예쁘고 깜찍하고 끝내주는 아기의 엄마다. 우리 둘이서 언젠가는 한 번 큰일을 낼 거다. 난 안다.

밤비노

킹스 로드 975번지 런던 SW3

······0세 이상의 모든 아동을 위한 곳······

미니 브랜던 양   2004년 1월 5일
더 파인즈
엘튼 로드 43번지
옥스샷
서리

브랜던 양께

탄생을 축하합니다!

저희 밤비노는 귀하께서 이 세상에 오신 것을 환영하며 그 출생을 기념하기 위해 금번에 특별한 제안을 드리고자 합니다. 그리하여 귀하를 밤비노 클럽의 유아 골드카드 멤버로 모시고 싶습니다.

유아 골드카드 멤버십 혜택
- 신상 장난감을 미리 사용해볼 수 있는 독점 기회 제공(매장 측 제공 보모도 동석)
- 매번 방문시 무료 주스 제공
- 골드카드 첫 사용시 25퍼센트 할인
- 골드카드 멤버들만 참여하는 크리스마스 파티 매해 개최

이것뿐만이 아닙니다!

가입은 정말로 간단합니다. 엄마나 아빠 중 한 분이 동봉된 신청서를 작성해주시기만 하면 미니 공주님께서는 골드카드를 발급받으실 수 있습니다!

고객님의 연락을 즐거이 기다리고 있겠습니다.

앨리 에드워즈
마케팅 매니저

지은이 소피 킨셀라 *Sophie Kinsella*

작가이자 전직 경제 전문지 기자로 런던에서 태어났다. 매들린 위컴이라는 이름으로 24세에 첫 소설을 발표했으며, 소피 킨셀라라는 필명으로 발표한 『쇼퍼홀릭 shopaholic』 시리즈가 〈뉴욕타임스〉 및 아마존닷컴 베스트셀러에 오르면서 전 세계적인 베스트셀러 작가가 되었다. 그녀는 쇼퍼홀릭 시리즈를 통해 쇼핑에 대한 여성 특유의 심리와 감정을 발랄하고 유쾌하며 낙관적으로 묘사했다.

그녀는 쇼퍼홀릭의 주인공인 루크와 초콜릿에 빠져 있으며, 셀프리지(Selfridges) 백화점에서 쇼핑하는 것을 좋아한다. 이 외에도 구두와 카우보이모자, 스팅의 〈Every Breath You Take〉를 좋아하며, 냉장고에 항상 백포도주와 저지방 우유를 보관하고 있다.

네 번째 책 『쇼퍼홀릭 : 레베카, 언니와 쇼핑을 꿈꾸다』에 등장하는 엔젤백은 자신이 소설에서 만들어낸 것이지만, 출판사에서 1회 한정 판매용으로 엔젤백을 제작한 덕분에 자신도 하나 갖게 되었다. 글을 쓸 때면 소피는 항상 커피 한 잔을 마시는데, 전화기를 끄고 음악을 크게 틀어놓는다. 그러다가 기분이 좋아지면 방을 돌아다니며 몸을 흔들기도 한다.

중요한 것을 사야 할 때는 혼자 쇼핑하지만 그렇지 않을 경우에는 친구들과 함께 쇼핑하면서 상품에 대한 새로운 소식도 듣고 이야기도 나눈다. 그녀는 돈에 대해서 매우 신중하며 아주 이따금 대규모 세일 기간에 물건을 사기 위해 줄을 선다. 은행 담당자와의 관계도 아주 좋다.